HIS & HERS

他和她的，謊

Alice Feeney
愛麗絲・芬妮——著
牛世竣——譯

獻給他們

兩種視角，一個故事
你相信誰？

那不能稱為「一見傾心」。

我現在如此認為。但到最後，我愛她的程度，遠超過我以為人們所能付出的愛的極限；對她的關心，遠超過對自己的關心。那就是為什麼我要這麼做，為什麼必須這麼做的理由。我覺得重要的是，當人們發現我所做的一切時，他們會想知道背後的原因。倘若他們能知道，或許可以理解，我這麼做全都是為了她。

「孤獨」和「感覺孤獨」並不一樣，有可能和某人在一起的同時，卻也想念著對方。在我的生活中有很多人：家人、朋友、同事、愛人。全是普通人社交圈中都有的標準角色，但我總是感覺有點扭曲。我與其他人建立的關係沒有真實感。更像是一個個斷開的人際節點。

人們可能知道我的樣子，甚至是名字，但永遠不會真正了解我；沒有人能夠了解我。我的真實想法和感受一直私藏心中，不與任何人分享，因為我辦不到。有一個版本的我只能存在於內心深處。有時我會覺得，成功的祕訣在於適應社會。人生很少保持不變，得經常重新塑造自我，才跟得上變化。我學會了改變外表、生活……甚至是我的聲音。

我學會如何融入社會，但現在要不斷地嘗試這麼做，不僅令人不舒服，而且很痛苦；我無法適應。我將自己的鋸齒邊緣往內折在心中，以此平滑掉我們之間差異，但我們畢竟不同。地球上有超過七十億人口，然而我的一生中卻一直感到孤獨。

我正在失去理智，這並不是第一次，不過，理智通常可以失而復得。人們會說我發瘋了、失去理智、失控了。但只要時候到了，毫無疑問，理智勢必回歸，那麼該做什麼就會去做。之後，我對自己很滿意。會想要再來一次。

每個故事都至少有兩個面向。

你的和我的。我們的和他們的。

他的和她的。

這代表，一定有一方在說謊。

如果謊言被一再重複，就會越來越真實，我們有時會聽到內心深處的聲音，說出如此驚人的話語，以至於我們假裝這不是自己的聲音。我清楚記得那個晚上，我最後一次在車站等著她回家時，聽到了什麼。一開始，遠處傳來的火車聲音，就和其他火車一樣。我閉上眼睛，就像在聽音樂，車在軌道上的節奏的歌，越來越大聲：

咔嚏咔嚏，咔嚏咔嚏，咔嚏咔嚏。

然而，聲音開始變化，轉化成我腦海中的文字，在不斷地重複，大聲到無法不聽見：

殺光所有人、殺光所有人、殺光所有人、殺光所有人。

她

安娜・安德魯斯

星期一 06:00

星期一一直是我最喜歡的一天。

一星期是個重新開始的機會。

就像一塊夠乾淨的黑板，過去的痕跡幾乎都被抹去，只有曾犯下過錯的自己能依稀辨認出那痕跡。隱隱約約，尚未完全消失。

我發現大家都跟我相反，沒有人喜歡一個星期開始的第一天，但我就是愛。我對世界的看法往往有些與眾不同。當你從小就位在名為「生活」的舞台邊緣時，很容易看穿台上跳舞木偶的祕密。一旦你看到了它的線，就會知道是誰在拉著木偶，之後便很難再享受表演。我現在可以負擔得起劇院裡任何想要的位置、選擇喜歡的視角；但我永遠不會選擇那些只能俯視別人，看起來時髦的劇院包廂。我不喜歡回顧過去，但這不代表我不記得自己的出身。我為取得生活的入場券而努力工作，邊緣的便宜座位對我來說，仍然很合適。

我早上不用花很多時間準備——化妝對我沒有意義，因為當到達工作地點時，別人只會幫我卸妝，然後重新上妝——我也不吃早餐。我不怎麼吃東西，但我喜歡幫別人做飯。看來，我比較喜歡提供食物。

我在廚房稍作停留，拿起裡面裝著自製杯子蛋糕的保鮮盒。我幾乎不記得自己做了這些蛋糕。那時已經很晚了，肯定是在我喝完第三杯口感酸澀的白酒之後才開始動手。我比較喜歡紅酒，但那會在嘴唇上留下明顯的痕跡，所以只在週末喝。我打開冰箱，注意到昨晚的酒還沒喝完，於是我直接用瓶子一口乾掉，然後帶著空瓶離開房子。星期一也是收垃圾的日子。一個獨居者的回收桶竟然是滿的，而且裡面主要是玻璃製品，哇。

我喜歡步行上班。這個時候的街道相當空曠，很寧靜。我穿過滑鐵盧橋，穿過蘇活區，朝著牛津圓環前進，同時聽著《今日》節目。其實我比較喜歡聽音樂，有時來點魯多維科的古典音樂，有時會聽泰勒絲．斯威夫特的流行歌曲。這取決於心情——我的個性有兩個非常不同的面向——而且完全相反，我忍受著中產階級英國人認為悅耳的口音，他們以為我也如此認同著；但這樣的口音對我來說仍然很陌生，儘管我的聲音聽起來也是如此。但是我並不總是以這種方式說話。我主持BBC的《一點鐘新聞快報》將近兩年，仍然感覺自己是一個騙子。

我走近那個被拆開的紙箱，那個紙箱最近一直困擾著我，那是街友的紙箱。從中能看到一根金髮從紙箱頂部伸出來，所以我知道她還在那裡。我不知道她是誰，只知道如果生活有所不同，她可能是曾經的我。我十六歲離家，那時候只是感覺非走不可。我現在要做的事情並不是出於善意，而是源於心中道德指標出錯。就像我去年在一家救助站做義工時一樣。我們所過的生活，很少是自己應得的。於是會以各種方式付出，當作彌補，無論是用金錢、內疚還是後悔。

我打開塑膠盒，把其中一個精心製作的杯子蛋糕放在人行道上，就放在她的紙箱和牆壁之間的位置，這樣她醒來時就會看到。然後，我擔心她可能不喜歡或不欣賞我做的巧克力裝飾——就我所知，她有可能是糖尿病患者——所以從錢包裡拿出一張二十英鎊的紙鈔，壓在蛋糕底下。我不介意她把錢拿去買酒；因為我自己也會這樣。

BBC廣播四台讓我感到煩躁，所以我關掉那位政治家在耳邊的謊言。他們說謊技巧排練過度，和那些有著現實問題，並且活在現實中的人完全無法共鳴。儘管如此，我永遠不會當著其他人的面，或在節目中，說出這樣的話。無論我心裡感受如何，我的工作要求我保持中立。

也許我也是個騙子。我選擇這個職業，是因為我想講出真相。我想講述那些最重要的故事，那些我認為人們需要聽到的故事。我希望這些故事能夠改變世界，讓世界變得更好。但我太天真了。如今媒體人比政治家更具有權力，假若我連自己的故事都無法坦誠地講述：「我是誰、我來自哪裡、我做了什麼」，那麼我對這世界訴說真相，又有什麼用呢？

我像往常一樣，將這些想法埋藏起來，鎖在我腦海中安全的祕密盒子裡，推到最深處、最後面的黑暗角落，希望這些想法不會又跑出來。

我走完最後幾條街道，來到廣播大樓，在手提包裡尋找那張常常找不到的通行證。結果手指卻摸到了一罐薄荷糖。我打開那小罐子，將一小片白色三角形放進嘴裡。小小的糖片發出抗議聲，吃起來像藥丸。早上會議前，口中帶著酒氣可不是什麼好事。我找出證件，踏進旋轉玻璃門，感覺好幾雙眼睛看向我這邊。沒關係。我相當擅長在別人面前扮演好他們心中我該有的樣子。至少在表面上是如此。

我記得每個人的名字，包括那些正在打掃地板的清潔工。對人友善幾乎不花什麼成本，儘管早上喝了點酒，但記憶力仍然非常好。我通過安檢流程——現在比以前更加嚴格，這樣的世界也是我們自己造成的——凝視著新聞室，這裡感覺像是家，位於BBC大樓的地下室，從每個樓層都可以看到，裡面看起來像一處明亮並且紅白相間的開放式空間。幾乎所有空間都塞滿了螢幕和辦公桌，每個辦公桌後面都坐著一位風格獨特的記者。

這些人不僅是我的同事，也像是代理家庭，替代我並不存在的真正家庭。我快要四十歲，沒有其他家人。沒有孩子、沒有丈夫，或者該說……不再有了。我在這裡工作了將近二十年，與那些有人脈或背景的人不同——我從最底層開始。中間雖然繞了點路，成功的踏腳石有時還有點滑，但最終還是達到了我想要的目的地。

耐心是生活中許多問題的答案。

前新聞主播不得不離開，幸運之神向我微笑。那位主播提早一個月分娩，正好在午餐時間快報前五分鐘，她的羊水破了，所以我得到了機會。那時我剛剛結束育兒假，比原定計畫提前回來工作；再說，我當時是新聞室中唯一具有主持經驗的通訊記者。這一切都是不斷加班、夜以繼日，不斷接下其他人不願意接的班次所累積下來的成果。我是那麼渴望得到能在職場上晉升的任何機會。主持全國性的快報一直是我一生的夢想。

那天沒有時間化妝。他們匆忙讓我上台，並盡力幫我撲了些粉，戴上麥克風。我在電視提示器上練習讀取標題，導演在我的耳機中下達指示，語氣冷靜又友善。他的聲音使我情緒穩定。我對那個半小時的節目記憶甚少，但我確實記得之後的祝賀。才不到一個小時，便從新聞室的無名小卒變成網路新聞主播。

我那略微駝背的老闆被稱為「瘦瘦控制員」，那是《湯瑪士小火車》裡的一個角色。雖然看起來身材高大，但內心是個小男人，還有點言語障礙，無法發字母R的捲舌音，也讓新聞室的其他人有點瞧不起他。他從來就不擅長安排不同人員排班，因此在我成功首秀後，他決定讓我填補那整個星期的所有時間。接著又延續下一個星期，我本來只是作為通訊記者職位的合約，成了一份為期三個月的新聞主播合約，之後又延長到六個月、再來又延長到年底，伴隨著一點小小的加薪。當我開始主持節目時，收視率上升，所以我繼續留任。前新聞主播從未回來過；因為她在育兒假期間又再次懷孕，自那以後就再也沒見過她。差不多過了兩年，我仍然在這裡，並期望隨時能續簽最新的合約。

我坐在編輯和主要製片人之間，然後用一張抗菌濕紙巾擦拭我的桌子和鍵盤。新聞室從不休息，不知道晚上誰在這裡過夜。很不幸地，並非每個人都能達到我的衛生標準。我打開節目表，並微笑了一下；看到自己的名字在頂部，仍然感到有點激動。

新聞主播：安娜．安德魯斯

我開始撰寫導讀，每篇報導都要。不管大眾是怎麼想的，我們不只是報新聞，也會撰寫內容。至少我是這樣做的。新聞主播就像普通人一樣，有各種各樣的差異。有一些人自以為是到無以復加的地步，我很驚訝他們還好意思坐下來，泰然自若地讀提示器上的文句。如果人們知道一些所謂的「新聞自由」在幕後的行為，肯定會感到震驚。但我不會說出來。新聞業的競爭像障礙賽，而非機會把握賽。要爬到頂端需要很長時間，一點錯誤舉動，可能就要重回谷底。這行業裡，攝影機比人更重要。

就像以往早晨那樣，時間飛速過去：節目表持續推進、與駐外記者交談、與導演討論新聞圖表和畫面呈現。幾乎總有一排記者和製片人在我旁邊等著與編輯說話。更多時候，他們是為了自己的節目或雙向訪談要求延長時間。

所有人都想要有更多時間。

我一點也不懷念這樣的日子：乞求更多鏡頭。以前沒有機會時，總是為此焦慮不安。簡而言之，就是沒有足夠時間能完整報導。

團隊的其他成員非常安靜。我迅速向左瞥了一眼，注意到製片人的螢幕上有最新的排班表。她發現我看到後，立刻關上。在新聞室中，除了突發新聞外，排班表是第二帶來壓力的東西。班表常常晚發布，並且很少能讓大家滿意，尤其是那些不受歡迎的班次——晚班、週末班、夜班——總會有人抗議。現在我上班是從星期一到星期五，已經超過六個月沒有請假了，我和其他可憐的同事不同，我不擔心排班的問題。

節目開始前一小時，我前往化妝室。那是個可以逃離噪音的好地方，相對於新聞室吵個不停，這裡相對平和跟安靜。我頂著一頭平整齊肩的栗色髮型，臉上覆著高級粉底，話說回來，我上班時的妝比我婚禮時還要多——我壓抑住這個念頭，不讓它繼續浮現，我意識到手指上有一處凹痕，那曾經戴著婚戒。

節目大部分按計畫進行，雖然在我們直播期間出現了一些臨時更改：一些突發新聞、一則遲來的電視報導、演播室裡的一台攝影機小故障以及華盛頓的連線出問題。我不得不在切斷在唐寧街表現得過於熱情的政治記者報導後，倉促收尾。那位政治記者經常超過被分配到的時間；有些人真是太有表現欲了。

我等著現場直播的氣象預報結束，準備和觀眾道別，然後要開檢討會議。節目結束後，沒有人想多留一分鐘，大家總是比我先離開。這個會議的參加者都是記者和製片人，也有其他部門的代表參加：國內新聞、國際新聞、編輯、影像處理，還有「瘦瘦控制員」。

我順道經過自己的座位，拿出家裡帶來的保鮮盒，要和大家一起參加會議，心中渴望與團隊分享最新廚藝。我還沒告訴任何人今天是我的生日，但也許我會不小心說溜嘴。

我穿過新聞室走向他們，看到一個不認識的女人，於是稍微駐足。她背對著我，有兩個穿著相同的衣服的小孩站在她身邊。我注意到同事們已經在品嚐可愛的杯子蛋糕。那些蛋糕精緻到不像是自家製作，更像是買來的高級貨。然後我注意到那個分發杯子蛋糕的女人，我凝視著她亮紅色的頭髮，齊肩短髮鮮明俐落，像是用雷射刀平切過一樣，襯托出她漂亮的臉龐。她轉過身對我微笑，我感覺像挨了一記耳光。

有人遞給我一杯口感溫熱的普羅賽克氣泡酒，管理層總是在員工離職時，從餐飲部訂購一整台推車的飲品，在這個行業裡經常如此。瘦瘦控制員用一根過長的指甲敲敲杯子，然後開始發言，奇怪的聲音從他薄如餅乾的嘴唇中說出。

「偶們已經等不及妳再次肥歸……」

這是我耳朵唯一聽得懂的句子。我凝視著凱特．瓊斯，那個女人就是之前那位節目主播，她站在那裡，一頭標誌性的紅髮，還有兩個漂亮的小女孩。我感覺身體有點不適。

「……當然，偶們也要感謝安娜；妳不在時，她代理了妳的工作崗位。」

眾人轉頭，向我舉杯致敬。我手在顫抖，希望表情沒有洩露心中真實的情感。

「排班表上有寫，對不起，我們都以為妳已經知道了。」

身旁的製片人小聲說，但我無法回應任何句子。

瘦瘦控制員事後也道歉了。我站在他的辦公室裡，他坐著說話時，一直盯著手看，彷彿努力在他汗濕的手指上，尋找預抄好的字句。他對我表示感謝，並告訴我在過去的時間裡，我做得很出色。

「是兩年。」我開口提醒，當他說到一半，似乎忘了總共是多長時間。

他聳聳肩，好像這兩年也沒什麼大不了的。

「很抱歉，炸是她的工作。她有合約，偶們不能因為她森產就解雇她，就算是森了兩個也一樣！」

他笑了。

但我笑不出來。

「她什麼時候回來？」我問。

他寬廣的額上擠出皺紋。

「她明天回來。這些都寫在……」我看著他試著找到取代「排班表」的替代詞，好像字母R開頭的任何詞都不合適。「……寫在工作表上，已經花表一陣子了。妳回去當記者，但不用擔心，妳還素有機會補她的空缺，像是學校假期、聖誕節和復活節，這些她會請假的期間。我們都認為妳表現得混出色。這裡是妳的新合約。」

我凝視著那張有點皺的白色A4紙，上面是人力資源部慎選的字句。我的目光只專注在一行字：

新聞記者：安娜．安德魯斯

當我走出他的辦公室時，我再次看著她：那位取代掉我的人。我想真相是，我一直都不如她。這是一個可怕的事實，對我自己來說更是如此，但當我看著凱特．瓊斯，那完美的頭髮和完美的孩子，站在那裡，笑著與我的團隊聊天，我真的真的希望她去死。

他

刑事調查局高級督察，傑克・哈珀

星期二—05:15

手機鈴聲將我喚醒，捨不得離開正在做的夢。在夢裡，我並非四十多歲，住在一間以我薪水根本付不起貸款的房子裡，照顧著我無法顧好的孩子；夢中的女人根本不是我的妻子，卻依然對我碎碎叨叨。如果是個更有能力的男人，老早就搞定一切，不會像我一樣，過著不屬於自己的生活，行屍走肉般地活著。

昏暗中，我瞇著眼看了下手機，今天是星期二。這時間也太早了，好在沒有吵醒其他人。在這屋子裡，睡眠不足往往會造成可怕的後果，但我是例外。我本來就有些夜貓子的傾向。我不該對螢幕裡顯示的內容感到興奮，但是自從離開倫敦後，這裡的工作內容就像修女的內衣抽屜一樣無聊。

我在這裡是重大犯罪調查小組的負責人，聽起來很刺激，但目前駐紮在薩里郡最深處，這裡一點犯罪氣息都沒有。布萊克唐是一個典型的英國村莊，距離首都不到兩個小時路程，這裡的「重大」犯罪通常就是偷雞摸狗和偶爾闖闖空門。這座村莊被一排排的樹木隱藏在外界視線之外。古老的森林似乎將布萊克唐和裡面的居民困在過去，鎖在永恆的陰影中。就算這樣，也難以忽略它那如巧克力包裝盒上美麗圖案般的景色。布萊克唐充滿了茅草屋頂的小屋、白色圍欄、銀髮族的比例遠超過平均數，犯罪率也遠低於平均數。通常人們會選擇在這裡養老，這裡也是我從未想過要定居的地方。我讀著手機上的訊息，心裡相當在意那封訊息的內容：

布來克唐的森林裡發現無名女屍，請求重大犯罪小組支援，請回電。

要在這樣一個寧靜的小村莊發現無名女屍，一般而言會覺得是不是哪裡弄錯了，但我當下就知道確實有事情發生。十分鐘後，已經整裝完畢，喝完咖啡坐上車。

剛買的中古四驅車看起來該好好清洗了，後來我發現自己和那輛車一樣邋遢，只是發現得太晚了。我聞聞自己，考慮是不是該回去洗個澡，但又覺得在浪費時間，而且可能會吵醒其他人。我討厭她們兩個看著我的眼神。有著一模一樣的眼睛，滿盈著淚水，加上那失望的神情；這陣子真是看膩了。

我想要第一個衝到犯罪現場，但只是想想。這裡已經好幾年沒發生過什麼重大事件，這種感覺還不錯，讓我感到正向並充滿活力。長期在警察局工作的一個特點是，你會開始像一個罪犯一樣思考，但卻不會被視為罪犯。

我發動引擎，希望能順利啟動，假裝沒注意到後照鏡中已經開始花白的蓬亂頭髮、兩個黑眼圈，看起來比記憶中的自己還要老。我安慰自己，那是因為現在是半夜的關係，更何況，我不在意別人怎麼看我，重要的是我自己怎麼看自己。至少，我一直以來是這麼自我說服的。

一隻手握著方向盤，另一隻手摸著鬍碴。也許至少該刮個鬍子。又看了一眼皺皺的上衣。我很確定家裡有燙衣板，但我不知道放在哪裡，也忘了上次用它是什麼時候。這麼久以來，我第一次好奇自己在別人眼中是什麼樣子。我曾經風光過，曾經留下過很多事跡。

當我開進國民信託停車場時，天色還是漆黑一片。雖然我直接過來這裡，但我看到其他人似乎比我更早抵達。有兩輛警車和兩輛貨車，還有無警方標誌的車輛。法醫人員已經到了，還有調查警官普莉亞．帕特爾。她仍然年輕、有活力，對所選擇的職業還沒產生倦怠。她太年輕了，就算從事這樣的工作，也不會讓她顯得老成，同時嚴重缺乏經驗，仍不知道自己最終會如何被這份工作影響，更不知道這一行是如何影響我們大家的。她每天的熱情讓人看了就煩，好像沒什麼事能影響到她那開朗向上的性格。光是看著她我就頭痛。非必要時，我盡可能避免注意到她——尤其在每天都得面對她，與她一起工作的情況下。

普莉亞搖擺著馬尾，匆匆忙忙朝著我的車走來。她玳瑁色的眼鏡滑下鼻梁，大大的棕色眼睛滿是興奮；看起來絲毫不像是在深夜中被迫起床出門的樣子。她合身的輕薄西裝根本不保暖，剛擦亮的雕花皮鞋微微陷入泥濘中。我看到那雙鞋被弄髒時，莫名其妙產生一絲滿足感。

我好奇這位同事是否都這樣全副武裝地入眠，以防隨時得匆忙離家。她在幾個月前提出了一項特殊請求——想調到我手下工作；天曉得為什麼。我已經完全記不起來，自己的生命中是否曾經湧現過和普莉亞．帕特爾一樣的工作熱情。

我一踏出車外，就開始下雨。一瞬間，傾盆大雨從上方猛烈地襲擊著我，幾秒鐘內就將衣服淋濕。我抬頭仰望著天空，嚴格來說，現在已經是早晨，但天色仍是漆黑，現在看不到應該掛在天上的月亮和星星，全被黑雲遮蔽。要在戶外保存證據卻碰到暴雨，這可真是太好了！

我反射性地大力甩上車門，普莉亞打斷了我的思緒。她匆忙過來，試圖替我撐起雨傘，我搖手示意她走開。

「哈珀督察，我——」

「我之前已經告訴過妳了，叫我傑克。我們又不是在軍隊裡。」我說。

她表情有一瞬間凝固了，看起來像被懲罰的小狗，而我則覺得自己成了一個可悲的老頑固。

「通報這起案件的是巡邏隊。」她說。

「巡邏隊的人還在這裡嗎？」

「是的。」

「很好，我想在他們離開之前碰個面。」

「當然。屍體在這邊。初步顯示——」

「我想親自看看。」我打斷。

「好的，老闆。」

我的名字對她來說，好像是個無法啟齒的魔咒一樣。

我們經過一排工作人員——那些我忘記名字但依稀有些印象的人。可能我一開始就沒有去記名字，再不然就是已經很久沒見到他們了。這不重要。我的重大犯罪調查小組就在附近，成員不多，個個是人才，但他們要負責全郡數量龐大的案件。我們每天都與不同的人一起工作。此外，這份工作的重點不是來交朋友，而是盡可能不與人結仇。普莉亞在這方面還有很多要學習。我們低調安靜的行事風格對她而言可能不太適應，但對我來說很好。寂靜是我最喜歡的交響樂；當生活變得太吵雜時，便無法清晰思考。

我們在黑暗中踩著一層落葉和斷掉的枯枝，發出嘎吱聲；她拿出手電筒，照亮了前方小範圍的地面，真是一如既往地有效率，而且令人厭煩。秋天來去匆匆，稍作客串，便立刻讓位給自信過頭的冬天。我大衣上的第一個釦子已經不見了，無法完全扣上。我用一條有我名字縮寫的圍巾包著領口，這是條哈利．波特風格的圍巾，前妻送的。我捨不得丟掉，就像捨不得忘記送我禮物的那個女人一樣。也許會讓我看起來像個傻瓜，但我不在乎。有些東西我們之所以捨不得，是因為禮物的贈與者；那人給了我們名字、信念、圍巾。此外，我喜歡它繞在脖子的感覺：舒適，並且還是專屬於我的繩索。

我呼出的氣息凝結成霧，手深深塞進大衣口袋，試圖保持乾燥和溫暖。很高興看到有人想到要在屍體周圍搭起帳篷，我走進了那道白色聚氯乙烯門。在我看到屍體的同時，手指在口袋中摸到小孩子的奶嘴。我緊緊抓住奶嘴，那塑膠小物在掌中像有刺一般，引起一陣小小的疼痛。是的，我需要，有時會需要感受這種痛楚。並不是說我以前沒見過死人，但這次不一樣。

那名女性死者有一部分被落葉覆蓋，離主要小徑相當遠。如果不是警方團隊在她周圍設置了明亮的燈光，在這片黑暗的樹林角落裡，幾乎不會注意到她的存在。

「是誰發現屍體的？」我問道。

「匿名舉報，」普莉亞說道，「有人用巷子裡的公用電話報警。」

我對這次的回應充滿感激，這答案就像回話者的身高一樣：短小精幹。通常普莉亞話很多，讓我相當不耐煩。

我靠近一步，俯身看向這名女子的臉。年過三十，身材苗條，不知道你是否會喜歡這樣的外表，但我想我會被她吸引。從她整體的外表讓我想到三件事：金錢、虛榮和自律。那身材得經年累月去健身房，並透過節食和昂貴護膚品保養才會有這樣的成果。她那頭金色的長髮，髮色像是由專業人士漂染過的，並且整齊得像剛梳理好後，才躺入泥濘之中，髮絲滿是污垢，但仍閃爍著淡淡金色。沒有反抗的痕跡。她依然圓睜著那明亮的藍色雙眼，好像對生前最後看到的畫面相當震驚，從皮膚顏色和狀況來看，事發時間並不長。

這具屍體穿著整齊，身上所有東西都看起來很昂貴：一件羊毛外套、絲質上衣、黑色皮裙。唯獨鞋子不見了——對於在樹林中散步的人來說，並不正常。很難不注意到她那雙小巧漂亮的腳，但我眼睛無法不盯著那件短上衣看。可以看出裡面的蕾絲胸罩曾經是白色的，只是現在上衣和胸罩都被染紅。從屍體和布料凌亂破損的程度來看，顯然胸口被刺了多次。

不知為何有種想要碰觸她的衝動，但我沒這麼做。

就在那時，我注意到受害者的指甲被粗暴地修剪過，而且好像還有其他異樣。雖然我很討厭被人看到戴眼鏡，但視力已大不如前，只好準備一副未經眼科醫生驗配的眼鏡帶在身上，只在緊急情況下使用。我戴上眼鏡，然後仔細觀察了一下。

她塗著紅色指彩的右手，指甲上寫了字：

「雙」。

我又看看左手，也一樣，只是字不同：

「面」。

這不是情殺；是一起預謀犯案。謀殺。

我重新看看四周，發現普莉亞還沒有注意到；她一直忙著唸筆記和她的想法給我聽。除非明確要求她停止，不然她會一直說個不停。話語中的每個字不斷從她嘴巴湧出，亂糟糟地擠在一起，灌進我耳朵。我努力表現出感興趣的樣子，並在腦中對她那慌亂的句子進行即時翻譯。

「……我已經啟動了所有能把握黃金時間的標準程序。這個城鎮在這地區沒有閉路電視，目前正在收集主要街道的影像。我猜她不可能在寒冬裡光著腳走到這裡，停車場空無一人，沒有車輛登記。再加上也沒有身分證，我無法核發自動車牌辨識的命令……」

通常不用太在意人們在壓力下說話的字面意義。我真正聽到的，是她絕望又迫不及待地想向我證明，她有能力處理這件事的急切感。

「妳以前見過屍體嗎？」我打斷她。

她稍微挺直身子，像個不服氣的孩子一樣抬高下巴。

「當然有，在太平間裡看過。」

「這不一樣。」我輕聲嘟囔。

她不知道自己需要學習哪些事，我還有很多事情可以教她。

「我一直在思考凶手想要傳達的訊息。」普莉亞說著，目光又回到筆記本上，我看到她在列一份清單。

「對方想讓大家知道，這個受害者很虛偽的。」我回答道，她顯得困惑。「她的指甲。我認為有人剪過，並在上面傳達訊息。」

普莉亞皺起眉頭，彎下腰近距離觀察。

她驚奇地仰望我，好像我是赫丘勒．白羅。我想，「解讀」可是我的超能力。

我避開她的目光，將注意力重新轉向躺在地上死者的臉。然後，我指示調查小組中的一個人，從各個不同角度拍攝。她看起來像是那種喜歡被拍照的人，「虛榮」就像她胸前的裝飾。閃光燈閃得我眼花，腦中想起了另一個時空的記憶：幾年前的倫敦，街角充斥著記者和攝影機的喧囂，爭相拍攝他們不應該看到的東西。我埋葬了那段記憶——我受不了媒體——然後我又注意到了另一件事。

這名女子嘴巴微微張開著。

「用手電筒照她的臉。」

普莉亞照我說的做了，我再次跪下，更仔細地觀察著屍體。曾經的粉嫩雙唇已經變藍，但我看到隱約有紅色的物體藏在雙唇之間的黑暗中。我不多作思考，像被魔咒控制，伸出手。

「長官？」

普莉亞及時阻止我差點犯下的錯誤。她過於貼近，近到能聞到她的香水味，還有呼出來的氣息：淡淡的，剛喝過茶的氣息……這讓我很不舒服。我轉過身，看到她年輕的臉上出現了一絲細紋。我本以為，她第一次看到樹林中的屍體的整個經歷，可能會使她困惑、不安，但也許我錯了。我試著回想普莉亞幾歲——我不太會判斷女性年齡。如果要猜的話，她可能快要三十，或剛過三十。她仍然充滿野心，對自身潛力充滿自信，生活尚未帶給她巨大沉重的失望，至少還不是會對她造成創傷的程度。

「我們不是應該要等病理解剖家檢查屍體嗎？」她問道。這答案也是理所當然。

普莉亞對規定的堅持，就像優秀騙子捍衛著自己編造的故事一樣。她說「病理解剖家」的口氣，像是一個剛在學校學到新字的孩子，迫切希望別人知道她已經學會如何使用這個字了。

「當然。」我回答，接著後退一步。

與我的同事不同，我以前見過許多具屍體，但這與之前處理過的任何案件都不同。當普莉亞開始推測這名女性的身分時，我又分心了。彷彿像開啟了一起重要案件，我不禁懷疑自己是否能勝任。這麼多年來，我已經處理過許多類似案件，每次的情況都會變化，沒有兩起謀殺案是相同的。工作內容次次不同，我也改變了，事實上也不僅如此。

但這次案件真的完全不同——

——我從未處理過相識者的謀殺案，而且死者還是熟人。

我昨晚和她一起度過。

她

星期二06:30

我們都有祕密，有些祕密甚至連自己都不願想起。

我不知道是什麼叫醒了我，也不知道是幾點，睜開眼睛時，不確定身在何處。放眼望去一片漆黑，手指摸到床頭燈，至少讓漆黑中出現光亮，很高興看到熟悉的臥室景象。當我在這種不安中醒來，隨後又發現已平安到家時，總會感到些許安慰。

我不是那種你在書中或者在電視劇裡會看到的「經常喝太多，醉到想不起前一晚做了什麼」的女人。以喝酒而言，我既不是菜鳥，也不是一般常見的癮君子。我們都對某些事物上癮：金錢、成功、社交媒體、糖、性……各種事物，這列表無窮無盡。而我偏偏選擇了酒精作為我的毒品。記憶可能需要一些時間才能慢慢浮現，我想我應該不屬於那種總是對自己感到滿意或自豪的類型。總之，記憶總是會回來，總是。

這並不意味著我必須昭告天下。

在談論私人生活方面，我覺得我算不上是可靠的敘述者。

有時候，我覺得每個人都是如此。

我回想起的第一個記憶是，我失去了夢想的工作，而最糟的惡夢成真，這記憶的浮現，甚至讓肉體都產生了疼痛。我關掉燈——我不再希望看清事物——然後躺回床上，躲回被子下。雙手環抱著自己，閉上眼睛，回想起那時走出「瘦瘦控制員」的辦公室，然後在下午提早離開新聞室。我搭計程車回家，走路感覺有些不穩，然後打電話給母親，告訴她發生了什麼事。真是愚蠢，但我想不出還可以打電話給誰。

近年來，母親變得有些健忘和失智，打電話回家只會讓我內疚，因為我很少回去探望她。我有苦衷，我不想回到我來自之處，那些阻止我回去老家的理由最好全被遺忘。將父母與子女之間的疏遠，歸咎於距離似乎更權宜輕鬆；只是，當將真相扭曲得太過度時，往往會走向破碎。那個接起電話的聲音，聽起來像是媽媽，但實際上，不能「完全」算是她。在我傾吐完內心的苦悶後，有一會兒她完全沉默了，然後問我在經歷了糟糕的一天後，吃點煎蛋和薯條會不會讓我開心點。

媽媽不見得每次都能想起來我已經三十六歲，而且目前住在倫敦。她常常忘記我已經開始上班，以及我曾經有過丈夫和孩子。她似乎也忘了那天是我生日，今年和去年都沒有卡片，但這不是她的錯。我的母親已經變得無法辨認時間。她的「現在」和過去流動的方式不同，通常是倒退而非前進。失智症從我的母親身上偷走了時間，也從我這兒偷走了母親。

照這樣說來，我想要變回以前的自己，好得到媽媽的安慰，似乎也說得過去。但不應該是回到這麼小的童年；嗯，有時候得碰點運氣。

當我回到家時，拉上所有窗簾，開了一瓶馬爾貝克紅酒。不是因為我害怕被看見，而是因為我喜歡在黑暗中喝酒。雖然沒有人在看我，但我不想看到玻璃反映出如今的自己。喝完第二杯之後，我換上不那麼顯眼的衣服——舊牛仔褲和黑色套頭衫——然後去拜訪某人。

幾個小時再次回到家時，我在走廊脫下沾滿泥土的衣服。上面也沾染了滿滿的內疚。我記得我又打開另一瓶酒並點燃爐火，坐在火爐前，裹著毯子，大口地喝著酒。在寒冷中待了這麼長時間後，需要一段時間才能暖和起來。木柴嘶嘶作響，彷彿低語著祕密，火光投射出許多幽靈般的影子，在房間裡跳舞。我試圖從腦海中把她趕走，但即使我閉上眼睛，仍能看到她的臉，聞到她皮膚的氣味，聽到她哭泣的聲音。

我記得看到指甲底下的污垢，於是在洗澡時用力洗淨，再上床睡覺。

我的手機傳來震動。我想，這應該是把我吵醒的原因。現在已經是清晨，無論是公寓外部還是內部，仍一片黑暗，怪異地寂靜。我經驗中，有一種恐懼是寂靜。它沒有聲音，悄悄地接近我，常常潛伏在心靈最喧囂的角落。我仔細聆聽，沒有車鳴聲、沒有鳥叫，沒有生命、沒有鍋爐的轟轟作響，也沒有由古老的暖氣管線發出的低語聲，雖然管線十分努力，但卻未能為我家提供足夠的溫度。

我凝視著手機，那是陰暗中唯一的光源，一則突發新聞的簡訊跳出，將我從睡夢中徹底喚醒。螢幕發出一種不自然的光芒。閱讀後，標題提到在樹林中發現了一具女性屍體。我不知道自己是否還在做夢，但房間似乎比剛才更暗了一些。

然後我的手機響起。

我接起電話，聽到「瘦瘦控制員」一大早打來道歉，他問我現在是否能來電台主持。

「凱特．瓊斯呢？」我問道。

「偶們不知道。但是她沒有上班，也沒有人能聯繫到她。」

昨天破碎的心開始慢慢匯聚和融合。有時候，我會迷失在思緒和恐懼中。內心深處某個地方一直擔憂著，雖然明白這只是在胡思亂想。但焦慮經常壓過邏輯，倘若你長時間想像著最壞的情況，那麼它就會成真。

當我沒有回應他第一個問題時，「瘦瘦控制員」又提出了更多問題。

「偶金的很抱歉打擾妳，安娜。但是如果口以的話，偶現在就要知道……」

他的語言障礙，讓我不那麼討厭他。我不知道要說什麼，雖然在想像中對這種情況排練過很多次。

「當然。我絕不會讓團隊失望的。」

在電話的另一端能明顯感受到他鬆了口氣。

「妳是偶滴救命恩人。」他說道。而我在那個瞬間沒有意識到，事實上，正好相反。

這次盥洗比平常還花時間，因為我仍在宿醉。但一些處方眼藥水和一杯咖啡可以解決這個問題。我喝著熱到燙嘴的咖啡，讓那一點點痛苦來緩解身體的不適。然後我拿出冰箱裡的瓶子，倒了一些冰涼的白酒，只是一小杯，舒緩那灼燒感。我走向浴室，無視走廊盡頭，那扇我總是關著的臥室房門。有時候，人的記憶會重新構建，呈現出的畫面會比實際上更美好，回想時就不會那麼糟糕。也有時候，我們需要遮蓋它們，假裝不記得藏在底下的東西。

淋浴後我從衣櫃中挑了一件紅色洋裝，上面還掛著價格標籤。我不喜歡購物，所以如果找到一款合適的衣服，我會傾向買下同款的所有色系。衣服並不能決定一個女人，但可以幫助我們掩飾身分。我通常不會立刻穿新衣服；會留到需要提振精神，讓我感覺好一點時，才會拿出來；衣著不是為了穿得像自己而穿。現在正是需要件漂亮新衣的時候，讓真實自我偽裝在其中。當我對外表感到滿意後，再穿上最喜歡的紅色外套——引人注目並不總是壞事。

我迫不及待地想回到之前的工作崗位，於是搭計程車去上班；在進入接待處之前，放了一顆薄荷糖在嘴裡。雖然還不到二十四小時，但當我凝視著新聞室的感覺就像回到家一般。

當我走向團隊時，不禁注意到他們都轉頭望著我，像一群狐獴。他們彼此交換著一系列焦慮的表情，深深刻在疲憊的臉上。我本以為他們看到我會更開心一些，畢竟並不是所有的新聞主播都像我一樣，為了播報盡忠職守。我收起沒有得到回應的微笑，比以前更用力地握住螺旋樓梯的金屬扶手，好像隨時會摔下去一樣。

當我伸手去拉椅子時，主編阻止了我；她冰冷的手放在我的手上。她搖搖頭，然後低下頭來，一臉尷尬。她是那種經常祈禱銀行帳戶的錢可以更多，身上肥肉可以更少的女人；但上帝似乎總是搞混她祈禱的內容。我一個人站在團隊中間，其他人都坐著。他們灼熱的目光，讓我臉頰潮紅，猜測他們可能知道些什麼我不知道的事情。

「非常抱歉！」我背後傳來一個聲音。要用「被刷過的天鵝絨」來形容這聲音似乎有些荒謬，但確實很符合：一名貴婦假惺惺的聲音。這是一個我沒料到而且也不想聽到的聲音。「保姆臨時請假，我婆婆同意來幫忙，但卻在路上出了車禍，好在沒有太嚴重，只是輕微的擦撞；然後，等我終於安頓好孩子離開家時，火車又延誤，那時才發現忘了帶手機，沒辦法通知你們我哪時能到！我不知道該怎麼表達我的歉意，不過好險最後還是趕上了。」

不知道我為什麼會傻傻以為凱特．瓊斯永遠離開了。現在看來，我曾幻想過的某種小意外實在很傻。總想著會發生一些事，讓她無法主持午間新聞，這樣我就能重新回到她的位置，成為夢想裡的那個人。現在她回來了，我變得多餘，並且深切感受自己變得脆弱，彷彿漫畫人物，向內對折又對折，最後成為一個微小到看不見的人。我成為一台剛整修好的機器中的一個備用零件，不被需要的多餘物品。

她將亮紅色的頭髮掛在耳後，露出的鑽石耳釘，至少比配戴者本人更真誠。她的髮色不可能是天生的，但看起來很完美，就像她合身的黃色裙子，以及她對我微笑時，露出的一排珍珠般潔白的牙齒。我感覺自己像一個邋遢的假貨。

「安娜！」她喊道，彷彿我們是老朋友，而不是新的對手。我像收到一份糟糕的禮物一樣，報以微笑回應。「我本來以為，既然我都回來了，妳卸下重任後的第一天，會在家陪陪小孩！我希望妳當媽後沒有累死，妳女兒現在多大了？」

她現在「應該」兩歲又三個月零四天。

我從未停止計算。

我猜凱特還記得我懷孕的事。但顯然沒有人告訴她，夏綠蒂出生幾個月後發生了什麼事。突然間，整間新聞室變得非常寂靜，每個人都看向我們。她的問題讓我喘不過氣來，所有人，包括我在內，似乎都無法回答這問題。她雙眉微微皺起，帶著一絲戲劇性的不悅表情，我確信她的眉毛是紋上去的。

「哦天哪，是因為我妳才被叫過來的嗎？真的非常抱歉——今天早上妳本可以好好休息，多陪陪家人。」

我抓住新聞主播椅子以保持平衡。

「真的，沒關係。」我勉強擠出一個讓臉部感到疼痛的微笑，「妳知道嗎？老實說，我很期待再回去當記者採訪，妳回來我真的很高興。好想念不在辦公室的日子，到外面報導真實的故事，遇見真實的人。」

她沒有特別的表情。我把她的沉默解釋為她不認同，或者她不相信我。

「如果妳那麼期待外出採訪，也許妳應該了解一下昨晚發生的謀殺案？那具樹林裡的屍體？」凱特回答。

「接個想法不湊。」瘦瘦控制員出現在她身旁，笑得像一隻得到新香蕉的猴子。

我感覺自己開始垂頭喪氣。

「我還沒看過那則消息。」我撒了個謊。

現在是假裝生病的好時機。我可以回家與世隔絕，喝點東西讓自己快樂一點，或者至少不那麼悲傷。但凱特・瓊斯講個不停，整個團隊似乎對她說的每一個字都非常關注。

「根據報導，布萊克唐那裡發現一具女屍。布萊克唐位於薩里郡，是一個寧靜的村莊。不是什麼重大新聞，但也許妳可以去看看，我是說，如果妳有興趣的話。事實上，我全力支持公司應該要派一個攝影小組給妳。我相信妳不想一直待在這裡……」

她瞥了一眼我們稱之為「計程車站」的地方——那是新聞室的一個角落，一般連線記者會坐在那裡，等待著被派出去挖新聞，但最後的結果，是自己連新聞畫面都上不了。其他專攻特定領域的記者們，坐在樓上的辦公室裡，像是：商業、健康、娛樂、犯罪……。他們工作內容充實，而且待遇不錯，也相對安全。和底層的連線記者有著天壤之別。連線記者中有的人曾經前途一片光明，但可能得罪了不該得罪的人，從此不斷採訪著就像灰塵一樣無足輕重、不會被播出的報導。

新聞室裡有很多無用的人，但媒體工會的強硬態度，讓這些人沒那麼容易失業。對於一位曾經擔任過新聞主播的人來說，幾乎難以想像有什麼比連線記者角落這更丟臉的位置了。我已經努力了這麼久的時間，不可能就這樣從業界消失。我會找到再次回到電視上的辦法，但，總之，我不想報導這則新聞。

「還有其他要追的消息嗎？」我問。

我的聲音聽起來很奇怪，詞語像被卡在喉嚨裡。

瘦瘦控制員聳聳肩，搖搖頭。我注意到他那套不合身的西裝肩膀上，飄落了一層頭皮屑，而他也注意到我在看什麼。我強迫自己露出最後一絲微笑，打破這新的尷尬沉默。

「那我想我要動身去布萊克唐了。」

我們每個人都有裂痕，生活磨損著心靈和思想，造成許多小凹陷和瑕疵。有的貼上一層恐懼和焦慮阻止前進，有的被脆弱的希望保護住。我選擇無論何時都盡可能隱藏脆弱的一面。我選擇隱藏的事情很多。

只有騙子不會後悔。

事實上，此刻要我去哪裡都可以，但布萊克唐——是我絕對不想再回去的地方，特別是在昨晚之後。有些事情太難以解釋，即使對自己也是如此。

殺死第一個人很容易。

當她在布萊克唐車站下車時，她看起來好像不想待在那裡。我理解那種感覺。我也不真的想待在那裡，但至少我穿了一件舊的黑色毛衣可以禦寒。她不一樣。這是從滑鐵盧站開出的最後一班列車，所以她一定很晚睡，但顯然她晚上還有計畫，因為她已整裝待陣：紅唇、金髮和黑皮裙。外面的衣裝是真實的，而裡面的那個女人是虛偽的。她選擇的職業，就旁人來看，總是顯得無私和有富有同情心，她經營一所照顧遊民的慈善機構。但我知道她遠非聖人，更像是一個試圖彌補自己邪惡罪行的罪人。

有時候人們做善事，是由於內心感到不安。

布萊克唐車站在那個時段總是空蕩蕩的，她是唯一一個下車，走在寂寞小月台上的乘客。這是一座宛如沉睡中的小鎮，在平日晚上，人們早早回家上床睡覺，大家都包裹在注重禮儀和一致性的中產階級外表之下。在這樣一個地方，如果發生了不好的事情，人們會出奇快速地丟掉那些不好的記憶。

布萊克唐車站本身是一座一八五〇年的建築，受到政府保護。正如雙開門上方的石雕所展現出來的自豪感。儘管布萊克唐在幾年前已經擴展成一個城鎮，但這座車站仍然保持著如畫般的景色和古典。就像回到了過去，黑白電影的場景。由於其歷史價值，它受到保護，得以拒絕任何非必要的現代化侵蝕。這裡沒有監視器，只有一個單一進出的通道。

我本可以當場殺了她。

但她手機響了。

她一路從月台到停車場都在通話，所以即使沒有人看見，也可能有人聽到。

我看著她坐進她的奧迪TT跑車內，這是她慈善機構的公司車；其他的東西也是公司的，包括一件名牌外套、去紐約的行程費用、她頭髮的亮麗色彩。我看過她會計師提交的年度報表。那是我在她家裡的辦公室所找到的資料，辦公桌的抽屜沒有鎖。她經常從慈善機構盜用公款，然後花在自己身上。讓這樣的人逃過處罰，本身就是一種罪過。

她從自己的車上下來，換搭另一輛車。然後將那頭美麗的金髮掛在耳後，並屈身做了一些動作。這只是前菜，或許是為了激起她自己的胃口，然後她拉起裙子，扯下內褲，準備進入主題。

她喜歡穿著衣服做，並拍掉試圖幫她脫衣服的手。但這並不重要；她最美麗的部分仍然展現在眼前：她的鎖骨。我一直覺得鎖骨是女性最性感的部位之一，她的鎖骨非常引人注目。肩膀和鎖骨之間凹陷的部位，她脆弱的骨頭從雪白的皮膚中突出，形狀簡直美妙絕倫。看著那對鎖骨讓我心痛。我也喜歡她的鞋子，以至於我決定把它們留下。她的鞋對我來說太小了，無法穿上——因此，更像是紀念品吧。

她被進入時，表情發生變化。然後我閉上眼睛，聆聽著交歡的聲響，明知道不應該，卻無法克制而發出的聲音。就像森林中的動物一樣。遵從基本需求，不考慮後果。

但總是會有後果的。

我喜歡她完事後的樣子：雖然天氣寒冷，但臉上卻泛著汗水的光澤，蒼白的臉頰多了些許的顏色，她完美的雙唇微開，就像仿紀錄片《人狗對對碰》裡，狗展比賽中的其中一條在喘息的狗一樣。嘴唇微微分開，足以插進一點東西。

最重要的是，在我殺死她之前，我喜歡她漂亮藍色眼睛中的神情。這是我從未見過她曾展現過的表情——恐懼——這非常適合她。好像已經知道即將發生非常糟糕的事情一樣。

他

星期二 07:00

這很不妙。

如果有人發現，他們會認為是我幹的。但我相當有信心，沒有人知道我們的小共識。今天每看一眼她泥濘中的屍體，我都會想起昨晚和她在一起的情景。

有時候，我感覺像是從遠處觀察她對我所做的一切，彷彿那個人不是自己。我常常很難相信我們真的是這種關係。像這樣美麗的女人，會對我感興趣，美好到不真實，像在夢中。現在，鑑於發生這樣的事，我猜那確實是一場夢。她上了車，不發一語就拉開我的拉鍊，開始口交。之後，她讓我隨心所欲地發洩，而我也很享受從她那個完美唇形中發出的微小聲音。

我對她有這樣的幻想，已經持續很長一段時間。

她遠遠不在我的世界中，我內心深處知道這終會結束。但從幾個月前，我們開始「半夜聯絡」，她讓我為所欲為。對我來說這毫無道理，她這麼地美麗。但過了一段時間後，我停止質疑自己配不配得上。她就像一種毒品：我越是擁有她，就需要得越多，只有這樣我才能達到高潮。

當這樣的女人吸引你的注意力時，你很難不去想她。她像潮水一樣來來去去，我知道她遲早會拋棄我，讓我無助地留在原地。但我持續在這過程中，享受著這段時光。

我們雙方都從這共識中得到了想要的東西——沒有束縛的性關係。沒有任何承諾或其他東西，我認為這就是我們之間能夠持續下去的原因。沒有約會、沒有不必要的複雜問題。她告訴我她幾個月前離婚了，說是她的前夫出軌。這個男人顯然是個傻瓜，但我也是一樣，自欺欺人地以為我跟她並非只是單純享樂的對象。我並不介意知道我在她眼中只是這樣一個角色。大家都知道她外貌出眾但品行不端；漂亮的人往往更容易逃離責難，大多數時候是如此。我原以為，如果沒有人知道我們在做什麼，就沒有人會受傷。我錯了。「叫我名字」這是她在做愛時，唯一說過的話，所以我照做了。

瑞秋、瑞秋、瑞秋。

「還好嗎，長官？」

普莉亞盯著我看，我大概又在自言自語了。更糟糕的是，她似乎正盯著我臉上的抓痕，那是瑞秋留下的。我從來不明白為什麼女人在性行為中會這樣，像野貓一樣用指甲亂抓。她的指甲一直都是一樣的：又長又粉紅，帶著看起來不真實的白色尖端。我並不介意背上的痕跡，反正看不見……但她昨晚抓到了我的臉。我再次凝視著瑞秋的手指，指甲粗糙地剪得很短，上面塗著兩個字：雙面。然後我又看向普莉亞。意識到同事盯著我臉頰上淡淡的粉紅疤痕，讓我想要逃跑，但我所做的只是轉身離開。

「我沒事。」我咕噥道。

我找了個藉口，坐在車裡一會兒，假裝打電話，同時試圖取暖，冷靜下來。我轉過身盯著後座，迅速再次檢查地板，但肉眼程度看不到瑞秋在這裡留下任何痕跡，儘管她的痕跡應該無處不在。我已經不記得我們在這輛車上做愛的次數和方式了。坦白說，這車和我們一樣骯髒。得找個機會把車內外都清理乾淨。

我不知道自己當初是怎麼想的，會跟她這樣的女人有牽扯。我知道她是個麻煩，但或許正因如此，我才無法拒絕她。我想我被她吸引了。和瑞秋見面總是比回家好，經過一天的辛勞工作後，家裡沒什麼值得等待的。但如果我跟她的事被人發現，我可能會失去一切。

雨仍在下。風拍打在擋風玻璃上的聲音在耳朵裡聽起來如同打鼓。後腦抽痛，只有尼古丁才能治癒。真想抽根菸，但我幾年前已經戒了，為了孩子，不想將我自己選擇的糟糕生活，強加到一個無辜的人身上。一杯好的紅酒也許也能讓痛苦消失，但我也戒了午餐前喝酒。我思考了其他可能性，發現沒有其他選擇，最好跟著計畫走。

普莉亞敲敲車窗戶。我考慮是否無視她，但想了想還是下車，回到寒冷潮濕的現實中。

「很抱歉打擾你，長官。你剛才在和別人通話嗎？」

只是在自言自語。

「沒有。」

「上頭說他打不通你手機。」她說道。

如果她這用詞是要讓我難堪，那她成功了。我拿出手機，看到八通來自副局長的未接來電。

「沒有未接來電。他可能撥錯號，再不然就是我收訊不好。」我撒了個謊，立刻把手機放回口袋。撒謊是我相當擅長的事情，對自己和他人都一樣，我充分練習過。「如果他再打來，告訴他一切都在掌控中，稍後會向他更新最新情況。」現在我最不需要的就是讓一個年紀比我小一半的高階警官，全盤否定我的表現。

「好的，我會告訴他的。」普莉亞說。

我看到她將這件事默默記在腦中，她腦子裡可能有個待辦事項的清單。她顯然還有其他事情想告訴我，想起來的那一刻，臉色立刻像彈珠台的燈號亮了起來。

「我們找到了印子！」

什麼？

「什麼？」

「我想我們找到印子了！」她重複道。

「指紋？」我問道。

「鞋印。」

「真的嗎？在這麼泥濘的地方？」

這場雨大到在林地地面上形成了許多小水流。普莉亞像一個向父母展示自己最新繪畫的孩子般微笑著。

「我想法醫們很興奮能夠離開實驗室。那看起來像是一個大型靴印，不久前才留下，就在屍體旁邊。本來被枯葉遮蔽住，而且遮擋得很完整！你想看嗎？」

我瞥了一眼自己沾滿泥土的鞋子，然後跟著她走去。

「說真的，就算真的找到了腳印，搞不好是我們小組某個成員。整個現場應該在到達時，就立即進行完全封鎖，包括停車場。現在我們遇到的任何腳印，在法庭上都派不上用場。」我說道。

她的笑容漸漸消失，我感到稍微鬆了口氣。

我不認為有人知道我在這裡待過，或者有任何理由懷疑我和被害者之間的關係。只要事情保持這樣，我應該就很安全。我現在最好表現得正常一些，做好工作，並在有人把矛頭指向我之前，證明是別人殺了瑞秋。我試著稍微整理思緒，但思緒太過混亂，腦中吵個不停。其中一個聲音一直在重複播放：真希望我從未回到布萊克唐。

她

星期二｜07:15

我覺得沒有必要刻意迴避布萊克唐。那只會引來更多我無法回答的問題，所以我回家打包行李。我並不打算過夜，但在這個行業裡，事情並不總會按計畫進行。雖然已經有一段時間沒跑新聞，但我還記得該打包的東西：乾淨的內衣褲、不需要熨燙的衣服、防水外套、化妝品、髮膠、一瓶葡萄酒、一些小瓶裝酒和一本小說，雖然已經知道不會有時間去讀。

我把小行李箱放在車後，然後爬進車內，那是和前夫分開後買的一輛紅色迷你敞篷車。上路前繫好安全帶；我是個非常重視安全的司機。我擔心昨晚的情況可能會造成酒測值超標，但手套箱裡準備了酒測儀，專門用來應付這種情況。我拿出來，吹氣進測量管，等待螢幕顯示結果。顯示綠色，代表沒有問題。不需要打開GPS，我很清楚知道要怎麼走。

沿著A3公路往南，會相對輕鬆——現在是交通尖峰時段，開車前往倫敦的人比離開的還多，在那裡待一分鐘感覺會像是一小時。只有千篇一律的風景和焦慮一路相陪。收音機也沒什麼好內容，所聽到的每一首歌，似乎都讓我想起那些試圖忘掉的事情。跑來報導這則新聞真是個糟糕的主意，但我無法向任何人解釋原因，似乎沒有選擇。

我轉入那老舊又熟悉的路口，路牌上標示著前往布萊克唐。此時我胃部的不適變得更加嚴重。一切看起來都和以往一樣，彷彿薩里郡這個小角落的時間停滯了。很久以前，這裡是我稱之為家的地方，但現在回顧，感覺像是別人的人生。即使布萊克唐和居民們沒有改變，可是我已經面目全非。

雖然這裡發生了許多不愉快的事情，但仍然美麗。一離開高速公路，車子就進入了蜿蜒狹窄的鄉間小路。森林高聳入雲，我像被古老樹林吞沒，天空很快就消失不見。數百年歷史的彎曲樹木，其扭曲的樹枝在一條條往下凹陷的小路上方，交錯橫跨；樹根在路兩旁陡峭的邊坡顯露。上方相互纏繞的粗壯樹枝遮擋住了一切，只有少數不屈服的陽光碎片能穿越。我全神貫注地盯著前方道路，控制自己不要掀起不想憶起的思緒，以及控制好車子，駛過那條被樹木籠罩的陰影隧道，前往小鎮。

當我開出那一片綠蔭時，便看到布萊克唐，這座村莊每天仍展現出最美好的一面。漂亮又維護良好的維多利亞式小屋，自豪地矗立在整齊的花園後面，四周點綴著長滿青苔的乾石牆；也有的屋子選用白色柵欄。鄰近房屋的窗邊花台，彼此爭豔，在布萊克唐，整年都不可能在街道上看到任何垃圾。我經過村莊的綠地、白鹿酒吧、破舊的天主教堂，然後經過宏偉的聖希禮學校的外牆。看到女子重點中學後，我加快了油門，再次專注於路面情況，彷彿只要不直接看著那些建築物，那麼糾纏著我的回憶就找不到我。

我停在國民信託的停車場，看到攝影師已經到達。希望他們派來一個優秀的攝影師。所有BBC的工作車輛都一模一樣——同系列的休旅車，後面車廂都有一整套的攝影器材，但攝影師們大相逕庭。有些人表現得比想像中出色，而有些人則差得多。我在螢幕上的形象很大程度上取決於是誰在拍攝，因此對合作對象有些挑剔。我就像個木匠，有權利選擇最好的工具來創作和塑造作品。

我停在攝影組的車旁，還看不清坐在車內的人是誰。駕駛座位完全向後躺，裡面那位仁兄似乎決定先睡一覺。這不是一個好兆頭。我已經很久沒有外派了，新聞界的人事變動率很高，很有可能是從未合作過的攝影師。這條職業道路爭激烈，高層的空間很少。通常優秀的人在發現無法晉升後，便會離開。我本來猜對方可能是新人，但當我下車往車內看時，發現並不是。

寒風和雨水目前已經停歇，車窗是打開的，裡面是熟悉的身影。他正在抽著手捲菸，聽著八十年代的音樂。如果遲早要面對面，我最好先解決這尷尬的重逢。我喜歡把自己的歷史以及曾有過關係的人留在過去；但當要與他們一起工作時，這可能有些棘手。

「這東西會害了你的，理查。」我說著，坐進副駕駛座並關上車門。車內充滿了咖啡和菸味，還有他的味道。這種氣味很熟悉，並沒有那麼令人不悅。而且我的其他感官沒受到什麼影響。我無視心裡的衝動，忍著不去清理掉視線範圍內的所有雜亂：巧克力包裝紙、舊報紙、空咖啡杯和壓扁的可樂罐……我試著不碰觸任何東西。

我注意到他穿著富有個性的復古T恤和一條破爛牛仔褲，雖然他去年已經四十歲，但仍然打扮得像個十幾歲的青少年。他看起來像個身材纖瘦但精實的衝浪者，不過我知道他害怕海洋。一頭披頭散髮的金色長髮完全不綁。這種髮型在學校時代被稱之為「窗簾」，就只是隨意地把頭髮塞掛在那有耳洞的耳朵後面。他就像一個成年版的彼得潘。

「反正我們總會因某些東西而死。」他說著，又深吸一口菸。「妳看起來不錯。」

「謝了。但你看起來像坨屎。」我回答道。

他露出笑容，至少彼此間厚厚的冰層已經破裂了一點點。

「妳知道，不必總是說得那麼直白。尤其是在早上。妳如果不是這種個性，也許現在會有更多朋友。」

「我不需要朋友，只需要一個好攝影師。你認識嗎？」

「這句有趣。」他說著，然後將菸灰彈出窗外，轉過來盯著我。「我們現在來把事情搞定好嗎？」

他眼神帶有威脅，我不記得他有過這種表情。但接著他下了車，我意識到他指的是工作。我看著理查檢查相機，他在衛生方面或許不是一個完美主義者，但對工作相當認真。今天我會和他一起工作，有很多原因都讓我感激和寬慰。首先，他能拍攝任何新聞題材；再者，就算我狀況很糟，他也能讓我看起來很棒。其次，我可以在他面前做自己……可以這麼說吧。

我在當連線記者時，曾經和理查發生過幾次關係。沒有其他人知道這件事，我們手上都有婚戒，這保密的理由已足夠充分；再說這也沒什麼好自豪的。當時我還算是已婚，但情緒低落。有時候，我發現緩解極度痛苦方式，就是以不同的方式自我傷害，轉移注意力，好讓我不再被那些可能會讓內心崩潰的事情困擾。些微的痛苦可以幫助我療傷。

我永遠不會為出軌辯解，但在發生不該發生的關係之前，我的婚姻已經名存實亡很久。當我們夫妻倆失去女兒時，一些事情變了。她去世以後，我們都有些部分也跟著死去。但就像不知道自己已經死亡的幽靈一樣，繼續在彼此身邊或自我身上遊蕩很長一段時間。

這本來就是一份充滿壓力的工作，徘徊在谷底的時候，都需要尋找一些安慰。大多數的新聞都是壞消息。由於工作的關係，我見證了一些改變自己、改變對世界以及對人的觀點。有些事情我永遠無法忘記。我們是一個能夠犯下可怕罪行的物種，卻無法從自身的歷史汲取教訓。

當你每天近距離目睹人類的恐怖和不人道行為時，這會永遠改變你的觀點。有時候，只需要選擇把頭轉開，就像我們的關係一樣：只需要記得彼此共同的感覺而已。在我這行業中，這樣的情況並不罕見——好像整個新聞部門的人都曾發生過關係。我有時候很難適應新的成員組合。

理查穿上外套，當他伸手穿入袖子時，腹部肌肉隱約可見。然後他把菸蒂丟掉，用大靴子的鞋底熄滅剩下的殘火。

「要一起過來嗎？」他問道。

我們走向樹林，他把三腳架留在後面，這裡不需要插在泥地中的拐杖。我盡力避開所有的水坑，不想弄髒鞋子。沒有走多遠，就看到除了一些攝影師外，我們是唯一到達的新聞界人士，但很快就發現，我們都不受歡迎。

「請留在警戒線後面。」一位身材嬌小的年輕女子說道。

她的衣著太過整潔，母音也發得過於明顯，像是個在班上根本沒人理睬的好學生班長。當我們沒有理會她時，她稍微不自在地揮動著證件，好像習慣了被人誤認為是學生，需要出示身分證明。在她將證件收回口袋前，我勉強瞥見了她的名字「帕特爾」，但沒有看到其他內容。我對她微笑，她沒有理我。

「我們很快就會設置大範圍警戒線。現在能否請你們在停車場待著。這裡是犯罪現場。」

這位女士顯然缺乏魅力，沒什麼人理她。

我看到她身後架起了燈光，還有一小群穿著法醫服裝的人在那裡，其中幾人在遠處的樹林地面上，蹲下來觀察著某樣東西。他們在屍體周圍搭起了一座帳篷。根據我的經驗，一旦錯過，將不再有機會靠近。理查和我有默契地交換了一個眼神，進行無言的交流。他按下攝影機的錄製鍵，扛在肩上。

「當然可以。」我說著，用燦爛的微笑，掩飾我小小的謊言。

我會盡一切所能來完成工作。通常最好不要惹警方不高興，但有時避無可避。我不喜歡撕破臉正面對決，在這種情況下，迂迴一點也許更有機會。

「我們只是簡單拍個兩張照片，然後馬上離開。」我說道。

「現在就離開，按照她說的，回到停車場。」

我看著女警旁邊的男人，他看起來已經有一段時間沒睡覺了，似乎是半夜被吵醒後匆忙起床，脖子上戴著一條哈利．波特風格的圍巾。一個魅力稍嫌不足的現代版神探可倫坡。理查繼續拍攝，而我就站在原地。這是一組熟悉的流程，我們都知道每個動作，對於任何突發新聞來說都是一樣的步驟：拍攝畫面，撰寫新聞。

「這條路是公共區域，我們有權在這裡拍攝。」我說。

這是我能想到最好的拖延策略，讓理查有機會拉遠鏡頭，拍到更多的現場特寫。

男警探向前邁出一步，用手擋住鏡頭。

「小心點，朋友。」理查說著，往後退了一步。

「我不是你朋友，滾回停車場，不然我就逮捕你。」

男警探生氣地看著我，然後轉身正要走向帳篷。

「我們只是在工作，沒必要這樣。」理查對著他背影說。

「有拍到嗎？」我問。

「當然了。但我不喜歡別人碰我機子，我要投訴他，應該弄清楚他的名字。」

「不需要，我已經知道他是誰。傑克．哈珀，刑事調查局的督察。」

理查盯著我看。

「妳怎麼知道？」

我停頓了一下才回答。

「以前見過。」

這是真的，但並非全部。

他

星期二 08:45

看到安娜就火大；但我沒打算告訴任何人背後原因。我在腦海中一遍又一遍回想剛才的對話，直到那變成令人惱火的慢動作重播，每一段對話一再在腦中複誦，然後我會遷怒到周圍的人身上。我希望能處理得更好，今天已經非常糟糕，而安娜，竟然還出現在不該出現的地方。如果早知道會碰到她，今天就穿衣櫃裡那件全新的襯衫了。那件襯衫掛在那裡好幾個月，裝在包裝袋時的摺痕仍然在上面。自從搬來這裡後，我沒去過別的地方，不知道我留著那件襯衫要幹嘛。現在她看到我這個樣子，穿著皺巴巴的衣服，打扮比其他同事還要老氣。我只是假裝自己不在意。

此刻現場已擠滿了衛星轉播車、攝影師和記者。我不知道新聞界為什麼會這麼快知道消息，包括她。毫無道理。就算他們知道有屍體，但這片森林有好幾個入口，圍著整個山谷和周圍的山丘，其中一半的路徑連我都不知道，而且停車場也不止一兩座。所以我不明白他們怎麼知道是這個停車場，而且安娜幾乎是第一批到達的。

我沒看到她跟其他記者交談，而是在跟普莉亞說話，忍住了想要衝過去打斷的衝動。她總是知道如何將敵人變成朋友。我只希望，不管是公開還是私下場合，帕特爾警官不會天真到相信一名記者，或是隨便就說出不應該說的話。她遞給安娜一些東西。兩個女人笑了笑，我花了點力氣才看清楚那是什麼：藍色的塑膠鞋套。安娜倚著樹幹，把鞋套套在高跟鞋上。她朝我的方向看過來並揮揮手，我假裝沒看到，轉身往其他地方看去。她一定是向法醫小組借了一雙鞋套，避免在泥濘中弄髒她上新聞直播的漂亮鞋子。簡直令人難以置信。

「我想我知道她是誰。」普莉亞突然出現在我身邊，打斷了我內心的自言自語。

或是至少，我希望這些文句只存在於內心，並沒有不自覺地真的在嘴裡喃喃唸叨。

最近我常不知不覺把思緒宣之於口。當這種情況發生時，會發現人們盯著我看。這好像是由於太過疲勞，不然就是壓力過大——來自於身為一位中年警探，並和一個情緒經常低落的女人外加她的兩歲孩子一起生活的雙重壓力。我回想著小組中是否有人抽菸，也許可以和他們要一根來讓自己冷靜一下。

普莉亞盯著我，好像在等待某種回應，我必須回想一下她剛才說了什麼。

「她是電視新聞主播，當然會知道她是誰。」

我的話匆忙講出，有點語無倫次，而且口氣奇差無比。普莉亞不會讓對話就此結束，她好像把我起伏不定的心情當成遊樂場裡的玩具一樣。

「老闆，我是指受害者，不是安娜．安德魯斯。」聽到有人大聲說出她的名字，我再次感到不安。我不知道自己現在什麼表情，但普莉亞似乎覺得需要解釋。「我有在看新聞。」她又做出那種奇怪的伸下巴動作。

「知道了，很好。」

「那位受害者，我還不知道她的名字，但我曾經在城裡見過她。你呢？」

不只見過、還聞過她的氣味、跟她上過床……

幸好普莉亞沒有停下來等我回答。

「她很引人注目，你不覺得嗎？一頭金髮和時髦的衣服。我確定自己曾看到她揹著瑜伽墊出現在商店街上。聽小隊裡其他住在這裡的人說，她是這裡的人，出生在布萊克唐，也在這裡長大。他們似乎覺得她仍住在這裡，但是在倫敦一家幫助遊民的慈善機構裡工作。不過好像沒有人記得她的名字。」

瑞秋。

她不僅在遊民慈善機構工作，她還是那機構的負責人，但我沒有糾正普莉亞，也沒告訴她我幾乎知道關於受害者的所有事情。瑜伽是瑞秋在她丈夫出軌後，尋求自我逃避的一種方式。她對瑜伽變得有些著迷，每週去四、五次，雖然我並不介意。這項特別的嗜好對我們兩人都有好處。除了在停車場或偶爾在旅館的見面（我們從不到對方家中拜訪或約在公共場所），她似乎沒有太多社交活動，除非是為了工作。她在Instagram上定期發布照片（當我獨處又剛好想到她時，喜歡去看這些照片），相對於網路上成千上萬所謂的「朋友」，她在現實生活中的朋友出奇地少。

也許她只是工作太忙。

可能是因為其他人嫉妒她的成功。

不過，也可能是因為在那美麗的外表下，她有醜陋的一面。一個我選擇忽視但同時也無法視而不見的一面。

這片樹林周圍已經拉出大範圍的警戒線。但媒體界的人就像黏在捕蠅紙上的蒼蠅，固執地在四周吵個不停，想要獲得更好的拍照角度。高層指示我應該在鏡頭前發表聲明，開個記者會。我從總部收到一連串的電話和電子郵件，命令來自於我聽都沒聽過的「高層」。他們要我講些可以讓公關部門在社交媒體上發文的東西。除了用來窺視和我上床的女人外，我從不使用社交媒體，但最近好像上面的高級長官，認為社交媒體比工作更重要，連受害者家屬都還沒被通知就急著上傳。看來我需要檢視自己處理事情的優先事項。我的肚子發出巨響，整個小組團隊都聽到了。他們似乎都在盯著我看。

「杏仁？」普莉亞問道，向我舉著一包看起來像鳥飼料的東西。

「不用了，謝謝。我想要的是培根三明治或者——」

「香菸？」

她從口袋裡拿出一包香菸，這讓我感到意外。普莉亞是那種很時尚的素食者，而且是個純素主義者，我從來沒見過她碰過比黑巧克力更不健康的東西。她手中拿著我曾經最喜歡的牌子，我的眼神就像發現一位修女在看「維多利亞的祕密」的目錄一樣。

「妳怎麼會有這些？」我問道。

她聳聳肩，「以備不時之需。」

我對她的反感稍稍減少，於是接過一支香菸。

我將香菸掰斷一半——這是我一直以來的習慣，自認為如此一來，會讓這小小的致癌物造成的傷害也折半——然後讓她劃起火柴幫我點菸。她太嬌小，我不得不彎下腰。她一隻手遮擋著風，另一隻手顫抖得難以穩住火柴，但我假裝沒注意到。我曾聽戒菸的人說，戒菸後的香菸味道會讓他們感到噁心，我完全沒有這種感覺。兩年來，第一根接觸到嘴唇的香菸給我帶來無比的愉悅。這短暫的快感，使我不由自主地露出微笑。

「好點了嗎？」普莉亞問道。

她倒是沒有來一根。

「嗯，好多了。開個記者招待會吧。給那些王八蛋他們想要的，希望他們早點滾開。」

她也微笑，那笑容彷彿會傳染。

「是的，老闆。」

「我不是妳的……算了。」

二十分鐘後，我脫下哈利．波特的圍巾站在停車場前面，面對著十台以上的攝影機。自從離開倫敦以來，已經有一段時間沒有面對這樣的活動了。我感到有些生疏，同時發現自己身材走樣，下意識地在演講前縮小腹。我默默安撫內心焦慮——不會有認識我的人看到。騙人我很會，但卻很不擅長欺騙自己。好吧，這也不算壞事。我想到身上皺巴巴的衣服；早知道今天早上至少該刮個鬍子。

我清清喉嚨，正要開口講話，突然看到她一路向前推進，來到最前排。其他記者盯著她的臉，顯露些許不悅，但他們立即認出她，便紛紛讓道，彷彿接待了一位新聞界的貴族。我在職業生涯裡，有過不少面對鏡頭的機會，很清楚記者招待會和聲明發表會中，會受到螢幕前的主持人怎樣的對待，就像其他人一樣。安娜散發出自信，可是我知道她的內心和形象並不相符。

這裡其他人的服裝都是柔和的黑色、棕色或灰色，彷彿特意將衣著色調與謀殺現場配合，但她不是。安娜穿著一件鮮紅色的外套和連衣裙，我不知道這是不是新衣服；至少我沒認出來。我避免看她，不然注意力會分散。這裡沒有人會猜到我們的關係，不需要公開，這對雙方都有好處。

我等待著，直到他們把注意力集中在我身上，混亂的現場再次安靜下來。然後我發表經過上頭批准的聲明。這年頭，警探不再被允許隨意發表竟見；至少我是不行。自從前次的經驗後，他們就不再讓我自由發揮了。

「今日稍早，警方接獲一份報告，村莊外的布萊克唐森林裡有一具屍體。警方趕到現場後，在主要停車區附近發現了一名女子的遺體。目前尚未對這名女子進行正式身分辨認，死因未確認。調查工作仍在進行中，該區域已設置封鎖線。警方將不再發表進一步聲明，暫時不回應任何問題。」

我也想借此機會提醒大家，這是一個犯罪現場，而不是你在網飛上看到的那些胡扯偵探影集裡的其中一集。

最後一段我沒說出口。希望沒有。在這個階段，我們故意不與媒體或公眾分享太多資訊。正要轉身離開時，我聽到了她的聲音。我一直喜歡聽不同人的說話方式，這會透露出很多關於他們的資訊。我指的不光是口音，而是指說話方式的一切：語調、音量、速度，以及語言本身；包括選擇使用的詞語、說話風格、時間和原因。句子之間的沉默停頓有時候也塞滿資訊，所透出的訊息量更為驚人。一個人的聲音就像一個浪潮，有的只是輕輕拍打著你，而有的則有能力將你擊倒，讓你被「自我懷疑」的海洋吞沒。而她的聲音就讓我感覺像被大海淹沒。

「受害者是當地婦女，這是真的嗎？」

顯然安娜沒有聽到關於不接受提問的部分。又或者，以她的性格來看，只是選擇忽略。

我甚至不想轉身面對。

「無可奉告。」

「你說死因未確認，但初步判斷這是起謀殺案嗎？」

我意識到攝影機還在拍攝，但我仍然離開。安娜不喜歡被人忽視。當她沒有得到上一個問題的回應時，馬上又提出了另一個問題。

「受害者口中是否被發現有異物？」

此刻，我停下腳步。我慢慢轉向她，腦海中百思不解的問題碰撞著，同時凝視她那看似微笑的綠色眼眸。只有兩個人知道受害者口中發現了某物，警長帕特爾和我。我刻意沒告訴其他人——反正這種消息總是會洩露出去——而普莉亞也守口如瓶。然而，我腦中不禁產生一個難以回答的問題：安娜為什麼這麼快就知道了？

她

星期二 09:00

我無視其他記者的凝視，匆匆回到車裡。我忘記在寒冷中站這麼久會是什麼感覺，後悔沒有穿厚一點。不過，至少我看起來不錯。比傑克．哈珀好多了。我一坐進迷你跑車裡就發動引擎，調高暖氣暖和身體。我想打個電話，不希望有人在旁邊，於是要理查到外面多拍一些畫面再回來。

想像著《一點鐘新聞》的團隊待在新聞室中，裡面沒有我，一切仍照常進行，彷彿我從未存在過……這感覺很奇怪。應該有機會說服那位「瘦瘦控制員」，讓我播出現場取得的畫面。這樣至少此行不會完全浪費時間。我覺得最好直接找高層獲得答案；今天的節目編輯好像患有某種慢性優柔寡斷症。

撥出電話給新聞網路新聞室，話筒響個不停，等了比平常久，終於有人接起電話。

「《一點鐘新聞》，您好。」她嗲聲嗲氣地說。

聽到凱特．瓊斯那天鵝絨般的虛假聲音，我一時之間開不了口。

我想像她坐在那昨天還是我的位置上，接起我打去的電話，和我的團隊一起工作。

我閉上眼睛就能看到她的紅髮和露出潔白牙齒的笑容。心裡想到的這個畫面沒有讓我覺得想吐，而是很想喝東西。我的手自動在包包裡搜尋迷你威士忌，用唯一空著的手擰開瓶蓋，然後一口氣乾了。

「喂？」電話另一端發出試探性的聲音，常見的禮貌性應答，那種說完後可以隨時掛上電話的口吻。

我的聲音還卡在喉嚨中，好像嘴巴忘記如何拼出詞語一樣。

「我是安娜，」好不容易開口，如釋重負地發現我還記得自己的名字。

「安娜？」

「安德魯斯。」

「哦，天哪，對不起。我沒有認出妳的聲音。妳是想找……」

「是，沒錯，麻煩了。」

「當然。我幫妳插播，看看他會不會注意到。」

我聽到喀嗒一聲，接著是熟悉的BBC新聞倒數音樂開始播放。我一直相當喜歡這個音樂，但現在這音樂讓我感到極度煩躁。我往車窗外瞥了一眼，其他的記者仍然站在那裡。一些臉孔很熟悉，每個人看到我似乎都非常高興，這很好。我記得不久前和其中幾個人握了手，於是伸手進包包裡，這次是為了找一張抗菌濕巾擦手。我等得不耐煩，正準備掛斷電話，這時話筒內傳來新聞室的一陣喊叫聲，取代了播放的音樂。

「你們能不能在聽到電話響的時候肆著接起來？這金的沒有渾難。而且你們也幾乎沒漬壓做過，應該不會造成反覆性疲勞損傷。訴誰？」瘦瘦控制員的聲音，在我耳邊厲聲說道。

儘管他坐擁這個職位，時常不可一世，但他很少真正掌控得了任何事情，包括他的言語障礙。我常常覺得新聞部的同仁，已經對他灌水的權威感到反感，而背景聲中仍然有此起彼落響起的未接電話，更是強化了我這觀點。

「我是安娜。」我說道。

「安娜？」

我忍住吼回去的衝動；「把我忘記」好像具有傳染力一樣。

「安德魯斯。」我回答道。

「安娜！不好意思，今天早上一片混亂。有什麼需要偶幫忙的嗎？」

這是個好問題。昨天我還在主持節目，現在感覺好像是我在打推銷電話，請求節目給機會，能在節目露個臉，一兩分鐘也好。

「我在布萊克唐，那個謀殺現場——」

「繫謀殺案嗎？等一下……」他的聲音再次改變，我意識到他正在和其他人交談。「偶不要報那乳臭未乾政治記者的首相新聞，這內容偶聽都沒聽過——這該死的頭條。好吧，告訴西敏街果會的編輯，行行好，休息個五分鐘，別再一直跟著唐寧街的卡撐後面……偶才不管其他媒體花出什麼消息，偶要成熟一點的特派員上偶的新聞，給偶找一個出來。妳剛才在說什麼？」

我愣了一下，才意識到他已經回來跟我講話。我正忙著想像他與那個身高只有一五七的西敏國會編輯，不只是口頭上叫罵，而且還肉搏對打的畫面。我相信她一定會贏。

「你派我去的那個謀殺案……」我堅定地說下去。

「基於今天早上的速，偶只是覺得妳在外面會比較斯服，偶在警方發表聲明後瞄了一眼，就目前看到的所有內容，說死因未知。」

「這是警方目前的對外說詞，但我知道背後有更多故事。」

「妳怎麼知道？」

這問題很難回答。

「我就是知道。」我說，回答得和內心一樣心虛。

「好的，等妳有能報導的消息，再打給偶，偶會看看能不能把妳擠進去。」

擠進？

「這是個大新聞。」我還不願意放棄。「要比其他人更搶先一步播出會更好。」

「抱歉，安娜。川普最新推文引發一場危機，今天新聞已經非常多了。聽起來這個森林裡的屍體，硬該只素一則地方新聞，偶沒有時間給妳。如果情況改變，請再打給偶，好嗎？就這樣啦。」

「這不是……」

我沒費心把話說完，因為他已經掛斷了。我沉浸在心中最黑暗的思緒。在這個行業裡，每天都像是萬聖節——大家都戴著可怕的面具，假裝成另一個樣子。

有人在車窗上敲了一下，我嚇了一跳。本以為是理查，結果抬頭卻是傑克，他一臉憤怒，像個臭臉探長。他對我的態度和上次見面時一樣，沒什麼改變。我走出車外和他碰面，當傑克四處張望，確保沒有人注意到我們時，我微笑了一下。他總是多疑。站得這麼近，我能聞到他呼出的陳舊菸味。有點驚訝，我以為他已經戒菸了。

「妳他媽在幹什麼？」他問道。

「工作。很高興見到你。」

「BBC什麼時候開始派遣新聞主播到這種場合報導？」

我常跟自己說，我不在乎這個人怎麼看我，但仍不想告訴他我不再是那節目的主持人。我不想告訴任何人。

「這很複雜。」我說。

「妳總是把事情搞得很複雜。妳知道些什麼？為什麼記者會後妳會那麼問？」

「你為什麼不回答？」

「別跟我耍花招，安娜，我心情不好。」

「你早上心情從來就沒好過。」

「我是認真的，妳為什麼會提出那個問題？」

「所以是真的？受害者嘴裡真的有東西？」

「把妳自認知道的事說清楚。」

「你知道我不能說，我一向保護資料來源。」

他走近一步，有點太靠近了。

「如果妳做出任何危害這個調查的事情，我會用對待其他人的方式對待妳。這是謀殺現場，不是唐寧街或電影首映的紅地毯。」

「所以，這確實是謀殺。」

當他意識到自己說溜嘴時，臉頰有些發紅。

「我們都認識的女人死了，放尊重點。」他低聲說道。

「我們都認識的女人？」

他盯著我，一副我好像已經知道了一樣。

「是誰？」我問道。

「不重要。」

「誰？」我再次問道。

「我認為妳來挖這新聞並不是一個好主意。」

「為什麼？你剛剛說這個人是我們兩個都認識的，那也許你不應該參與調查。」

「我得走了。」

「隨你，你總是在逃避。」

他本來要離開，但又轉身回來，靠得很近，臉都快貼上來了。

「妳不需要每次見面時都像個潑婦一樣，這不適合妳。」

這些話有點刺痛我，但無論如何我都不太想承認。

他走了，我保持微笑直到他完全消失在視線之外。然後發生了一件奇怪而出乎意料的事情：我哭了。我很恨，恨他仍然能夠觸及我內心的深處，也恨自己讓他這麼做。

隔壁停車位的車輛被遠程解鎖，發出的聲音嚇我一跳。

「抱歉嚇到妳。」

理查打開後車廂，小心地把攝影機放進去。我用手背擦拭眼睛下方，指尖沾上濕潤的睫毛膏。

他問道：「妳還好嗎？」我點點頭，他將我的沉默解讀為不想談論這件事，他猜得完全正確。「我們需要為午間新聞製作報導嗎？如果是這樣，我們應該開始——」

我說：「不，除非案件有進展，否則他們不需要任何報導。」

「好吧，那麼回倫敦？」

「還不用，我確信這起案件還有更多內幕。我想跟城裡的人談談，你的攝影機會嚇到他們。我自己開車去。附近有一家不錯的酒吧，叫做『白鹿』，全天供應很棒的早餐。等一會兒在那裡碰面，好嗎？」

「好，」他慢條斯理，彷彿在拖時間，心裡還在盤算接下來要說的話。「我知道妳說過妳見過那位警探。你們之間發生過什麼事情嗎？」

「為什麼問？你吃醋了嗎？」

「……我猜對了？」

「嗯，沒錯。傑克就是我前夫。」

他

星期二19:30

我前妻知曉的事，比她透露出來的還多。

我不明白為什麼，和這個女人生活了十五年，其中十年還是婚姻關係，然而我始終難以辨別她所言虛實。有些人以自我保護的名義在自己周圍建立隱形圍牆。而她的牆壁又高又大，堅固得難以穿透。早在我採取任何行動之前，就知道我們關係出了問題。在我的工作中，真相至關重要；在我的個人生活中，真相卻常常像一道刺眼的光芒，需要轉頭迴避。

這裡沒有人知道我曾經和安娜．安德魯斯結過婚。正如我認為在她工作的地方，也沒有人知道關於我的事一樣。安娜非常注重隱私，和她母親一樣。這樣並沒有帶來困擾。對我而言，要把工作上裝聾作啞那套帶到私人生活中，完全不會構成問題。

我們就像很多處於長期關係中的人一樣，經常把「我愛你」掛在嘴上。我不記得是從什麼時間點開始，這句話失去了意義；那三個字變成三個小謊言。如果我們其中一人要出門，這三個字的意義就更像是「再見」；或是當我們要睡覺時，它就變成「晚安」的替代詞。過了一段時間後，我們省略了「我」；光講「愛你」似乎就夠了，兩個字可以表達，為什麼要浪費三個字？反正原始的意義不再，背後的意思已經變了。彷彿我們忘記了這些字本來代表的真意。我肚子咕嚕咕嚕地響起，此時才想起自己有多餓。

小時候，媽媽不讓我們在兩餐間吃東西，家裡也禁止糖果。她在當地牙醫診所的櫃檯工作，對牙齒保健非常要求。其他的孩子都會帶零食去學校，洋芋片、巧克力棒、餅乾，而我只有一顆蘋果，或者某些特殊時候，會有紅色小小一盒的聖美多葡萄乾。我記得每次在便當裡看到這些葡萄乾時，就有一鼓怒氣湧上來。因為盒子上寫著這些葡萄乾來自加州，就連果乾都過得比我這八歲小孩還要好。我最多只能期望有顆金冠蘋果，但這個名字實在有些誤導，因為在我看來，這些蘋果並不怎麼好吃，沒有像名字一樣那麼金貴。

童年時，我唯一能吃到巧克力的機會，是祖母來訪的時候。那是我們之間的小祕密，像祕而不宣的承諾。回憶中，沒有什麼東西能比吉百利牛奶巧克力在舌尖融化，更能讓我愉悅。

現在我每天都吃一根巧克力棒，如果工作不順利，有時候甚至吃個兩根。不管買哪一種牌子或是價格多貴，這些巧克力都不及我祖母以前帶來的便宜巧克力棒美味。即使是同一個牌子，現在的味道也已經改變了。可能是因為當我們得到渴望的東西時，它的價值就會流失。這是沒有人會分享的祕密，如果這個祕密被揭露，那我們所有人都會停止追求。

安娜和我得到各自認為自己想要的東西。

當然，我要的不是吃不完的巧克力棒，也不是陽光下的私人島嶼。起初是一間公寓，然後是一輛車，接著是一份工作，然後是一棟房子，再來是一場婚禮，最後是一個孩子。我們追隨著前人開闢的安全道路前進，這些道路被無數腳步踩踏過，變得結實穩固，緊隨其後是如此輕而易舉。我們確信自己正走在正確的方向上，還留下足跡，以幫助未來的伴侶找到人生道路。但當我們終於到達自以為想要的地方時，卻發現那裡什麼也沒有。

我認為所有人都一樣，我們都是「處在『應該感到幸福』的時候，就要假裝快樂」的物種。這是我們期望中的表現。

你買下了夢寐以求的汽車，但幾年後你又想要一輛新車。你買下了夢想中的房子，但後來發現你的夢想不夠大。你娶了所愛的女人，但後來忘記為什麼愛上她。然後生下孩子，因為這是清單上接著要做的事情。這是每個人都在做的事情，也許能夠修補，那早已破碎、但自己又否認已經破碎的東西。也許生一個孩子能讓你快樂。

而我們的女兒，的確讓我們開心了一陣子。

組成家庭的感覺截然不同。愛著她，似乎提醒著我們如何相愛。我們不知怎麼地，創造了一個我眼中見過的最美麗的生命，也常常驚奇地凝視著我們的寶貝，不敢相信兩個不完美的人，竟然能生出這麼完美的孩子。我們的小女兒暫時拯救了我們，使我們擺脫自己。但後來她離開了。

我們失去女兒，而我也失去了妻子。

真相是，生活讓我們崩潰，當我們終於承認彼此都不知道如何彌補對方時，我們不再努力。

「遺體已經移好了，長官。」普莉亞說。

我不知道自己在帳篷外面獨處了多久。即使其他人不知道昨晚的事，我也很擔心安娜是否知道些什麼。她總是能看穿我的謊言。

我們兩人都在逃避。她躲在工作中，而我回到這裡，一個我知道她不會跟來的地方。不是因為我想回來，而是因為我再也無法忍受她看我的眼神。安娜從來沒有為這件事指責過我，至少沒有當面。雖然她嘴上不說，但她的眼神傳達出了一切，充滿傷痛和恨意，到了滿溢而出的邊緣。

「長官？」普莉亞說道。

「很好，幹得好。」

我刻意要求調查小組在我舉行新聞發布會時，將屍體從現場移開。有些東西不該被攝影機拍到。

普莉亞仍站在一邊，我不確定她在等什麼。我沒有說話，她開口了，我沒有在聽她說什麼，而是在「看」著她說。在我眼中，她總是看起來一樣：綁著馬尾辮，老派髮夾固定住不聽話的垂落髮絲，戴著眼鏡，閃亮亮的皮質綁帶鞋，還有熨燙過的上衣……或者是就女性衣物而言，可能統稱為「襯衫」的東西。她就像是一本會走動的瑪莎百貨目錄；一位故意打扮成熟點的年輕嫩妹。不像我的前妻，她總是那麼時尚。安娜現在看起來比和我在一起時更好，而我則不然。

我想也許孤獨更適合她。我注意到她瘦了一些，我其實沒介意過她的身材。她總覺得自己胖，其實一點也不。她曾經常抱怨自己穿十一號，總是介於十和十二號之間。不知道她現在是幾號尺碼……也許是八號吧。孤獨可以使一個人在多方面縮得更小。但也說不定，她並不孤獨。

我以前總對和安娜一起出差的攝影師感到好奇。她有時會連續好幾天不在家，都住在飯店裡，以連線記者的身分報導各種新聞，總是把工作排在第一位。然後事情就這樣發生了。安娜崩潰；我們倆都是。但當她有幸得到機會，並開始主持節目後，我們的關係有一陣子變好了。她工作時間更規律，我們也花更多時間在一起。但有些東西還是消逝不再。少了一個人。我們似乎無法真正回到彼此身邊。

離婚是安娜提的。我覺得無權反對。我知道她仍然將我視為女兒死亡的罪魁禍首，這個觀點她永遠都不會變。

「我不明白她是怎麼知道的。」

「你說什麼，長官？」普莉亞問，我發現自己不小心把心裡的想法脫口而出。

「受害者口中的東西，我不明白，安娜是怎麼知道那件事的。」

帕特爾警官戴著玳瑁眼鏡，眼睛睜得比平常還要大，我記得在新聞發布會之前，看到她和安娜談話。

「……妳不會把我交代絕對不能跟記者講的事說出去了吧？」

「對不起，長官，我真的很抱歉。我不是故意的，是不小心脫口而出。我以為她好像已經知道了。」

我不怪普莉亞。安娜總是能找到合適的問題，套出她要的答案。但這仍然無法說明她出現在這裡的真正理由。

我動身走回停車場，普莉亞幾乎是小跑步跟在旁邊，至少試圖想跟在旁邊。她仍在道歉，但我已經沒在聽她說話。我在注意安娜和她的攝影師的交談，我不喜歡他看她的方式。我認識像他這樣的男人，我曾經也是那樣。看到她好像走了，我有點驚訝。她爬進離婚後買的紅色迷你超跑小敞篷車裡，會選這輛車可能是因為她知道我討厭這款式。我從未見過她會如此輕易放棄過一則新聞或其他事情。這不禁讓我好奇她要去哪裡。

我加快腳步，走到自己車子旁。

「你還好嗎？」帕特爾警官仍追在後面。

「如果其他人能好好完成份內工作，我會好很多。」

「對不起，老闆。」

「天啊，該死的，我不是妳老闆。」

我在口袋裡找鑰匙。那輛迷你超跑朝向停車場出口開去，消失在視線內。普莉亞靜靜地盯著我，眼中帶著一絲蔑視的神色，之前從沒有過。一時間，我擔心她是否知道了些她不該知道的事。

「是，長官。」她回應時的語氣，讓我感覺自己又老又難搞。

「對不起，我不是故意對妳發脾氣，我只是有點累，小孩子讓我整晚失眠。」我說謊。

我現在和另外一個女人和小孩住在一起，那個孩子跟我不一樣，從來沒有睡不好的問題。普莉亞點頭，但不太相信的樣子。我沒等她問我要去哪裡，上車後立刻發動引擎，恨不得車子馬上啟動。我不知道我在做什麼，也不知道為什麼要這麼做。我猜這是本能，這是我對自己行為的辯解。我不習慣跟蹤前妻，但某種第六感告訴我，這個當下應該這麼做。不僅如此，彷彿非得這麼做不可。

只要和安娜有關，總會是充滿謎團。

她真正的目的是什麼？她是否已經知道受害者是誰？她是如何在我們告訴媒體之前，就知道謀殺現場的確切位置？她是否想念我？她是否曾經真的愛過我？

而關於我們女兒的問題，更是尖銳。

她為什麼必須死？

夜裡，有太多未解之謎讓我無法入睡。失眠已成為我無法改變的壞習慣。每天好像反過來了——我疲憊地醒來，到該就寢時又覺得清醒。不是因為殺死瑞秋的內疚，在那之前就已開始，不管做什麼都無濟於事。醫生處方的安眠藥完全沒有效果，如果我配酒服用，還會嚴重頭痛，但我很難控制住不去喝酒。當感覺就要跌倒時，酒一直是最可靠的拐杖。

我盡量避免看醫生。無論多少消毒劑或洗多少次手，都無法消除從醫院回來後，沾染到病菌和死亡的氣味。醫療機構裡充滿了病菌和審判，我發現在那裡工作的人，總是問同樣的問題，所以我也總是給出相同的答案：沒有，我沒有抽菸，是的，我有喝酒，但很節制。

我不知道有哪條法律規定不能對醫生說謊。

但如果謊言被再三重複，就會越聽越真實。

在車上時，我總是會胡思亂想，思緒容易飄散也不是一兩天了，我很常做白日夢。不過在這方面，我對自己和他人的安全很有把握。我是個安全駕駛，只是大腦會開啟自動導航而已。這裡的道路大多時候都沒什麼車。我不知道這之後是否會有什麼改變？一開始一定會，警察、媒體會來場狂歡的派對，但我想知道，結束後會發生什麼。當表演結束、所有的……混亂都被清理乾淨後。對大多數的當地居民來說，生活必然會恢復正常。當然，直接受到影響的人例外。不過，悲傷總是在撞擊點的當下最為尖銳。不知道到了夏天後，是否還會有大巴士載著遊客前來參觀？就我而言，不來也沒關係。受歡迎不見得是好事，可能會蹧蹋掉一個地方，就像它會蹧蹋掉一個人一樣。

我並不擔心為何自己沒有罪惡感，雖然我確實質疑過為什麼。會好奇在殺害她之前，我是否是完全不同的另一個人。但人們似乎仍以與昨天相同的眼光看我，當我凝視著鏡子時，也看不出任何明顯的變化。

也許，那是因為這不是第一次。

我以前就殺過人。

我把那晚的事情埋藏起來，即使現在回想起來，我也仍痛苦不已。一個錯誤的決定，毀了兩條生命；雖然沒有人知道真相。我也從未告訴任何人。我確信，要是有人知道關於瑞秋・霍普金斯的真相，大家便都能理解我殺她的原因，甚至有些人可能會感激我。至於另一條生命……沒有人能理解，我為什麼殺害一個自己如此深愛的人。

他們永遠不會知道，因為我永遠不會告訴他們。

她

星期二 10:00

很多和自己有關的事，我從不告訴別人。

太多了。

我有我的理由。

又下雨了，水滴猛烈地打在擋風玻璃上，幾乎看不清前方道路。如同傾洩憤怒般傾盆而下的水，不停地拍打車窗，然後又像淚水一樣滑過玻璃。我繼續開車，直到感覺在我、犯罪現場、前夫之間，拉開足夠的距離，然後我靠在公路岔道旁，稍停片刻，沉醉在雨刷器的視覺和聽覺中：

刷刷刮刮，刷刷刮刮，刷刷刮刮。

離開這裡。離開這裡。離開這裡。

我先從後照鏡檢查後方的路況。確定路上沒有其他車輛時，喝下另一瓶迷你威士忌。酒液灼熱著喉嚨，我感到欣慰。品味著味道和痛楚，盡可能享受著，然後將空瓶扔進包包。威士忌與其他瓶子碰撞的聲音讓我想起以前掛在女兒房間外的風鈴。酒精並不能讓我感覺更好，只是讓我不再感到糟糕。我吃了一顆薄荷糖，然後吹進酒測器，日常的自我厭惡和自我保護往復一輪後，繼續前進。

在回到小鎮的路上，我經過曾就讀的學校。我看到幾個女孩站在外面，穿著那款如此熟悉又厭惡的聖希禮學校制服：皇家藍配上黃色條紋。她們可能還不到十五歲，和我相比是如此年輕。我清楚記得在她們這個年齡時覺得自己多老。有趣的是，生活常常在倒退。我們曾經是想更接近成年人的孩子，現在是表現得像孩子的成年人。

我停在房子外面，覺得有點不舒服，但不是因為酒精的關係。我把迷你超跑停在街道稍遠處，這樣就不會被人看到；我不確定為什麼要這麼做。她最後會知道我在這裡的。我很內疚這麼久沒來探視，這情緒幾乎讓我不敢下車。回想上次見面是什麼時候……我想應該已經有六個多月了吧。

去年的聖誕節我甚至沒有來。不是由於有其他計畫（那時我和傑克已經離婚，而他也和別人住在一起），而是單純因為我感覺辦不到。我需要獨處。所以，聖誕前夕，我在一家免費發食物的慈善廚房，當了一個下午的志工，之後在公寓裡關了三天，只有酒瓶和安眠藥陪伴我。

我在十二月二十八日醒來，感覺沒有好轉，但覺得應該能夠繼續前進。這是件好事，也是我最理想的情況。如果我沒有成功改變對未來的看法，還有備案可供選擇，但我將那個選項拋在腦後，而且很高興我這麼做了。聖誕節曾經是我最喜歡的日子，但現在成了我必須熬過而非慶祝的節日。我唯一知道的面對方法，就是獨自一人度過。

有時候，我覺得自己像活在水面之下，而其他人則是生活在其上。很長一段時間，我試圖學他們，說話和行事都跟他們一樣，但那讓我無法呼吸。好像肺部構造不同，沒有辦法和遇到的人一樣，吸入同樣的空氣。

我鎖上車子，對著這條熟悉的街道打量。沒有太大的變化。有一間小屋增建了二樓，一座院子改成車道，通往更遠的路；但除此之外，一切看起來都和過去一樣。好像從來都沒變過。彷彿過去的二十年是個謊言，是我太過疲憊而虛構出來的。事實上，我覺得我已經在發瘋的邊緣徘徊一段時間，只是還沒完全越過邊界。

我腳步停在巷子的最後一棟房子前，花了一些時間才抬頭看著它，彷彿害怕對上誰的眼神。我轉過來看著這棟老式的維多利亞式小屋，和以前一模一樣，除了窗框上剝落的油漆和前門歲月的痕跡。這個地方看起來變舊了，對我來說反而實屬新鮮。最讓我震驚的是院子：草坪雜草叢生。通往門口的兩排薰衣草也疏於照顧，歪斜的木枝幹向外伸展，像扭曲、患有關節炎的手指，似乎在阻擋任何人進入。

或者離開。

我凝視著庭院入口的門閂，它已然斷裂，並懸在半空。我將門閂推到一邊，穿過草坪走向前門，在按鈴之前猶豫了一下。事實上，我不需要操心。因為電鈴壞了，所以改成敲門。敲了三下，就像她多年前教我的那樣，這樣她會知道是我。有很長一段時間裡，她不讓別人進屋子。

沒有人回應，我看著褪色的迎賓踏墊，上面的字顛倒過來了。好像那並不是給訪客看的，而是為了歡迎她踏出門外、重新加入現實世界才放在這裡的。我默默地責備自己，試著將這些不友善的想法放下，盡可能收藏起來。然後，我看到了我要找的東西：門階上有一個破裂的紅陶花盆。我拿起來，有點驚訝地發現，她仍然把鑰匙藏在下面。

我要求自己走進屋中。

他

星期二 10:05

我在第二個環狀交叉路口跟丟了她，她一直開得比速限快——但這並不重要。那時我已經猜到她要去哪裡了。老實說，這麼多年過去，我感到驚訝。看到她的車停在街上，證實了我的猜測，我停在稍微有一段距離的地方，關掉引擎，等待著。

等待是我的強項。

安娜看起來和早上有些不同。她仍然美麗，一頭亮麗的棕色頭髮、大大的綠色眼睛和一件小小的紅外套，但身形顯得更加瘦弱，好像這個地方會削弱她，讓她看起來更加脆弱，更容易受傷。

在我們女兒去世之前，我的前妻就不喜歡回到這裡，不過她從不解釋原因或開口談論。事情發生後，她除了新聞室之外，幾乎不再去任何地方。甚至購物也只靠網路，所以除非是為了工作，她很少離開公寓。

她甚至無法忍受說出女兒的名字，如果我提到的話，她會勃然大怒，像是冒犯了她。在我的生活中，有些事情幾乎完全都從記憶中刪除了：我犯下的錯，我傷害過的人……好像這些回憶對我來說太痛苦，需要被抹去。但是，儘管仍感到內疚，但我對女兒並不內疚。有時候，我仍然在心中輕聲呢喃她的名字。不像安娜，我不想忘記，也不允許忘記。

夏綠蒂、夏綠蒂、夏綠蒂。

她是如此嬌小，如此完美。然後，她消失了。

當你發現自己對某物過敏時，最合理的做法是避免接觸它。這就是安娜對待悲傷的方式。她在公共場合忙於工作，而在私下裡，把所有的時間都花在躲藏家中，試圖自我保護，害怕被其他人看到。她學會了隱藏焦慮，但我知道焦慮是她世界運轉的動力。

我的胃開始咕嚕咕嚕叫，提醒我今天還沒吃東西。我通常會在車裡放幾個甜點零食。如果我已故的母親知道，她一定會化作拿著牙刷的幽靈來糾纏我。我打開車內的手套箱，除了預料中的巧克力棒或是放到已經被遺忘的餅乾外，還看到黑色蕾絲內衣。一定是瑞秋的，因為不太會有女人在我車裡脫衣服，但我不知道那內衣是怎麼跑到裡面去的。

我再次伸手進入手套箱，看到了一些TIC TAC薄荷糖。這些糖果讓我想起了安娜，她總是帶著一些小盒裝的薄荷糖，雖然這些無法充飢，但總比什麼都沒有好。我搖晃著這個小塑膠盒，然後翻開蓋子，倒一些出來。但這些白色的東西並不是薄荷糖。我盯著手掌心上那厚厚的指甲屑，感覺自己要吐了。

街上傳來汽車關門聲。我將內衣和薄荷糖盒扔回手套箱，啪一聲將其猛然關上，那迴盪的聲音讓我緊張。彷彿只要我沒看過它們，那就從未真正存在過。

有人知道我昨晚和瑞秋在一起，這人現在在整我。

我想不出其他可能，但會是誰？

我盯著窗外，觀察著安娜的每一個動作。雖然她幾乎是趕著來這裡，但下車卻花了很多時間。我不禁在想，她之所以會這樣，是因為害怕開門後會有什麼發現吧。我懂，她的擔心是正確的。

我知道在房子裡，等待著她的是什麼，因為我常常去那裡。

我甚至還複製了一把鑰匙。

但她們都不知道這件事。

她

星期二 10:10

我早該知道會這樣。

門後面堆滿了未拆的郵件，讓門很難推開。好不容易成功擠進門縫後，我立即關上門，卻發現屋內和街上一樣冷。先讓眼睛適應昏暗的環境，但最先注意到，同時也是最讓我印象深刻的，是那股惡臭。這裡好像有什麼東西死掉了一樣。

「哈囉？」我喊道，但沒有回應。

我聽到屋子後面傳來熟悉的電視聲，不知道是該高興還是悲傷。羅馬簾都沒拉開，只有一絲冬日陽光勉強穿過老舊棉質邊緣的縫隙，才能照進來。我記得這些窗簾都是二十多年前手工製作的。我試著開燈，但沒有任何反應，瞇著眼睛往黑暗中看去，發現那裡沒有燈泡。

我再次呼喊，「哈囉？」

這一次依舊無人應答，我拉了一下窗簾的繩子，讓它升起一點，接著我被空氣中的塵土包圍，數百萬個微小的粒子在光束中翩翩起舞。轉身看到那曾經是溫馨客廳的地方，現在空蕩蕩的，除了一堆紙箱。箱子很多，其中一些堆疊得很不穩，歪斜著，好像隨時可能會倒塌。每個箱子都被貼上標籤，上面的字似乎是用粗黑色麥克筆寫上去的。我的目光被遠處角落一個箱子所吸引，上面寫著「安娜的東西」。

每次回來都覺得不自在，但此刻，這裡的一切全都往更糟更糟的方向發展。沒道理，我母親寧願死在這所房子裡也不願離開，我們曾經常常為這件事吵架，最後還冷戰。我的手開始顫抖，我以前住這裡時也會這樣。當然，這一切都不是她的錯；她甚至都不知道。那時的我像另一個人，不討人喜歡、也沒多少人知道那時的我。家並不總是心的安住之所。對像我這樣的人來說，家是傷害之所，這些傷害，塑造了我們現在的樣子。

我母親喜歡盒子，但並非所有的盒子都是真實存在的。在我還是個小女孩時，她教我如何在腦海中建造盒子，把最糟糕的回憶藏在裡面。我學會把最想忘記的東西，填滿這些盒子。然後鎖在心靈最黑暗的角落，沒有人會去尋找它，我也不會。每次回來這裡，我都會對自己說同樣的話：

那些妳所犯下的最低劣錯誤，並不能真正代表妳。

熟悉的頭痛又回來了，開始和心跳頻率同步。這種快速加劇的痛楚，只能透過酒精緩解，這個需求成為我當下第一要務。手伸進包包找到半盒止痛藥。我吞下兩顆，然後再找一瓶迷你瓶來服藥。

這些迷你瓶現在比較容易取得了，不再需要從飛機或是酒店裡偷偷帶走。我有個人偏好：思美洛伏特加、龐貝藍鑽琴酒、百加得，還有特別甜的愛爾蘭貝禮詩奶酒。但最喜歡的還是高品質的蘇格蘭威士忌，現在有各種各樣迷你瓶——甚至可以在網上訂購，隔天就能送達。這些酒瓶的尺寸非常小，可以輕鬆地放進口袋或手提袋裡。我打開包包裡找到的第一瓶酒，像服藥一樣一口喝下；這次是伏特加。喝完後我不再吃薄荷糖。父母太了解他們的孩子，就算是壞孩子也一樣，沒必要隱藏。

「媽媽！」當我喊她時，聲音聽起來和小時候一模一樣。

仍然沒有回應。

「這個小屋子夠我們倆住了。」這是她在我還住這裡時，她對這間屋子的看法。彷彿她已經忘記這裡曾經住著我們一家三口。我腦海中仍聽得到她說這句話，以及她為了阻止我離開而說的其他謊言。

這是一棟磚砌的維多利亞式兩層樓房，還有一座二十世紀後擴建小空間。我們的屋子以前看起來是個溫馨的家，但現在已沒有這樣的感覺。不再是了。我擠身經過一堆箱子，直到達通往建築物後半部的門。打開門時，發出抗議般的吱嘎聲，而且氣味更加難聞。刺激到喉嚨，我還在想這氣味是從哪來的，感到一陣噁心。

我經過樓梯，穿越那間飯桌上堆滿箱子的餐廳，並盡力避免在黑暗中絆倒。我在角落的梳妝台上看到了媽媽的舊唱片播放器，上面覆蓋著厚厚的灰塵。即使我試過讓她用盒式磁帶和CD，她仍堅持使用黑膠唱片。有時候，我會撞見她伸出雙臂在房間裡跳舞，彷彿在與另一個看不見的男人共舞。

我走進廚房打開燈，手不自覺地摀住嘴巴。檯面上堆著盤子和杯子，裡面都是沒吃完的食物跟沒喝完的茶。幾隻懶洋洋的蒼蠅在一盤義大利千層麵周圍嗡嗡飛舞，那是微波食品。媽媽平常不會吃速食。她很少吃我們自家菜園以外的東西，寧願餓肚子也不願吃快餐。

這氣味有點令人難以忍受。我從廚房的髒亂中抬起頭來，看到日光室裡電視發出微弱的光芒。那是她最喜歡坐的地方，可以看到她心愛花園裡最美麗的景色。

她坐在最喜歡的電視前的扶手椅上，身邊放著一袋編織物。媽媽總是喜歡自己動手做事：食物、衣服，甚至連我也是她親手撫養長大的。多年前，她幫我編織了一條送給傑克的哈利．波特圍巾。今天看到他仍然戴著這條圍巾，感覺奇怪而且超現實。

我走近一步，發現她比記憶中矮小，彷彿生活讓她縮小了。灰髮也變得稀疏，曾經紅潤的臉頰凹陷，衣服看起來髒兮兮又鬆垮垮的，她的開襟羊毛衫釦子扣錯了，導致一側白色荷葉邊比另一側還長。上面繡著的蜜蜂已經褪色，我記得這是很久以前買給她的，是一份臨時的生日禮物。沒想到她還留著。我瞥了一眼電視，看到她一直在觀看BBC新聞頻道，彷彿想在畫面背景中瞥見我。我知道她會這樣做，但看到這一幕時，讓我感覺比以前更糟糕。

她現在沒在看了。

她閉上眼睛，嘴巴微微張開。

我再往前走了一步，那些很久以前鎖在心底的記憶開始翻騰。我搖搖頭，試圖在回憶開始嗡嗡作響之前壓抑下來。令人作嘔的氣味不僅來自廚房的混亂，更是她本身的氣味。她身上散發著體臭、尿味，還有一種我無法確切辨識出的氣味。或者是我選擇不去辨識。

「媽媽？」我輕聲呢喃。

她沒有回答。

回憶變幻莫測，有些偏差、有些扭曲，有些則逐漸枯萎並消逝。然而，最糟糕的回憶從未離開我們。

「媽媽？」我大聲喊她，但她依然沒有回答，也沒有睜開眼睛。

多年來，我一直在想像中排練著母親的死亡。並不是因為我希望她死去，只是有時難免在腦海中想像這樣的情景。我不知道其他子女是否也有這樣的想法，這不是人們會談論的話題，但現在真的發生了，我知道自己還沒有準備好。

我伸出手，但在碰觸她的手之前猶豫了一下。當我碰觸到時，她的手指冰冷刺骨。我俯身靠近，臉貼近她的臉，試圖看她是否在呼吸。儘管服用了止痛藥，但我的頭還是痛得厲害，我短暫地閉上眼睛，感覺好像回到過去。

我聽到一聲尖叫，幾秒鐘過去，我才意識到那是我自己的聲音。

他

星期二 10:10

現在的我，被這個地方的記憶給淹沒。

時間似乎在逆流，安娜站在她長大的房子外面，我看到的卻是一個小女孩。我本可下車阻止她，但我沒有這麼做。有時候，不管多麼令人不愉快，你必須讓事情自然發展。我已經知道她將會在裡面發現什麼，我對此感到非常痛苦。我知道她有鑰匙，但她仍彎下身子從花盆下拿出備用的，然後消失在破舊的大門後面。

這座小屋曾經很美麗，但就像裡面的女人一樣隨著時間開始變得難看。安娜的母親是一個懂得如何讓房子看起來像家的女人，這棟小屋在整條小巷中總是最漂亮的。完美無瑕。至少外觀上是這樣的。人們以前真的會停下來拍照，因為它看起來像一個娃娃屋，有著漂亮的前院、窗花和白色的圍欄。現在沒有人再停下來拍照了。

以前她非常擅長打掃整理，並且讓空間變得舒適，甚至以此為生。曾經有二十多年，安娜的媽媽在這個村子裡負責清潔超過一半的房子，包括我現在住的這間，而且她不只是清潔。她還會買來小小的香氛蠟燭和鮮花放在人們的家裡。偶爾會烤一些布朗尼蛋糕放在廚房桌上。甚至偶爾照顧我妹妹。有時，她只是整理床鋪或把枕頭弄得蓬鬆，但你總能知道安德魯斯夫人來過。她從不缺工作或需要什麼推薦信。

我坐在車裡等待。沒發生什麼事，我就繼續等著，這種無聊混合著預期的感覺我很熟悉，但我一直分心。於是我下車伸展一下腿。我沿著街道走著，一邊注視著那棟房子，然後停下來審視安娜那輛迷你超跑。除了那鮮豔的紅色外，沒有什麼特別之處——沒有凹痕，沒有刮痕，沒有其他痕跡。我甚至不知道自己為什麼要這樣做。我想是基於在公領域和私下生活中的習慣；在發現什麼之前，並不會總是知道該找什麼。

然後，我找到了。

我在副座位的地板上，看到一張印著國民信託標識的付費停車場票卡。這個小小的白色印刷品，被隨意亂丟，還有一點皺。這一開始似乎沒什麼重要的。我知道她今天早上停在樹林外面，在那裡看到了她。從今天忙碌的事件來看，我很驚訝會有媒體界的人注意到要停車要付費。我相信國民信託的員工，比起有人忘記付費停車，應該會更關心在他們的地盤上發現了一具屍體。

我盯著它看了一會兒，不知道為什麼，眼睛正耐心等待大腦跟上所看到的資訊。然後我看了看手錶，再一次看著票卡。日期。不是今天的。我臉貼在車窗上，瞇著眼睛往車內看，直到我對自己親眼所見之物，百分百確信無疑。就那張黑白小方塊紙上的內容來看，安娜昨天造訪過發現瑞秋屍體之處。

我上下打量著街道，彷彿希望與另一個人分享這個訊息，有人能驗證一下，我所看到的真實不虛。

然後，我聽到一個女人的尖叫。

她

星期二 10:15

當母親睜開眼睛時，我停止了尖叫。

她看起來像我一樣嚇壞了，但很快嘴角往外擠出皺紋，臉上彷彿一亮，漾出笑容。

「安娜？妳嚇到我了！」

她的聲音和以前一樣，好像仍然是我記憶中的中年母親，而非眼前的老人。我感到困惑，因為眼前的影像和聽到的聲音對不上。我母親只有七十歲，但有些人因生活的緣故，蒼老得比其他人更快，這麼久以來，她一直在快速老化。那是由於飲酒和長期憂鬱，我從未正視過這件事。基於某些理由，孩子會選擇當作沒看見他們父母的狀況；就像走過一面鏡子時，不想停下來看自己的倒影。

她繼續笑著，但我沒有。我感覺我又變回孩子了，找不到適當的話來應對。她以及房子的狀況讓我感到震驚，好想轉身跑走，永遠離開這個地方。這不是第一次有這種念頭。

「妳以為我死了嗎？」

她微笑著，費力地要從椅子上站起來。

我讓她擁抱我。像這樣的親密接觸，有些生疏，我想不起上一次和人擁抱是什麼時候，但我忍住淚水，並且也回抱她，抱了好久才分開。儘管房子一團混亂，仍然看得到自己孩童時期的照片點綴在屋內各處。我感覺它們像在凝視我。相片放在牆壁上以及被灰塵籠罩的架子上。我知道以前的自己不會喜歡現在的我。她曾經裱框起來的每一張照片都是我十五歲或更小時候的樣子。彷彿在我母親的腦海中，我那個時候就停止長大了。

「讓我好好看看妳。」她說道，儘管我懷疑她那迷濛的眼睛是否真能像以前那樣看清我。

我們沒有談論為何這麼久沒有見面，上次見面已是幾個月前之類的話題。每個家庭都有自己版本的「日常」，而長時間的缺席且不多作解釋，就是我們的「日常」。彼此都知道原因。

「媽媽，這房子……這麼亂……還有這些箱子。到底發生了什麼事？」

「我要搬出去了。是時候了。妳想喝點茶嗎？」

她步履蹣跚經過我身旁，離開日光室進入廚房，在那一堆髒杯子和盤子中找到水壺。打開水龍頭開始注水，老舊的水管發出抗議般的震動聲。讓人緊張的聲音，就像我眼中的母親一樣，疲憊而破敗。她把水壺放在爐灶上，因為她覺得瓦斯比電費便宜。

「小錢也不浪費，財富就會日漸增長。」她笑著說，彷彿讀到我的心聲。

我突然覺得自己像個討厭鬼，不知她是否也有同樣的想法。在水燒開前的沉默讓人尷尬，而且等待的時間似乎格外長。

我母親並不總是一個愛乾淨的人。不過，她和我們家的一切總是整潔有序，潔癖般一塵不染，彷彿對髒污過敏一般，我可能遺傳到她對衛生的強迫症式態度。不過現在看來，這明顯已經改變了。

我的父母買下這間房子，是希望這裡的環境和地點讓我能讀好學校。但即使如此，我仍考不進入一所好的公立學校，於是就算我們家負擔不起，他們仍決定讓我讀私立學校。從那時起，我父親到外地工作的次數比以前更頻繁，但這是他們共同的願望：讓我有比他們更好的起跑點。對我來說，這就是人生無法適應的開始。

他永遠離開我的那年，我才十五歲。那時已經夠大到可以從學校走回家，但媽媽說那天她會來接我。只是她沒有出現時，我非常生氣。我以為她只是忘記我了。別人的父母都不會忘記，別人的父母都準時出現、開著豪華車、穿著華麗的衣服、準備好接他們的孩子回到他們的豪宅，享用他們豪華的晚餐。我似乎和學校裡的其他孩子很少有共同之處。

那天回家時還下雨，我揹著書包、穿著體育服、拿著藝術作品集。東西重得讓我不得不一直換手拿。我的外套沒有帽子，實在不可能同時撐傘又拿其他東西，所以半路上就已經全濕。我記得雨水從脖子後面滴下來，眼淚從臉頰上滾落。不是因為東西太重或下雨，而是因為當天早些時候，莎拉・希利當著全班面前說我有一個猶太鼻[1]。我不知道那是什麼意思，也不知道為什麼那是一件壞事，只知道所有人都嘲笑我。我打算一回家就問媽媽這件事。

---

[1] 猶太鼻即猶太人的鼻子。這是一種種族刻板印象，指的是鼻梁凸出、鼻尖向下彎曲的鷹鉤鼻。猶太人的鼻子在十三世紀中葉的歐洲被視為對猶太人的敵意諷刺，從那時起就一直是對猶太人的刻板印象，而納粹也認為這種鼻子是貪婪、自私、會賺錢的猶太人標誌。

青少年時我只渴望和大家一樣。直到現在我才意識到，若是和大家一樣，那生活可能會變得十分乏味。

我氣喘吁吁走到山坡頂，全身濕透，不得不放下手上東西稍作休息。我看著手指上被袋子勒出的醜陋紅色痕跡。我摩擦手掌，試圖讓這些紋路消失，同時也希望能暖和起來。然後我轉進家的巷子，那是布萊克唐地區最高的一條巷子。過去日子裡，那個地方可以眺望遠方。從那裡可以一覽下方的村莊、環繞它的樹林，以及遠處那塊拼布工藝般的鄉村風景，在晴朗的日子裡，視線可以一直延伸到藍色海洋上的輕薄霧氣。這是一塊完美的土地，可以俯視那些平常日子裡俯視我們的人們。直到後來有人在山上蓋起一棟棟大型豪華住宅。

我們的房子可能是最小的，但它也是最漂亮的，孤獨地藏在巷子盡頭。在夏天，會有大量的遊客來參觀這個被描述為英國最具代表性的村莊之一。他們會走到山頂欣賞風景，有時候也會在那裡拍攝我們的小屋。我媽媽並不介意。她會花上好幾個小時在前院種植和修剪，每年春天還會重新粉刷前門。儘管這所房子已經有一百多年的歷史，但她讓我們家看起來光亮如新。

那一天，我沒有去找鑰匙；門前花盆下總是藏著一把備用的。在插入鎖孔之前，我已經能聽到電視的聲音，猜測媽媽可能在它前面睡著了。我走進屋子，故意將門砰地甩上。

「媽媽！」

我大聲呼喊她的名字，就像在指責她一樣，然後把濕透的外套和書包扔在地上，弄濕地毯。

我本來想故意不脫下學校的鞋子要惹她生氣，但後來還是乖乖地解開鞋帶，把鞋子放在門口。襪子也濕了，所以一起脫掉。

「媽媽！」

我再次喊她的名字，而且沒聽到她有回應，感到惱怒。重重踩著腳步聲走進客廳，看到她已經立起的聖誕樹。燈飾像星星一樣閃爍著，但很快有別的東西吸引了我注意力。底下沒有禮物，只有我母親躺在地板上，臉朝下，浸在血裡。

她身後的地毯上留下一條泥濘的腳印，好像是從花園中爬進來的。我試著再次低聲呼喚她名字，但詞語卡在了喉嚨裡。等大腦反應過來，意識到眼前所看到的一切時，我撲倒在母親身體旁邊，試圖將她翻過來。她的頭髮被血染成紅色，黏在她受傷的臉頰上。她的眼睛閉著，衣服也破了，手臂和腿上滿是割傷和擦傷。

「媽媽？」我小聲喚道，害怕碰觸她。

「安娜？」

她轉動頭部，右眼微微睜開，但左眼仍然浮腫而閉著。我不知道該怎麼辦。她嘶啞的聲音彷彿撕裂我的耳朵，我有想逃走的衝動。她接著看向我肩膀後方，注視著咖啡桌上的舊式奶油色轉盤電話。我立刻跳起來，匆匆忙忙朝著那電話走去。

「我打電話報警……」

「不要。」她說。

從她痛苦的表情可以看出，光說出一個字都十分吃力。

「為什麼不報警？」

「不要報警。」

「那我叫救護車。」我說完，撥了一個九。

「不要。」

她爬過來，像恐怖電影中的一幕。

「媽媽，拜託。我總得打給誰。妳需要幫助。我打給爸爸。他會知道該怎麼辦，然後他會回家……」

她伸出沾滿血的手，顫抖地扯下電話，然後再次跌倒在地板上。

我開始哭，想著要找鄰居幫忙。

「不要找鄰居。」她嘶啞地說，就像往常一樣看透我的心思。「不找警察，不找任何人。答應我。」

她一隻眼睛盯著我，直到我點頭表示明白，她才再次把頭靠在地板上休息。

「我沒事，休息一下就好。」她的聲音微弱到我幾乎聽不見。

她似乎要我什麼都不做，我不確定這是否是正確選擇。

「至少打給爸爸，這也不行嗎？」

她嘆了一口氣，彷彿這口氣已經憋得太久。

「對我動手的人，就是妳爸爸。」

他

星期二 10:15

有時候，這份工作需要做出抉擇、判斷。多年來，我學到的是，不管抉擇和判斷是對是錯，「能夠進行判斷」本身往往更為重要。此外，「對」和「錯」也是高度主觀的。

「我不應該在這裡」，這個判斷是對的。徘徊在我前妻的娘家外，會被人指指點點，雖然我有我的理由，而且有些關係在我們生命中，從未真正釋懷。或者說，就算假裝釋懷，卻始終存在於心底最孤寂的思緒中，縈繞在記憶中，帶著無法再實現的夢想，成為糾纏我們的幽靈。

我不是個花花公子；我沒有同時腳踏多條船，比較像是一個換一個……直到瑞秋出現。發生過關係的女性，用一隻手就數得出來。但是，不論我認識多少女人，真正愛過的只有一個。我選擇離開倫敦，是為了安娜。直到失去，人們才發現什麼是真愛。大多數人一生都找不到真愛，但當你找到時，你會為了那個人不惜一切。

我知道，因為我曾經這麼做過。

這是對她最好的選擇，但也可能成為我犯下的最大錯誤。

無論我現在是否應該在這裡，但我確實聽到有人尖叫。如果沒採取行動，還算什麼男人或是警探？

我用手機拍下了安娜車上印著昨天日期的停車票卡，然後走向她母親家。我打開破舊的柵欄門，回頭看看是否有人在看我。確定沒人注意後，繼續沿著不平整、長滿雜草的小徑前進。我沒走前門，而是沿著房子的側面往後院前去，那裡是我預想她們會在的地方。

我聽到裡面有動靜，於是停下腳步。

我聽不清楚內容，但也不想冒被發現的風險。靠著牆壁等了一分鐘，想了一下，覺得最好還是轉身離開。明智的做法應該是上車返回總部，履行我的工作。但接著我又聽到了，好像是另一個尖叫聲。

這讓我不再猶豫，透過廚房窗戶往裡面看去。我看到了安娜和她的母親，她正在從爐灶上取下水壺，剛才聽到的應該是水燒開的聲音。我都忘記了，煮開水是我岳母許多舊時代的生活習慣之一。我前妻與她有著更多共同之處，只是她不願意承認。

根據我的經驗，女性可以分為兩種：一種是終其一生不想當母親，另一種渴望成為一名母親。而且這兩種人常常都獲得和內心期望完全相反的結果，越是不想成為某一型的女性，就越是會變得更像。最後無法符合自我期望，無法成為她們認為自己應該成為的人。

我走回車上，不想被人看到。

在這間房子裡，我曾多次被這些女人愚弄。安娜一直明確表示她不需要被拯救。會把水壺燒開水的聲音誤認為是求救的尖叫，是我太過一廂情願。如果一個人不覺得自己迷路，那你也無法幫他們找到正確的道路。

她

星期二 10:18

我母親可能有點失常，但我裝作若無其事。水壺開始發出尖嘯聲，她把水壺從爐灶上移開。我從眼角的餘光中，好像看到廚房窗戶外有東西移動。可能我太敏感了，因為去檢查時什麼都沒看到。我轉過身，再次觀察這裡的狀況。我知道她的性格，但我不知道她怎麼忍受得了。我還是青少年時，會因為媽媽在別人家幫傭打掃而覺得丟臉。現在，我為了自己曾經在意別人的看法而羞愧。她所做的一切都是為了我。

幾個月前，傑克寄電子郵件給我，說媽媽病情變得嚴重。當時以為這只是他找藉口聯絡，我沒有相信他的話。但現在看到她的狀況時，我憎恨自己。有時候，父母和子女的角色會互換，而我並沒有好好扮演我的角色。

我不是忘了該對媽媽說的話，而是從來就沒學會該怎麼說。

我還住在這裡時，媽媽總是不斷地打掃家裡，幾乎是一種強迫症，我承認自己也遺傳了這個習慣，可是我從來沒有見過房子或她本人變成這樣。對於我媽媽來說，外表總是非常重要。我們雖然沒有太多閒錢，但她總是打扮得漂漂亮亮，經常在慈善商店找到最漂亮的衣服給我們穿，而且她會精心打理髮型和化妝。我很少看過她沒有化妝的樣子。她真的非常漂亮得體，但現在她不管是看起來還是聞起來，都像好幾天沒有洗澡了。

「媽媽，最近過得如何？」

「我？哦，我還好。」

她打開又關上櫥櫃，我看到裡面幾乎都是空的。傑克提到她忘記吃飯，體重也減輕了。他說她忘記了很多事情。

「我確定我這裡有一些餅乾——」

「沒關係，媽媽。我不餓。」

「那好，我們來沏茶吧。」

我看著她打開兩個不同的罐子，她喜歡自己調配茶葉。然後她拿下那只舊茶壺，它喚起了我們一起沖茶的無數回憶。現在我真的需要喝點什麼，但不是茶。我應該早點回家照顧她，就像她以前照顧我一樣。我遠離這裡有我的理由，自我保護只是其中之一。我有一股想離開的衝動，但媽媽抓住我的手臂。

「來，喝這個吧。」

我看著她手中的威士忌和水晶杯，然後再看向她。她微笑著。母親了解我，僅管知道我最糟糕的部分，但她仍然愛我。我感到一種奇妙的安慰。

父親離開後，媽媽開始喝酒，儘管多年來，她聲稱自己已經停止。她時不時會喪失記憶，我認為那是她想要靠酒精消除記憶的結果。她從不是一個善於社交的女人，最好的兩個朋友是紅酒和威士忌，每當她需要的時候，總是在那裡。沒人知道她喝了多少。她把酒癮藏得很好，我學會了保守祕密的最好方法就是永遠不要說出來。就像媽媽，我也跟她一樣。

多年來，傑克多次提到失智症的問題，我總是把他打發掉，確信自己比他更了解母親。就算他怎麼描述母親惡化的情況，我都認為沒有那麼嚴重。

也許我錯了。

我記得她有時會忘記一些小事，像是牛奶放在哪裡、或者鑰匙放在哪裡，偶爾會記錯時間幫人打掃，或是記錯房子。但這些都沒什麼，是大家都會經歷的健忘。她有幾次忘記了我生日，這也沒有什麼大不了，只是小事。而且連我自己都想忘掉自己生日。

幾個月前，傑克說媽忘記了她住在哪裡。

我以為他是在誇大其辭，但現在我動搖了。如果失智症正在奪走我母親的記憶，那麼我想，有時它也會歸還給她。不管她外表看起來怎麼樣，至少今天似乎是心智清楚的。我一口飲乾酒，思考再喝一杯的話會有多糟。

「這些是什麼？」我問道，看到窗台上排列著一排處方藥。

她的表情一言難盡，混合著恐懼和羞愧。我沒看過她這樣子。

「妳不用擔心這些，」她說著，打開一個空的抽屜，把那些小小的棕色瓶子藏起來。

我母親從來不吃藥，連止痛藥都不吃。她一直認為製藥公司會讓人類滅亡，這是她其中一個杞人憂天的理論，她對此堅信不疑。

「媽媽，妳可以告訴我，什麼事情都可以說。」

她盯著我看良久，彷彿在思忖著做出怎樣的選擇，最後發現真相太沉重，選擇什麼都不說。

「我很好，真的。」

我環顧骯髒的廚房，盡可能讓自己語氣柔和。

「我想，我們都知道那不是真的。」

「對不起，寶貝，我很抱歉讓妳看到這些亂七八糟的。很久沒有人來訪了。如果我知道妳要來……我忙著把東西都打包進箱子裡，但這房子記錄了一個人一生，東西太多，而且這些藥物只會讓我非常疲倦……」

「這些藥是治什麼的？」

她低頭看著地板，然後回答道：

「大家都說我記憶衰退，忘東忘西。」

廚房窗戶在她臉上投射下一道光線，她似乎感受到了一絲溫暖。臉頰變得紅潤，嘴角露出尷尬的微笑。

「大家是指誰？」我問道。

可能有雲擋住陽光，房間突然變暗，母親的笑容也消失了。她搖搖頭。

「傑克。幾個星期前，我在超市買東西忘了付錢。太丟臉了。我甚至不知道當時在那裡做什麼，妳知道我很討厭逛商店，但他們事後給我看了監視錄影，我看著自己直接走過收銀機，去了停車場，還推著一整車我不需要的東西；一些我不喜歡的作者的書，沙朗牛排——我已經幾十年不吃肉了——還有一包尿布！」

我避開她的眼神，她要繼續前，猶豫了一下，彷彿對剛才說出口的話感到後悔。

「後來怎麼樣了？」我問道，仍然無法正視她。

「噢，他們沒有不禮貌，但堅持要報警。我的手鐲上有傑克的電話號碼。他們就打電話給他，他告訴他們他是我的兒子，也是警察，所以他們叫他過來，接我回家。」

我凝視著她手腕上的銀色緊急手鐲。那是去年我送給她的禮物，為了減輕內疚感而送的。她那時出了一個小車禍，醫院裡沒有人知道該打給誰，但不知為何，現在手鐲上寫著傑克的名字和他的電話號碼，而不是我的。

「妳知道傑克不是妳的兒子，對吧？他曾經是妳的女婿，但我們離婚了，所以他也不再是妳女婿了。還記得嗎？」

「我知道。或許我有點健忘，但還沒有老糊塗！我還是覺得很可惜；你們對彼此都很好，他對我也很好，還帶我去看醫生。」

「然後呢？」

「我不希望妳擔心，親愛的。現在有很多方法可以減緩失智症，可惜這些方法，好像也讓我反應變慢。我好累，沒力氣打理屋子。傑克覺得，或許是時候要做出改變，為了更多的幫助，我想他可能是對的。大多數的日子我感覺很好，但有時候……我不太知道怎麼形容。我好像消失了。這附近有一個居家照護社區，相當不錯。我還是會有自己的地方，當我迷失，需要幫助時，會有個小裝置幫我叫人。有人會來照顧我，」

我知道我應該感到感激，但心裡只是越來越生氣。

「傑克應該告訴我的。妳為什麼不告訴我？我可以來幫忙的。」

「他在這裡，寶貝。這就夠了。」她不需要強調我的不在場。「不過，既然妳來了，怎麼不上樓去看看妳的舊房間，看看有沒有什麼妳想要保留的東西？我希望在開始整理之前，妳可以看一下。去吧，上去，我會繼續泡茶。會加一點新鮮的蜂蜜，妳以前最喜歡的那種。」

「媽媽，不用了。」

「讓我泡點茶給妳吧。我也只能為妳做這些了。」

我不情願地朝著以前的房間走去。狹窄的樓梯堆滿雜物，大部分是滿佈灰塵的舊書和舊鞋子。她不擅長把喜愛的東西扔掉。我還看到好幾個多年前我送她的聖誕禮物。有些從來沒有用過，仍在原包裝盒裡。包括我懷疑她可能從未打開過的手機、電熱毯、電熱水壺。我就知道。走廊也一樣：一堆障礙物的紙箱，擋住後面要走的路，那裡曾經是我的房間。

我不知道該期待什麼，略帶恐懼地打開門，看到房間裡和我搬走時一模一樣。我十六歲離開家，這裡的時間似乎靜止了。我看著深色的木製家具、自家製的花朵圖案窗簾和與之相配的坐墊、書架上的書籍、角落裡的書桌，我曾在那裡寫作業。為了保持桌子穩定，桌腳下那塊摺疊起來的硬紙板仍在原位。

與房子裡其他覆蓋著厚厚灰塵的地方相比，這裡看起來仍是一塵不染。床單聞起來像是最近才洗過，即使我已經很久沒回來，家具不僅乾淨，而且顯然最近還被擦亮。空氣中還有一絲絲家具亮光劑的淡淡香味。梳妝台上有一瓶我熟悉的香水，那是我在青少年時期喜歡的Coty L'Aimant，我在手腕上噴了一點。香氣讓我回憶起一切，差點把瓶子掉在地上，然後擦去一段自己寧可忘記的回憶。

我又注意到外面有動靜，從小後窗向外張望，那裡可以俯瞰我母親心愛的花園。我記憶中的花園一直被分為四個部分：閱讀草坪（她總是這樣稱呼，儘管只是一片比床大一點的長方形草地）、果園（只有一棵蘋果樹）、菜園（有點不太好看）和植物棚。前院可能很漂亮，但房子後方的花園一直以實用為主。

父親消失後，母親對有機食物的追求達到了極致，絕大部分自家要吃的食物，幾乎都是她自己種的。她也非常相信採摘覓食，經常會消失在樹林中，總是清楚地知道哪裡可以找能食用的蘑菇、漿果、種子和蕁麻。她還會自己釀蜜。

我看著她蹣跚地走到花園的角落，然後掀開舊蜂箱的蓋子。她不戴口罩或手套，從來都不戴，徒手伸進去。我小時候曾經嚇一跳過，但後來她教我，如果妳信任蜜蜂，牠們也會信任你。我不知道是否是真的，但她從來沒有被蜜蜂螫過。她抬頭看著我，我從上方注視著她，她向我揮手。在我看來，她似乎沒事。也許她不需要某個醫生的處方，也許是我前夫鼓勵她服用的那些藥物引發了這些問題。

她回到屋內，我重新將注意力轉回到舊房間。喚起的並不都是美好回憶。我注意到一個木製的珠寶盒，那是我父親送給我最後一個禮物。頂部刻有我的名字，是他眾多外地工作的紀念品之一。

我感受到那四個對稱的字母拼寫出他替我取的名字，我用力按在那上面，直到它們在我的指尖上印出痕跡。然後，當我無法再抗拒某種不健康的好奇心，終於還是打開了盒子。裡面有一條紅白相間的友誼手環，還有一張五個十五歲女孩的照片，其中一個是我。我將照片放進口袋，手環戴在手腕上，然後將盒子放回原處。

當時我突然有個想法，這讓我非常痛苦，恨不得忘得一乾二淨：媽媽一直保持著我的房間整潔，就是為了萬一我會回家。她依然在等待著。知道我的遠離讓她多麼傷心，這真的讓我心碎了。

那座古老的維多利亞式壁爐，總有些令我注意的地方。小時候，家裡總覺得冷，除非氣溫低於冰點，否則媽不願意打開中央暖氣。所以點燃壁爐常常是唯一取暖的方式。我記得最後一次使用時，並不是為了取暖。是為了燒掉一封不想讓人看到的信。

臥室的門猛然被推開，我嚇了一跳，媽媽臉上掛著最溫暖的微笑，手裡拿著兩杯加了蜜糖的茶。但她一看到我，臉色立刻變了，手中的兩杯茶掉在地上，瓷器的碎片和冒著熱氣的液體在木地板上形成一灘渾濁的水漬。她盯著壁爐看了一會，然後看向我手腕上的友誼手環，接著她往後退了一步，神情顯得害怕。我勉強聽到她在喃喃低語。

「妳在幹什麼？」她問。

「沒什麼，媽媽。我只是在看我的舊房間，就像妳說過我應該要看一看——」

「我不是妳媽媽！妳是誰？」

我往前邁出一步，但她又往後退了一步。

「是我，媽媽。是安娜。我們剛剛在樓下聊天，妳還記得嗎？」

她的恐懼轉變成憤怒。

「別胡扯了！安娜才十五歲！妳竟敢假冒她進入我的家！妳到底是誰？」

這就是傑克曾經描述過的，但我沒有相信。她表情扭曲著恐懼和仇恨，是一個我不認識的母親。

「媽媽，我是安娜。一切都沒事——」

我去抓她的手，但她迅速將手抽回，並高高舉起，一副要打我的樣子。

「妳竟敢碰我！現在就從我家裡滾出去，不然我就報警！別以為我不會這麼做。」

我克制不住地哭了。這個曾認識的女人，正在毀滅我對她的真實記憶。

「媽媽，拜託。」

「滾出我的房子！」

她一次又一次地尖叫著。

「滾出去，滾出去，滾出去！」

他

星期二 10:35

我不確定在車裡等待什麼，反正不會是什麼好事。我對前岳母的家裡有著各種複雜的回憶，來到這裡總是讓我不好受。安娜從來就不喜歡來這裡。我想，這可能跟她父親有關。雙親之一缺席，定然會在人生中造成巨大的空洞；失去自己的孩子，更是如此。而且這裡也是我們最後一次看到女兒活著的地方。當時我們當然不會知道這一點；把孩子送去跟外婆過夜，本應該是再安全不過的事。

我覺得每個人到達某個年齡（具體是哪個年齡因人而異），終究會意識到，所有你以為重要的事情，其實都不重要了。這樣的體悟，往往發生在失去真正重要東西的時候，但到那時已經太遲了。我們的女兒出生三個月又三天就離世了。有時我覺得，她可能只是太珍貴、太完美，無法活在如此不完美的世界中。

手機震動起，我看了眼簡訊，感到一陣噁心和羞愧，但也有一絲期待的興奮。然後有人用拳頭砰地敲在我那骯髒的車窗上，我差點就嚇到叫出來。我只恨自己沒有再從普莉亞那裡拿一支菸，留待之後再抽。所謂的「之後」指的應該就是「現在」。今天看來確實是一個非常糟糕的日子。

我手動搖下車窗（是的，我的車子就是這麼老），然後清楚看到我憤怒的前妻。

「你在跟蹤我嗎？」她問道。

她的臉有些紅腫，看來是哭過。雖然外面很冷，她仍選擇把外套拎在手上，可能是匆忙離開時來不及穿上。

「如果我說不是，妳會相信嗎？」

「你竟敢干涉我母親的健康和居住安排！」

「等一下，我不知道她告訴了妳什麼，或者她剛才的狀態如何，但在過去的六個月，她的狀況一直在惡化。如果妳有來看過，妳就會知道。」

「她是我的母親，這不關你的事。」

「妳又錯了。我有代理權。」

「什麼？」

安娜往後退，離車子遠了一點。

「之前發生一些事。我有試著聯絡妳，但妳一直不接我的電話。所以她要求我幫忙；這是她的意思。」

安娜的臉紅了起來，彷彿受到打擊。

「這背後到底是怎麼一回事？你想偷偷賣掉我母親的房子嗎？是這樣嗎？想騙到她的錢，因為你自己賺得太少，生活有困難？」

她為了自衛而口不擇言的低劣攻擊真的很傷人。

「妳知道事情並不是那樣的。」我說道。

「不是嗎？」

「不管我們是否在一起，我還是關心妳的母親。她對我們都很好。夏綠蒂的事不是她的錯。」

「對，那是你的錯。」

這感覺就像她剛剛揍了我一拳，直接打在我胸口。

而安娜對那些話的後悔程度也不遑多讓。但我並不能假裝沒聽到。我深吸了一口氣，繼續說。

「聽著，妳媽媽病了，需要有人替她做出最合適的安排。」

「那個人應該是你嗎？」

「在沒有其他人的情況下，是的，沒錯。有人看到她在城鎮四處閒晃，半夜迷路只穿著睡衣，天哪。」

「什麼？我不信。」

「好吧，就當我騙妳好了。但我猜妳也不想承認自己昨天在布萊克唐，對嗎？」

這件事我沒打算就這樣脫口而出。但她臉上的反應，超出我的預期。

「你終於瘋了嗎？沒有，我昨天不在這裡。」她說道。

「那麼為什麼妳的車上有一張付費停車票，上面日期顯示妳昨天在這裡？」

她只猶豫了一瞬間，但那一瞬間足夠讓我看出她早就知道這一點。

「我不知道你在說什麼。我建議你從現在開始，遠離我、我的車和我的母親。聽懂了嗎？就現在這個情況，你應該多照顧你自己的家庭和工作。」

我在安娜的五官和雙眼中看到了我們的女兒。人們總是說孩子像他們的父母，但有時恰恰相反。剛才這些讓我想起來，她的心早就碎了，我無法再帶給她什麼新的傷害。

「真是個好建議。」我說道。

「這是某種形式的騷擾。你不應該在這裡。」

「對，我不應該在這裡。」

她停下了，好像我突然講了她聽不懂的外語一樣。

「你剛才是在同意我說的話嗎？」她問道。

「是的，看起來是這樣。」

我凝視著這張深愛已久的面容上的陌生表情，並欣賞著她在驚訝時所呈現的樣子。安娜很少有這樣的表情。儘管我將違背了我明知不該做的一切，但我就是想看看她會有什麼反應。於是我說了不該說的事。

「那個死掉的女人，是瑞秋．霍普金斯。」

當我大聲說出她的名字後，感到身體輕盈了許多。

安娜的神情一點變化也沒有，好像她什麼都沒聽到。

「妳不至於忘了瑞秋吧？」我問道。

「我當然記得她。你為什麼要告訴我這個？」

我聳了聳肩，「我只是覺得妳應該知道。」

我等待著某種情緒反應，但我無法理解為何她反應這麼平淡。安娜和瑞秋很久以前曾經是朋友。也許她這種冷淡是正常的。我們這個年齡的人很少與學生時代的朋友保持聯繫。當時沒有社交媒體或電子郵件；甚至沒有網路和手機。現在很難想像那時的生活，一定安靜得多。我們這個時代的人，都很擅長與時俱進；不會捨不得那種已經走到盡頭的友誼。

於是我立刻對自己主動提供的消息感到後悔。這麼做對我一點好處都沒有，而且還很不專業。她的親屬甚至還沒被通知。此外，我並不需要聽安娜親口承認她對瑞秋·霍普金斯有多麼的厭惡。我早就知道了。

我的手機再次震動起來，打破我們之間的沉默。

「必須暫停這次小小的重逢了。我得走了。」我說著，開始搖上車窗。

「為什麼？擔心整個鎮上的人都知道你在跟蹤前妻嗎？」

我在想應該不能多說，但反正她也很快就會知道了。

「他們找到了一些可能有助於辨認出凶手的東西。」我說道，發動引擎，頭也不回地離開。

她

星期二11:00

我看著傑克開車離去，同時在回想，當他告訴我死去的女人是瑞秋．霍普金斯時，自己的表情為何。我希望沒有流露出任何反應。但這很難說，傑克比其他人更了解我。每次我想隱瞞些什麼時，總是被他看透。

我走出媽媽的房子，馬上就看到他那輛破爛車停在街上。那是一輛二手車，車殼都生鏽了。這可能是他唯一負擔得起的交通工具，現在他和一個不願意工作的女人住在一起。自從分手之後，傑克找到一個新的家，有了一筆新的抵押貸款要還，還要養育一個新的孩子，但都只能依靠他的一份死薪水。我們在一起超過十五年，有很長一段時間我無法想像沒有他的生活。我現在明白了。一生中經歷了許多不同的階段，而我與他共度的時期，從來就不是永遠。只是抱著一個錯誤的人抱太緊，除非真的痛得受不了，才不得不放手。

我等到他的車完全消失在視野中，才從口袋裡取出照片。那是在我舊房間的珠寶盒裡找到的，我起了雞皮疙瘩。傑克剛才告訴我的話讓回憶再度湧現。我們一起上學已經是很久以前的事了，但我仍認得出照片的每個人，也記得拍攝這張照片的那個晚上。我們都打扮得比實際年齡成熟，準備做一些不應該做的事情。關於那個晚上發生的事，有些人可能並不覺得後悔。

我凝視著瑞秋．霍普金斯的臉，照片裡是森林中那具女屍年輕時的樣子。她凝視著我。在照片中，我們站在一起。她的手臂勾著我赤裸的肩膀，彷彿我們是朋友，但事實並非如此。她在微笑，我也是，但我能看出我的笑容是虛假的。如果當時能更誠實，或許現在就不必在充滿謊言中的生活隱藏自己。我希望自己從未被迫轉學到那所可怕的學校。那我們就永遠不會相遇，那件事情也不會發生。

父親消失幾個月後，在一堂連續兩節的英語課上，事情有些不對勁。那時學校的祕書輕輕敲了一下教室的門，她臉色蒼白得很不自然，但衣著卻色彩繽紛，然後伸出她過小的頭探進門內。

「安娜．安德魯斯？」

我沒有回應。但也不需要，因為整個班級都轉過頭來盯著我。

「校長想見妳。」

那時候覺得很奇怪，我從來不惹麻煩。我默默地跟著祕書，坐在辦公室外面，完全不知道自己做了什麼，為什麼會在這裡。校長沒有讓我等很久，她招手讓我進入那個溫暖的房間，記得那裡有一股果醬的味道，看到她書架上的所有書，我稍微安心了一些。那看起來像圖書館，心想在那樣的地方不至於發生太糟糕的事。但我錯了。

「妳知道我為什麼要見妳嗎？」她問道。

那位女士的灰色頭髮很短，而且那造型看起來像她忘記取髮捲下來。她總是穿著兩件式西裝、珍珠項鍊和粉紅唇膏，臉頰上有一顆很大的褐色痣，我盡量不去盯著看。我覺得她像史前生物，不過，那時的她可能跟現在的我年紀差不多。至於當時和我同齡的人，如今回憶起來，感覺都已是陳年往事。

我想不出為什麼被叫到她辦公室，於是搖搖頭。我記得她扭曲的表情，看起來像是某種笑容。只是我無法確定那種笑容是善良，還是殘忍。

「家裡一切都好嗎？」她問道。

我沒有那麼無知，知道她可能在問什麼。

我母親受傷那天晚上，父親再也沒有回來。他們爭吵，也知道父親曾經傷害過母親。我感到羞愧的是，以前我一直見證這些事的發生，還以為是正常的。人們會極力傷害所愛的人，那傷害程度更甚自己討厭的人。

從父親消失的那一天開始，母親開始典當首飾，擴大菜園，在裡面種植蔬果，因為我們已經負擔不起在超市購物；而所剩無幾的錢，也成了杯中之物，被她喝個精光。那陣子她總是在客廳的壁爐前睡覺，彷彿一直在守門。她不喜歡回到樓上臥室就寢，靠近那張曾是她與父親共眠的床，再說，我們根本買不起一張新的。凡是屬於我父親但又賣不掉的東西，她都燒掉，用來取暖。所以，面對校長的問題，那答案絕對是「不好」。

「是的，家裡一切都好。」我回答道。

「有沒有什麼事想找人聊聊？」

「沒有，謝謝。」

「但是上學期你們家沒有繳學費，我們寫了幾封信給妳的父母，也打過電話，但都沒有聯絡上。我本來希望，妳父母會參加上週家長會。妳知道他們為什麼都沒有出席嗎？」

因為我媽媽醉得不省人事，而我的爸爸不想再當我爸爸。

我搖搖頭。

「……好。妳真的確定家裡一切都好，是嗎？」

我愣一會兒才回答。不是因為打算告訴她真相。只是不夠時間編造出合適的謊言來填補她的提問。

我回到教室後，大家又開始盯著我看，那時候感覺他們好像都已經知道我的情況——那些他們不可能、不應該，也絕不能知道的事。從那時起，我就討厭別人盯著我看。這和我後來選擇要面對數百萬人播報新聞的職業兩相對照，會顯得有點奇怪。事實上，在公司裡，只有我和一台攝影機器。只要我看不見有人盯著我看，那就沒關係。就像一個孩子覺得只要用手遮住眼睛，就沒人能看到他一樣。

我把照片放回口袋，注意到我手腕上的紅白友情手環。那是多年前我做給其他四個人的，當時覺得這似乎是個好主意，但這個決定經常讓我後悔。我拉緊手環，勒緊手腕。活該感受這樣的痛苦，也慢慢開始喜歡上這種自虐式的痛苦。

一隻喧鬧的鳥引起了我的注意，我抬頭望向母親的房子。我得離開了，這裡對我有害，不管從哪方面來說都很不好。我回到迷你超跑上，雙手握住方向盤。然後再次看著手環，手環緊到讓我疼痛。我稍微鬆開一些，看著手環在皮膚上印下的憤怒紅色。

我們總是假裝沒看見，對彼此造成的傷害，尤其是對所愛之人。自我傷害比較難以忽視，但也不是不可能。我用指尖摩擦這道痕跡，看看能不能被手指抹去，以為可以消去我帶給自己的傷害。雖然手腕上的痕跡會漸漸消褪，良心的傷痕將永遠存在——那是我第一次戴上這條手環時所發生的事。

他

星期二11:25

當我告訴安娜，死者是瑞秋．霍普金斯時，她沒有任何反應。我不確定當時在期待著什麼，正常人都會有些反應。然而，「正常」對我前妻來說從來都不是她追求的目標。這也是我最喜歡她的地方之一。

在前往與普莉亞會面的路上，我停在加油站買香菸。看著她的簡訊，我更想抽了。交通順暢，不需要花太長時間就到達目的地，所以打算在下車前先來一根。這樣手就不會抖個不停。之前在倫敦工作時常常跑太平間，但現在已經有一段時間沒有這樣了，如今感覺截然不同。我無法停止思考昨晚離開瑞秋時的情景。雖然這事情不是我的錯，但若其他人知道這件事，我很難想像他們會怎麼看待。

我勉為其難踏進建築物內，忍住反胃噁心的感覺；心裡的不適比竄進鼻子裡的味道還糟。當我看到瑞秋的屍體放在金屬桌上時，不得不摀住鼻子和嘴巴。要不是房間裡普莉亞依舊緊張兮兮地盯著我看，我可能連眼睛都會閉上。有時覺得她只是把我當上司看待；但有些時候，比方說現在，我不禁懷疑，她對我的感覺是否混有著其他因素。當然，我不會專程為此去調查什麼。她並非不吸引人，但就我來看，工作和私人感情混在一起都不會有什麼好事。

我無視普莉亞的凝視，將注意力重新轉向瑞秋。不知何故，在森林裡時她穿著衣服躺在葉子中間，像現代版的睡美人，那時沒有像現在這麼糟糕。她現在這樣——赤裸地躺在銀色的桌上，像動物一樣被剖開——這實在是太難以忍受。我不想回憶她的這種形象，但這一幕和這種味道很難從腦中去除。但至少，她眼睛是閉著的。

「你需要一個水桶嗎？」一個我從未見過的男人問道。

從場合和他的衣著判斷，合理假設應該是法醫病理學家。但習慣上，要交談前最好還是確定對方是誰，這是一個好習慣。

「我是刑事調查局高級督察傑克・哈珀，謝謝你的好意，但我沒事。」

他盯著我伸出來的手看著，卻沒有握。本以為他這樣是因為無禮，直到我注意到他戴著的手套上沾滿了血。

他是一個像鐵絲衣架般的男人，身形細長而扭曲，好像還有些歪斜，同時又看起來像是個「銳利」的人，一不小心可能會被他劃傷。他那亂糟糟的灰色眉毛努力往上伸展，想越過滿布皺紋的額頭，兩眉彷彿是久別重逢的朋友，相遇時又只會互相爭執。頭髮仍是黑的，似乎忘記和眉毛一起變老變白。他用眼睛微笑，而非嘴巴。就我個人來看，他似乎因為終於有事可做而興奮。他的圍裙上有她的血跡。我不忍直視。

「我是吉姆・列維爾博士，很高興見到你。」他說，話中沒有高興的語調。「她的死因是刺傷。」

如果那是他能提供的最好結論，我怕這趟是白跑了。

那輕鬆的口吻顯得有點不專業，就算是我這外行人來看也這麼覺得，但這是我回到這個寧靜鄉村以來的第一起謀殺案，也許他很少處理這類事。不管怎樣，我不喜歡他。從他的表情來看，我斷定，初次見面他對我也不會有太多好感。

「對凶器有什麼見解嗎？」我問道。

「刀刃相對來說不長，可能是廚房刀？不太像一兩刀就致死，她胸口有四十多處深度幾乎相同的傷口……」

「你是指，她不是當場死亡？」我替他補完了他說不出口的內容。

「不是，我只是非常懷疑傷口本身不是死因，死因是失血過多。而且這過程相當……緩慢。」

他也許不在意或是沒有注意到普莉亞盯著地板看，繼續說明他發現的結果。

「我相信這男的在現場剪下了被害者的指甲，可能還帶走了。也許是作為紀念品。或者，她有抓傷他，這男的可能擔心我們可能在指甲下發現什麼。雖然已經採集了樣本，但也許他戴著手套。這是一起預謀犯案。」

我想到早上在車上發現的 Tic Tac 糖盒子，裡頭全是指甲。

得快點處理掉。

「你提到凶手是男性——」我開始說道。

「我們發現了精液。」

當然了。那是我的。

「關於被害者的車輛方面有任何進展嗎？」我問道，轉向普莉亞。

看來不能往病理解剖的線索挖下去。

「沒有，長官。」她回答道。

我知道昨晚瑞秋的奧迪TT雙門跑車停在樹林外的停車場；就停在我的旁邊。但沒有其他人知道這件事，而且她的車現在也不在那裡，不見了。我繼續盯著普莉亞。

「有沒有發現可疑的輪胎痕跡？」

「沒有，長官。雨水幾乎沖刷掉所有痕跡。現在看到的所有胎痕都是屬於新聞媒體或……我們自己的轎車跟廂型車。」

「像是什麼？」

「像是你車子的胎痕。」

「我就說沒有封鎖停車場是一個錯誤。算了，別自責。沒有人什麼都知道，那些假裝什麼都知道的人，反而比其他人更不懂。」

她反應沒有如我預期的那樣尷尬。

「不過，恰巧出現在屍體旁邊的鞋印有些線索。實驗室使用了一種塑模用的化合物，還原出那是一雙尺寸為十號的Timberland靴子。」她說道。

「這描述得很具體。」

「鞋子的品牌和尺寸都有，長官。樹林擋住雨水沖刷，保護了這個鞋印，小隊成員中沒有人穿著符合描述的靴子，所以很有可能是凶手留下的。」

病理學家清清喉嚨，彷彿提醒我們他還在這裡。我低頭看著腳上的十號鞋，好險我今天穿的是鞋子而不是靴子。

「來這裡之前，我和負責聯絡家屬同仁一起去死者家。」普莉亞補充。

「那一定很辛苦。我猜她的父母年紀應該相當大了吧？」我說，心裡清楚她的父母狀況。瑞秋有時會提到他們。

普莉亞皺眉。

「我們去見的是她丈夫，長官。」

我胸口有一種奇怪的感覺，彷彿心臟剛剛多跳了一拍。

「我以為她已經離婚了。」

普莉亞這次邊皺眉邊搖頭。

「不，長官。但她丈夫幾乎跟她父親年齡差不多大。所以你可能會覺得奇怪。有傳聞說，她跟他結婚是為了能好好揮霍他的財富。」

「好吧。」我說道。瑞秋說她已經離婚了，我不會記錯。她甚至給我看她手上曾經戴婚戒的凹痕。我現在看著她的屍體，左手上一枚金戒指，在日光燈下閃閃發光，彷彿向我眨眼。不知道她還隱瞞了什麼事實。「死亡當下，她的丈夫在哪裡？有沒有不在場證明？我們說不定——」

「不會是他，長官。」普莉亞打斷我。

「普莉亞，我還以為妳不會有年齡歧視的狀況。就算年過六十，也不代表不可能犯案。我們都知道，這時最有嫌疑的通常就是丈夫。」

「他已經八十二歲了，長期臥床，二十四小時居家護理，已無法獨自如廁。以他的情況要在樹林中和一個女人追逐，似乎有點牽強。長官。」

法醫再次清了清喉嚨，我重新回來注意他。

「聽說你找到了一些東西？」

「是的，在她的口腔內，」他馬上接話，彷彿我們已經浪費他太多的時間。「在進行一些測試之前，我想你可能想先看看。」

他走到房間的一側，身上圍裙發出「唰」的聲音。脫下骯髒手套的啪嗒聲聽著讓人不悅，還花了很長一段時間在洗手，這過程讓人更是不舒服。然後用毛巾擦乾，再戴上新的手套，反覆活動手指關節。這個人還真不是普通的奇怪。他拿起一個小長方形的金屬盤子，走到我旁邊，就像一個陰森的侍者，端上一道令人不快的開胃菜。

我凝視著那個紅白相間的物體。

「這是什麼？」我問道

這是個假問題，我早就知道那是什麼。

「這是一個友情手環。」普莉亞說道，她稍微靠近以便觀察。「女孩們會用不同顏色的繡線製作這種手環，當成禮物互送。」

「在被害者的嘴裡面發現的嗎？」我沒有理會普莉亞，轉頭看向吉姆。

法醫微笑著，他那牙齒白得不自然，對比整張臉，還有些過大。然後浮現一副異常享受自己工作的神態。

「不光是這樣。」他說道。

「什麼意思？」

「這個友情手環被綁在被害者舌頭上。」

她

星期二11:30

車子還沒發動就覺得冷，我把大衣披在肩上，然後發動引擎。正要離開時，有一輛白色廂型車停在我後方。一位戴著棒球帽、身材瘦小的女人下車，以她的身材而言，身上的黑色衣服顯得太大。她看起來年紀不大，但帶著憂慮的表情，讓臉上提前出現許多細紋。

我看著她抬著一個大箱子走向母親家的前門，然後將它扔在門廊上。離開時也沒把門帶上。

她走過我旁邊，我降下車窗。

「妳好，我……」

我沒多想就開口，那位女子稍微避開，似乎覺得我很奇怪，沒有回應。我還來不及問箱子裡面是什麼，她就走了。這讓我想起另一次經驗，那次回家時發現有些不認識的人進出我家大門。

❖

在校長說我學費沒繳的那天午餐時間，我就離開了學校，一個人默默地走出去了。感覺整個學校的人都在盯著我看，我再也無法忍受。我們並不富裕，離富裕差得遠了——住在老舊潮濕的房子裡，窗戶擋不了風，所有東西都是自家製作的，但我的父母相信教育能克服一切。我從十一歲起就讀私立學校，那一年正值要參加會考，不是休學的好時機。所以，我急忙回家，希望母親在某個地方偷偷存了一筆現金。

但其實並沒有。

早早回家後，看到一些陌生的男人正從我們家出來，搬著箱子。我站在花園的草坪上，讓他們沿著小徑從身旁經過，後來又看到兩個男人從前門走出來，手裡扛著我們家的電視，這時才開始恐慌。和當時別人家不同，我們家只有一台電視。我急忙進屋，發現母親站在一個空蕩蕩的房間裡。

「妳怎麼回來了？」她說，「生病了嗎？」

「他們為什麼要拿走我們家所有的東西？」

我總是擅長以問題回答問題。這是我在童年時期學到的技能之一；當記者後也非常有用。

「自從妳父親……離開後，家裡經濟狀況有些困難。很多東西都是用信用卡購買的，我一個人無力支付卡債。」

「因為妳是個清潔工？」

不光是我說出口的內容，我連自己說話的語氣都感到厭惡。

「嗯，是的。我的薪水沒有妳父親多。」

我知道家裡需要錢，她這才開始幫別人打掃房子。她真的沒有其他工作技能，所以希望我能完成學業，因為她沒有。

「我們不能打電話給爸爸，要他寄錢給我們嗎？」

「不行。」

「為什麼？」

「妳知道的。」

「我只知道妳說他離開再也不會回來，現在我們連電視都沒了。」

「等我存夠錢之後，會再買一台新的，我保證。廣告已經在鄰里間傳開，我會有越來越多的工作，不會花太長時間的。」

「那我的學校呢？他們今天把我從課堂上叫出來，說學費沒繳。大家都盯著我看。」

媽看起來快哭了，這不是我想看到的。我希望她告訴我一切都會沒事，但我沒有聽到想聽的話。

「對不起，我真的很抱歉。」她輕聲說著。她靠近一步，我後退一步。「我已經試過所有辦法，看來得找一間新學校了。」

「但我所有朋友都在那裡……」

她沒有回答，或許是因為她知道我沒有真正的朋友。

「考試怎麼辦？」我不肯放棄，她無法把那些考試當作不存在。

「對不起，但我一定會找到一間好學校。」

「對不起、對不起、對不起！妳就只會說對不起！」

我怒氣沖沖地從她身旁走過，回到樓上的臥室。我注意到這房間是整個房子裡唯一沒有東西被拿走的地方，但我對此沒做任何表示，而是在臥室用她聽得到的音量大喊：「妳正在毀掉我的生活！」然後砰地甩上房門。

多年後，我才明白自己錯得離譜——她一直在試圖拯救我的生活。

我凝視著剛剛送到母親屋子門前的箱子，然後用手機搜尋上面的字樣。那是一家品質很差的廉價餐廳。想到母親多年來只吃有機食物或自家栽培的食物；而現在卻只能訂購快餐，就讓我鼻酸。但我還是忍住了。

我手裡拿著電話，突然靈光一閃——一開始我只覺得這是個爛活，但有時候危機就是轉機。我回想起傑克不要我報導受害者就是瑞秋．霍普金斯一事；但如果我要拯救事業，就得爭取到現場直播。我立刻打給新聞室，再之後又打給我的攝影師，理查第一時間就接起電話，好像是正盯著手機，等著我打去一樣。

兩小時後，我連線上主播室，正準備在曾經主持的節目來一場直播對談。瑞秋的社交媒體帳號是公開的；不出意料，裡面都是她自己的照片。我挑選了一些照片發送給位於總公司的製作人，用來製作新聞圖片。理查在她家外面拍了幾個鏡頭，我們也收集到一些當地居民的簡單訪問——他們對她根本不熟，但為了能上電視，很樂意假裝認識她。

我一直擅長讓人與我交談。方法非常簡單，也很有效：
第一守則：每個人都喜歡被奉承。
第二守則：建立信任。無論你真正的感受如何，總是保持友善。
第三守則：暗示你與受訪對象有很多共同之處，用來開啟一段對話。
第四守則：在他們來不及多作思考或反應之前，盡快說出你想要的內容。屢試不爽。

我們最後在瑞秋遇害的樹林中錄製了一段鏡頭，盡可能靠近封鎖線的位置，讓背景飄揚著警察封鎖帶。呈現現場氣氛在畫面上。然後穿插傑克之前在記者會上的簡短發言，剪出一個兩分鐘的新聞畫面，而我則負責解說。就一個早上的工作量來說，還算不錯。

衛星廣播車及時抵達，我在樹林邊緣找了個好位置在那裡站著。天空沒有遮擋，能和其中一顆衛星順利連線進行現場直播。在這一行，樹木和高樓大廈都可能造成干擾。當然，前夫也可能帶來麻煩。

當我看到傑克的四輪驅動車進入停車場，我的麥克風已經準備好隨時可以開始，他來晚了。我凝視著攝影機鏡頭，耳機中聽到導播在說話，凱特．瓊斯坐在曾經屬於我的椅子上，讀著這篇報導的引言。「今天早上，在薩里郡國民信託的樹林中，發現了一名年輕女性的屍體。警方現已確認被害者為遊民慈善機構的創辦人瑞秋．霍普金斯……」

傑克走進我的視線範圍。如果眼神能殺人，我早已經死了。

「……現在由我們的特派記者安娜．安德魯斯帶來最新消息。」

我用了二十秒，背出精心編排的台詞，配合著影像報導出來，並努力忽略傑克的怒視和他揮動手臂的模樣。畫面回傳到導播室時，傑克已站得離攝影機非常近，很有可能伸手關掉或是撞倒它。好在，理查擋在中間。我等一切都沒問題後，取下耳機。

「這個東西關掉了嗎？」傑克問道。

「現在關掉了。」理查回答道，他將攝影機從三腳架上拿起，卡車上的工程師們也一起離開。識趣地讓我和前夫獨處。

「妳到底在幹什麼？」傑克說道。

「上班。」

「萬一我們還沒有通知親屬怎麼辦？」

「你告訴我被害者的名字，我報導了它。」

「妳很清楚那可不是我告訴妳的原因。」

「那你之所以告訴我的原因是什麼？」我問，但他沒有回答。

他朝後方看了一眼衛星車，然後稍微靠近我一些，用耳語的音量。

「妳昨天為什麼在這裡？」

「你在說什麼？」

「那張停車票券，是昨天的日期。妳還沒跟我解釋……」

「哇，又來了。你以為我跟這件事有關嗎？」

「那妳有嗎？」

以前還處於婚姻關係時，傑克就指責過我，離婚後對我的指責變得更多，但從沒有昇華到謀殺。我懷疑當我們感情還很好時，他是不是就已經覺得我不是什麼好人，只是當時他隱藏得很好，沒被發現。

「昨天我對著數百萬觀眾，在主持全國的新聞節目，如果你需要查證的話，有證人可以證明。」

「那妳怎麼解釋那張票券？」

「我不知道，也許機器壞了？」

「當然了，有什麼是不可能的？這解釋真是有夠合理。」

傑克大步走到付費停車機前，想從口袋裡拿出一枚硬幣。後來看到他什麼也沒掏出來，我才意識到自己一直在屏住呼吸。他回頭看看我，好像希望我能給他一些零錢。我沒有回應時，他又看回那收費器，手撫摸下巴上的鬍碴，以前剛在一起時，不曾為這個習慣感到困擾，但在離婚後，這舉動卻莫名地讓我感到煩躁。

我原本以為他會轉身離去不再多說什麼，但他卻站在那裡不動，凝視著地面，像在思考。突然間，他彎下身子，拂去一些枯萎的樹葉，從森林地面上撿起一枚銀色的硬幣。他手對著我的方向伸給我看，然後將其放進投幣口。我可以感覺到心臟怦然跳動，當他用手指戳擊綠色按鈕時。

我有一種想要逃跑的衝動，但我沒有。

他迅速抓住機器吐出的停車票券，並凝視著它。

時間彷彿變慢了，我等待著他轉過身或說些什麼，但他沒有。我不知道這代表著什麼。

最後我問道：「那結果呢？」

「是昨天的日期，這台機器壞了。」

「這就是你的道歉方式？」

他轉過身來面對我。

「不，我和妳不同，我不需要為任何事道歉。妳不該出現在這裡。很久以前我就意識到，工作對妳來說比身邊的人更重要。比妳的母親、比我，比——」

「去你的！」

淚水瞬間湧出，噴出我眼眶。一想到我現在有多麼討厭他，便覺得自己很可笑；但是心裡希望他能擁抱我。我只是希望有人能擁抱我，告訴我一切都會沒事。不一定要是真的，我只是想記起那種感覺而已。

「妳對這起案件太過投入了。我不知道妳是不是應該繼續報導這起謀殺案。」

「我也不確定你適不適合偵辦這起案件。」我用手背擦拭眼淚。

「為什麼不幫個忙，回倫敦去呢？這對妳對我都好，可以坐在那個妳夢想的工作室裡？」

「我失去那個主持工作了。」

我不知道為什麼要告訴他，我本沒有這個打算。也許只是需要告訴一個人發生了什麼事，但我立刻後悔。一直以來維持的堅強面孔破裂了，我討厭他現在看著我的眼神。寧願被人懷疑，也不要受到同情。我需要學會避開真正了解我的人。

「我很抱歉。我知道這份工作對妳來說有多重要。」他聽起來很真摯。

「柔伊好嗎？」我問道，無法掩飾自己的怨恨。

他臉色一沉。現在和我前夫住一起的女人，是我的舊校友；瑞秋．霍普金斯也是。我在社交媒體上看過柔伊和傑克的快樂家庭照片，雖然我寧可不看。但那些照片是她發布的，而不是傑克。她的小女兒不斷提醒著我的過去，以及如果沒有發生那件事，我們本可以過怎樣的生活，成為什麼樣的人。

「祝你們三個幸福快樂。」

我的話聽起來不真誠，儘管我是認真的。

「妳為什麼總是這樣？總是把柔伊當成某個橫刀奪愛的第三者。她是我的妹妹，安娜。」

「她是個自私、懶惰、善於操控人的婊子，不管是在我們婚姻之中或是離婚之後，她只帶來麻煩。」

發現自己情緒就這樣爆發，我的驚訝也不亞於他。

「就算發生了那麼多事情，妳仍然一點也沒有改變，對吧？」他說道，「妳不能一直將責任推到別人身上。如果妳能像對工作、對其他人的看法、對那些無關緊要的事那樣擔心過我們之間的情況，那我們就不會走到這個局面──」

我舉起雙手，要遮住耳朵，防止他提到女兒的名字，但他抓住了我的手腕，凝視著。

「那是什麼？」

我看著那條紅白相間的編織手環。我一直都很忙，忘記自己還戴著先前找到的友誼手環。我試著擺脫他的抓握，但他卻加緊了力道。

「妳怎麼會有這東西？」他問道，聲音不再壓低。

「關你什麼事？」

他放開手，稍微向後退了一小步，又提出下一個問題。

「妳上次見到瑞秋是什麼時候？」

「怎麼？我又成為嫌疑犯了嗎？」

他沒有回答，而且我不喜歡他現在看我的方式，比之前更討厭。

「離開學校後，我就再也沒見過瑞秋．霍普金斯。」我告訴他。

我說謊，不久前才看過她，還不到二十四小時，我看著她下火車。

他

星期二 14:30

我知道安娜說謊。

回去的車程上，腦袋裡一頭霧水，試著拼起那些看似湊不起來的拼圖。今天還沒吃東西。Tic Tac糖盒子裡的指甲以及太平間發生的事、讓我失去胃口。我已經抽了半根菸，有助於鎮定神經，但對於減輕內疚感卻毫無作用。

我無法停止思考安娜手腕上的友誼手環，它和繫在瑞秋舌頭上的那條一模一樣。還有我問她這東西哪來時，她拒絕多作解釋的表情以及姿態。

我察覺到安娜在撒謊，她隱瞞了一些事情。但同時我也在說謊。

在我們有機會好好談話之前，她的攝影師又出現了。我無法確定怎麼回事，但他也有些微妙的不對勁。我不喜歡他看安娜的方式，雖然這已不干我的事，同時也無權干涉。只是，我們曾經是夫妻，所以要辨認出誰具有「不良意圖」，會變得更敏銳些。

我的下午大部分時間都在回答媒體問題和面對各種報導。沒機會繼續辦案。媒體幾乎騷擾了小組裡每一位成員。這讓我想起在倫敦的日子，那是安娜第一次將麥克風推到我的面前。也是我們相遇的方式：她當時正在報導我手上的案件。一開始我對她充滿敵意，但那種感覺後來改變了。她不記得學生時代我就已經認識她，我一直記得她。

我工作到很晚，覺得有點煩躁。普莉亞決定一起加班時，我沒有太驚訝，雖然我已說過她沒必要留下來。小隊其他人離開辦公室後，她訂了一個披薩一起分著吃。我聽著她在電話裡選著我最喜歡的配料和副食，納悶她是怎麼知道的。每次她看過來時，我都盯著電腦螢幕。但其餘的時間裡，我在觀察她。

注意到她脫掉了外套，襯衫前三顆釦子好像也解開了，可以看見她的鎖骨和一點點胸部——雖然我並不在意這些。她的長髮也放下來了，不然我還以為她只會綁馬尾辮。現在的樣子看起來有些不同，讓我覺得……沒那麼惹人煩了。

吃東西時我們幾乎沒講話。但普莉亞根本沒什麼吃，不禁覺得她純粹是為了我而點的。她從飲水機那裡拿了兩杯水過來，沒有問我是否要喝，就將其中一杯放在我的桌子旁邊，站得離我有些太近了。她手搭在我的肩膀上，我聞到她身上陌生的香水味。

「還好嗎，傑克？」她問道，沒有使用平常的「長官」或「老闆」稱呼。

如果她的肢體語言和我心裡想的一樣，那麼我該感到榮幸，但我對一個年輕的同事——搞不好還有點戀父情結之類的同事，不感興趣。此外，現在腦子裡想的都是安娜，以及曾經有過的美好生活，直到那段日子被打破。我不想留在這裡，但也不特別想回家，回家後只會面對自己不想回答的各種問題。但已經接近午夜，是下班的好時機。

「我很累，妳應該也是。」我有些尷尬地說著，站了起來。

我從小到大的異性緣都不太好。似乎到了最近幾年，女性才開始對我感興趣。我已經中年了，灰髮比希斯洛機場的行李還多；我也不懂為什麼。雖然並不討厭，有誰會討厭呢？但一旦我發現有女人在對我調情，還是會回到十幾歲時的笨拙表現。回到那個不知道怎麼和女孩子談話的自己。

「我要回去了，妳也一起……呃，我是說回各自的家。」我補充道，以免誤會。

普莉亞皺起眉頭，臉頰微紅，她回到她的桌前。

「我要再待一會兒。晚安，長官。」她盯著螢幕。禮貌地微笑。

本想緩和這種情況，但又擔心會越描越黑。

有時候我覺得，人們會改變表情只是為了讓臉部有點事情可做。微笑並不總意味著快樂，就像淚水並不總代表悲傷。臉部表情常常和話語一樣會撒謊。

回家的路上，我看到聖希禮的學校裡還有燈亮著。那是瑞秋和安娜在青少年時期就讀的學校，也是她們相遇的地方。現在已經很晚了，在這個時間應該人都走光了，但顯然有人在那裡。

我開進停車場，決定在進學校之前再抽一根。只抽一半應該就夠了，於是將菸折斷。我用打火機輕彈幾下。沒有點燃。我搖晃一下，再試一次，仍然打不出火。我仔細搜索車內角落和縫隙，但真的不想再看手套箱裡的東西——我還記得那裡有什麼。

之後，我在扶手置物箱裡找到一盒舊火柴，鬆了口氣。我點燃火柴，深深地吸了一口，享受著即時的暈眩。然後我翻轉火柴盒，那是我和瑞秋第一次過夜的旅館。雖然已經是好幾個月前的事,但仍然記得每個細節:她頭髮的香氣、表情、脖子的形狀。她喜歡假裝無助,讓我以為自己握有控制權。但事實上,我並沒有。火柴盒背面寫著幾個字:打電話給我。上面還有她的電話號碼。

看到她的筆跡,我心裡動搖了。連續抽著菸,同時想要喝點東西。甚至不再在意學校裡有沒有人。當我抽完了第三支完整的香菸,一直抽到最後時,我抬頭一看,校園的建築物已完全陷入黑暗中。也許剛才的燈光和人影,只是我想像出來的。

火柴盒上瑞秋的字跡再次吸引我的目光。想到如果能再聽一次她的聲音,突然湧出一股奇特的安慰感。於是,我撥打了她的號碼。結果,聲音不是等候音,也非來自通話的另一端,而是在我的車內響起。

我快速轉身,但後座完全是空的,我也很訝異這麼快地轉身竟然還沒扭傷脖子。我下車,手機仍貼在耳朵上,走到四驅車的後方。凝視著行李廂,鈴聲似乎就是從裡面傳來的。

我四處張望,但晚上學校停車場當然是空無一人,於是我打開行李廂。立刻找到了那支手機。在黑暗中,它發出陰森的光芒,還照亮了另外兩個東西。當我稍微靠近一點時,我看到那是瑞秋失蹤的鞋子:沾滿泥巴的昂貴設計師高跟鞋。

我無法解釋眼前的一切。

感到頭暈、奇怪和不舒服。

突然覺得想吐,接著手機進入語音信箱,我聽到她的聲音:

「嗨，這是瑞秋。現在無法接聽電話，請發訊息吧。」

我掛斷電話，猛然關上行李廂。

手開始微微顫抖。想到昨晚她打來的所有未接來電，以及我已經刪除她寄來的訊息。我必須確保沒有人發現。要是發現了，我將無法否認自己和她在一起，以及所有發生的事情。我真的不知道為什麼瑞秋的手機和鞋子會出現在我的車裡，只知道這不是我放的。若真的是我，我一定會記得。

我有確實記得要好好盯著我精心安排的腳本和主要演員。這同時具有教育性、啟發性和娛樂性；我很確定這三者曾經是BBC該有的原則，但那些上面的負責人似乎已經忘記了這些……我已經養成不忘記任何人事物的習慣，尤其是那些對我造成傷害的人。或許會記仇是我的缺點，但我有另一項優點，就是我很有耐性。我關注著細微的事物，通常可以透過小事來洞察一個人的本質。人們看自己的方式很少與他人看自己的方式一樣；我們都以破碎的鏡子在自省。

這個故事中有幾個角色，每個人都有他們對事情的看法。我只能用我的觀點，去猜測其他人的觀點。就像所有的故事一樣，最後會有一個結局。我現在有了一個計畫，並打算堅持下去，到目前為止，進展得相當順利。沒有人知道是我幹的。即使他們在懷疑什麼，也無法證明。

我小時候，有一個想像中的朋友，就像其他孤獨的孩子一樣。他叫哈利，我假裝和他對話。

我甚至替他想了一個有趣的聲音。我的家人覺得這很荒謬，但在我的腦海中，哈利是真實存在的。彷彿我就是他，他就是我。每當我做錯事，我都會推給是哈利做的。有時候，我會堅持認為他有罪，甚至連我自己都相信了。

我幾乎騙了自己好幾次，來相信瑞秋不是死在我手上，假裝是別人幹的，又或者是我想像出來的。但事實上，我殺了她，而且我很高興。那個女人沒有什麼好的，至少沒有半點真實。她是一條披著羊皮的蛇，我應該更明白這道理：那些與蛇共舞的人，通常會被咬傷。

不是她不會分辨對錯，瑞秋只是為了滿足自己的需求，重新定義了她的對錯。作惡常常是唯一能讓她覺得舒服的事。

道德的指南針並非修不好，人也絕非無法重新教化。有些人在接受道德的震撼教育後會重拾良知。我們都在內心獨自旅行，的確有可能將自己的意圖，維持在不能算是「大奸大惡」，但也絕對屬於「錯誤」的範圍內。人是可以改變的，只是人們往往選擇不這麼做。

我曾經讀過殺人者的自白，上面說希望自己被抓到，但我不會這樣。如果遊戲結束，就沒有樂趣了。雖然我失去了很多，但我仍然擁有不少，並不想失去一切。我只是希望人們得到他們應有的報應。我甚至不認為自己真的是個殺人者；我只是一個為了他人利益在做公共服務的人。警察的權力相當有限，且令人失望；這種事還是親自動手比較好。

我花了很長一段時間思考，但現在終於明白，事情在什麼時候、什麼地方、為什麼會出問題。這一切都指向這裡，這個地方，還有那些做了不應該做的事情的人。我現在該繼續前進，事情要有始有終，得讓事情收尾了。

她

星期二 22:30

自從傑克離開後，我覺得自己從未真正走出過這段感情。對我來說，孤單的好處超過其帶來的痛苦。而且，我覺得是我活該。孤獨的刺痛只是暫時的，就像蕁麻帶來的刺痛一樣。如果你不去搔它，很快就會恢復。但我仍然會想起他、想起我們和她。有些記憶拒絕被遺忘。

我整個下午和夜晚都在想著傑克，儘管有持續不斷的現場訪談，為了提供BBC各頻道的材料：《新聞頻道》、《廣播四台》、《第五直播台》、《六點新聞》，從《BBC倫敦》到《BBC世界》的一切。當我結束晚間十點新聞的最後一個雙向訪談時，樹林裡連線直播的人不是只有我們。天空新聞台、獨立電視新聞和CNN也在這裡，每台都有自己的團隊和衛星車。現在他們也許都掌握了這個新聞，但我是第一個揭開的人。我比任何人都早知道受害者的身分，即使沒有人知道是為什麼。

現在已經這麼晚了，而明天早上在《BBC早餐》節目上直播的時間非常早，夜間新聞編輯提議幫理查和我訂個旅館，可以報公司的帳。工程師們將返回倫敦，明天將由早班團隊接替，我們留在這裡很合理，不用舟車勞頓，可以多休息，萬一有什麼突發狀況也能就近跟上。理查同意了。

我不需要問公司幫我們訂了哪家旅館；這裡只有一家，而且我對它非常熟悉。白鹿酒吧外觀上看起來像是酒吧，其實樓上有一些客房。其他還有幾家可愛的民宿可以選擇，或者我母親家的老房間。但那些都不是我想去的地方。

我們來得太晚了，餐廳早已關閉，理查建議在酒吧關門前喝一杯。我猶豫一下後答應了。喝了一瓶馬爾貝克紅酒和兩包鹽醋口味的洋芋片，身體開始放鬆了，心情不錯。有時候，同事就像老朋友一樣，可以好幾個月不見，但見面後又能繼續上次的交流。

「還要再來一杯嗎？」我問道，掏出錢包。

理查笑了笑。他的幽默和輕鬆，讓我今晚感覺年輕許多，好像我仍然是個有趣的女人。可惜他穿著復古，並且拒絕剪髮。我想，在他打扮成男孩的外表下，藏著一個真正的男人。

「這提議很誘人，」他說，「但明天要很早起來，而且酒吧現在已經要關門了。」

我回頭看了看，他說得對。大部分的燈光已經變暗，很多人也已經下班。

「可惜啊，」我說著，把手滑過桌子，幾乎碰到他的手。「那要不要到我房間的迷你酒吧？」

他把手移開，舉起手來，指著他手指上的戒指。

「我結婚了，記得嗎？」

這樣子被拒絕讓我有些受傷，我說出了以後一定會後悔的話。

「但你之前從來不覺得這是什麼問題。」

他臉上浮現出一個禮貌但表示道歉的微笑，這只會讓我感覺更糟糕。

「那不一樣。現在有了孩子，一切都不同了。我們都是。」他說道。

被摧殘比被拒絕還要痛苦，而且他說的是一件我已經知道的事情。對我來說，擁有孩子的確改變了一切，直到我失去她。我從不和同事或其他人談論自己發生的事。

我在懷孕期間被派到藝術與娛樂部門工作，那是BBC位於頂樓的一個部門，所以新聞室的大部分人很少見到我。如果他們碰巧看到我，也只是覺得我變胖了。後來因為一些併發症，我在家裡待了幾個月，最後那幾個月只能臥床休息。所以很多人都不知道我懷孕了。或者他們不知道我的女兒在出生後三個月後就去世。

我不曉得理查是否知道這件事。當他拿起手機並開始滑動無數的小孩照片，向我展示著兩個漂亮的金髮小女孩時，我得出結論：他並不知道。他似乎渴望與我分享他認為我錯過的東西。

「她們很漂亮。」我真心這麼認為

他笑得更開朗，「她們長得像媽媽。」

我再次感到窒息。我不記得理查曾提過他的妻子，儘管我知道他已婚。當然，男人愛妻子和孩子沒有任何問題。我猜擁有一個家庭確實會使一些夫妻關係更加緊密。而現在，這一切只是再次提醒我自己所沒有的東西。

「那麼，晚安。」我起身準備離開，「我要聲明，之所以邀你，就只是純粹想喝一杯，僅此而已。」

我勉強擠出笑容，他也一樣。與同事保持尷尬的關係絕不是件好事，尤其是對於那些能決定你在數百萬觀眾面前表現如何的人。

我回到房間後，自顧自地拚命挖出一個藉口來喝些小酒。這個小冰箱裡的選擇並不多，也不見得都適合，但只能將就了。然後我坐在床上，吃著昂貴的巧克力棒，喝著迷你瓶，思考著自己是怎麼落得這個下場的。四十八小時前，我還是BBC新聞的主播。私人生活可能已經支離破碎，但至少還擁有事業。而現在，我真的回到了起點，回到了我長大的這個村莊，報導學生時期認識的女孩的謀殺案。這個女人，從孩童時期就對我造成傷害，影響一直持續至今；而現在她又企圖再來一次；於是在那晚之後，我們之間本就脆弱的友誼永遠地結束了。

最近，瑞秋突然打電話給我，我甚至不知道她怎麼知道我的號碼。她說她的慈善機構遇到了麻煩，問我是否能安排一些新聞幫她度過難關。我拒絕了，如果那所慈善機構遇到什麼麻煩，可能也是她自找的。後來她竟然出現在BBC公司，就坐在大廳等待著我，然後暗示她手上有一些東西，要是被人看到的話，可能會對我工作不利。

我仍然拒絕。

我走去拿另一瓶酒，但迷你酒吧已經空了，所以只好上床睡覺。幾個小時後需要上鏡頭，最好休息一下。

我洗了個澡。有時候，報導這樣的新聞，會感覺死亡的腥味黏在皮膚和頭髮上。需要用熱到發燙的水將它們沖刷洗去。我不知道在浴室待了多久，但走出來時，空瓶和巧克力包裝紙已經收扔進垃圾桶，床單也被拉開，準備讓我直接就寢。

有點奇怪，我不記得自己有這麼做，而且這家旅館通常不提供夜間整理服務。

我可能比想像中還要醉。

我躺在床上蓋上被子，關燈後，剛接觸到枕頭，就陷入昏迷。

他

星期二 23:55

駕車進入車道時，整棟房子一片漆黑；經過難熬的一天後，回家不用接受盤問這真的讓我很高興。我盡可能安靜地打開前門，小心翼翼地不吵醒任何人，但很快就發現其實不需要費心。燈光也許熄掉了，但電視開著，我走進客廳時，看到柔伊正盯著我前妻在播報新聞。回家的路上我經過了那片樹林，媒體人員都已經撤離了，所以我知道這不是現場直播。只是重播早些時候的報導，但看到安娜的臉出現在我的家裡，仍然感到不自在。

「到底發生了什麼事？！」柔伊頭也不抬地問道。

她一整天都在發訊息和打電話找我，但沒有時間回她。

「如果妳一直在看那個，我想妳應該已經知道了。」我不由得嘆了口氣。

「我最好的朋友被謀殺，你居然沒想到要告訴我？」

「妳離開學校後就跟瑞秋．霍普金斯斷絕來往了。至少有二十年都沒跟她講過話。」柔伊露出一抹憤怒和受傷的表情，但我今晚不想忍受她的脾氣。「不是所有事情都跟妳有關，柔伊。我今天很累，而且妳知道我不能談論工作內容，所以請不要問。」

我從不想將我的問題帶進她的世界中。

「你錯了。我最近跟瑞秋有談過話。」她關掉電視，打量了我一下，彷彿在評估什麼，並得出了不怎麼好的結論。「為什麼你的前妻會在這裡報導你最新女友的謀殺案？」

我嚇一大跳，不知道怎麼回應。她怎麼知道我和瑞秋的關係。我以為沒有人知道。她說不定只是虛張聲勢。

「我不知道妳在說什麼——」

「別瞎扯了，傑克。我知道你們最近幾個月一直在約砲，但我真不知道為什麼找上她！你昨晚是和她在一起嗎？」

我沒有回答。

「所以，是嗎？」

「妳不是我老婆，柔伊，也不是我媽。」

「我不是，但我是你妹妹，我問你昨晚是否和瑞秋在一起？」

「妳是在問我是否和這件事有關？」

她搖搖頭，開始重新擺放沙發上自製的仿皮草墊子，她最近煩躁時總是會做這個動作。這些靠墊套是她親手製作，還拿到網路上販售。這與年輕時她要成為時尚設計的夢想相去甚遠。

我發現她又把頭髮染成了明亮的紅色，可能用了某一款她喜歡的DIY染髮劑。後腦有一小塊金色的頭髮沒染到，那是上個月染的顏色。她穿著粉紅色的睡衣，不適合已經三十六歲為人母親的她，這款式可能更適合我樓上兩歲的外甥女。不過，我不打算多作回應。

「我說過你離婚後可以和我們住一段時間，我本來的意思是指幾個星期，而不是幾年。」她頭也不抬地說。

「那麼妳要自己付房貸嗎？」

我從倫敦的公寓搬出來後，就和妹妹一起住了。這個房子原本是我們父母的，他們已經過世。我覺得我和柔伊有同等的權利住在這裡。第一，她對於遺產稅知識可以說是零，要保有這棟房子必須付清房屋貸款。第二，他們去世得相當突然，沒有留下遺囑。我們都沮喪而且驚訝。我們父母生前善於安排事情，但顯然沒有計畫到自己的身後事，或是至少不是由他們親自計畫的。

我之所以默默接受妹妹把這房子當成她的，是因為她有一個女兒。這對母女比我更需要一個可以稱之為「家」的地方，而且，當時我並沒有真正渴望想回到這個城鎮。就像我的前任一樣，寧願把過去留在過去。

柔伊怒氣沖沖從我身邊經過，走出房間。她不管是看起來還是聞起來，都不像有洗澡和換過衣服的樣子。又來了。妹妹沒有真正的工作。總藉口找不到工作，但可能是因為她已經懶得找，這情況已經十年了。她靠著賣枕墊套、拿社會福利和在eBay上變賣父母的遺物過活；還以為我不知道。而且她堅稱自己「身為人母」就是一份全職工作，但她的行為更像是一名兼職母親。

我跟著她進到廚房。看著她在水槽裡清洗一個杯子，這清洗的時間也太久了。我注意到這裡一切都乾淨整齊，不管柔伊心情是好是壞，她很少會打掃家裡，更別說把東西都放回到適當的位置……除了櫃檯上那不鏽鋼刀具組裡的一把刀子。今天早上我也注意到它不見了。

「妳怎麼知道瑞秋的事？」我問道。

柔伊仍然背對著我，還在沖洗酒杯，好像她的人生中，這件事非這麼做不可。我從櫥櫃拿了一個乾淨的杯子，再拿起長桌上已開過的紅酒倒了一杯。可悲，我妹妹對於葡萄酒的品味和她對男人的品味一樣——太廉價、太年輕，而且都讓人頭痛。

「是說我怎麼知道她已經死了？還是我怎麼知道你和她上床？」她終於轉過來面對我。

我無法正視她的雙眼，但勉強地點點頭，同時喝了一口酒。

「我是你妹妹，我了解你。你一直說晚上要加班，但布萊克唐沒有那麼多犯罪。至少，以前沒有。然後上週的某天我在超市看到了她，她主動和我搭話。就像你剛才說的，她差不多二十年沒跟我打過招呼了，所以……」她說道。

「所以，妳就因為這樣斷定她和妳哥哥有一腿？」

她挑起了畫過的眉毛。柔伊總是濃妝豔抹，不管是否有洗澡、換過衣服或者要不要出門。

「剛開始沒有，但她用了一種辨識度很高的香水，而你只要聲稱『晚上要加班』時，回來時聞起來就是這種味道。謎底揭曉了……」她說道。

她雙手對著空氣鉤了兩下，做出「打上引號」的動作，這是她從小就一直有的動作。隨著時間過去，這個動作只讓人越來越煩。

「妳為什麼什麼都不說？」我問道。

「那又不關我的事。我也不會告訴你我在和誰上床。」她回答道。

她不需要專程說；這間房子的牆壁很薄。

「所以妳有對象？」我問道，但她無視我的問話。

這問題是為了諷刺她而問。柔伊總是和男人睡覺，對性的態度相當隨便。她從來沒告訴過我女兒的父親是誰，我懷疑她自己也不知道。

「我原本以為你等時機到了就會告訴我。而且，我也是昨天晚上才確定。」她說道。

「為什麼是昨晚？」

「因為她打電話來家裡了。」

酒杯差點從我手中滑落。

「妳剛才說什麼？」

「瑞秋．霍普金斯昨晚打電話到這裡。」

我腦海裡的聲音變得非常吵雜更甚以往。我不知道瑞秋竟然有這裡的電話號碼，但我猜可能是因為這支號碼從未改變過。這是她和我妹妹學校時期是朋友時使用的號碼。我對於答案感到害怕，但又不得不問。

「妳有和她說到話嗎？」

「沒有。我連電話響都沒聽到。她是半夜打的，還留了一個訊息；我也是今天早上看到答錄機在閃才知道。」

她走到廚房的另一邊，那台古老的答錄機是我們父母的。這裡仍留著他們許多東西——那些柔伊還沒有賣掉的——有時我真的會忘記他們已經離開。想起來後再次感到悲傷。我不知道這樣是不是正常的。

他們去世後，我腦中的時間感變得有些不連貫。真是禍不單行。不光是我女兒離世和離婚；彷彿我曾經想像過的任何未來都註定失敗。現在，這種情況又來了。

柔伊的移動在我眼中像是慢動作。我想告訴她住手，不要按下錄音播放鍵。我不確定自己是否想再聽到瑞秋的聲音，但比起停屍間的事情，也許記得她生前的樣子會比較好。

柔伊按下播放鍵。

「傑克，是我。很抱歉我打市話給你，你手機一直沒接。你在路上了嗎？已經很晚了，我好累。我知道我應該有辦法自己換輪胎；但我不知道怎麼會發生這種事，好像有人把它割破。等等，我好像看到你車子的頭燈進入停車場了。我的英雄！」

瑞秋笑著掛斷了電話。

我凝視著那台錄音機，好像它是個幽靈一樣。

我妹妹像看著陌生人般盯著我。

「你臉上的刮痕是怎麼回事？」她問。

我不自覺地摸著臉頰上的紅色疤痕。今天普莉亞盯著疤痕看了好幾次，但基於禮貌沒有提問。但我妹妹不同。

「刮鬍子時受了傷。」

柔伊皺起眉頭，我才想起自己臉上覆蓋一層鬍碴。

「是你殺的嗎？」她終於問道，聲音非常輕，我幾乎聽不到她問了什麼。

希望我沒有。

腦中突然浮現一段段的童年回憶。從小時候走路還不穩就推著妹妹盪鞦韆，到和朋友一起慶祝生日的派對，然後和家人共度聖誕節。上個星期我還在後花園的垂柳樹下，推著她的女兒，也就是我外甥女，盪著同一個鞦韆。這間房子曾經充滿著愛。只是我不確定愛是什麼候候消失的。

「妳怎麼能這麼問？」

我凝視著她，柔伊迴避我的視線。胸腔內心臟急速跳動，不是因為憤怒，而是因為傷痛。我一直以為妹妹無論如何都會支持我。意識到這只是我一廂情願的瞬間，這不只像是被打一個耳光，更像是被一輛卡車重複輾壓。

「我的孩子在樓上睡覺，我不得不問。」她低語著。

「妳根本沒必要問。」

我們注視對方很長一段時間，只有親兄妹之間才有的無聲眼神交流。我知道我需要明確說出來，但安排正確說出口的順序，需要一點時間。

「昨晚我確實去見了瑞秋。」

「在樹林裡？」

「是的。」柔伊板起臉，我沒理會，續道：「然後我離開了。我沒發現什麼不尋常的情況，直到我回到家看到一堆未接來電。後來我又開車回去，但沒看到她的車，也沒見到她的人。打她手機沒有回應，我以為她問題已經解決了。」

「還有其他人知道你在那裡嗎？」

「沒有。」

「你沒有告訴你的警察同事。」

我搖了搖頭，「沒有。」

她凝視著我很長一段時間，然後提出下一個問題。

「為什麼不告訴他們？」

「因為他們會像妳現在一樣看著我。」

「對不起，」她最終說道：「我必須問，但我相信你。」

「好。」我說，就算不是真心的，而我也不真的相信。

「我知道我們從來沒說出口，但我確實愛你。」

「我也愛妳。」我回答道。

她離開房間後，這是自從女兒離世以來，我第一次哭泣。

失去一個你真心愛的人，感覺像是失去了自己的一部分。指的當然不是瑞秋——那只是欲望——我指的是我妹妹。我們並不是一直都很親近——她從來就不喜歡我的妻子，而我也不喜歡她的……任何選擇——但我一直以為，如果出了什麼大麻煩，她會是那個義無反顧幫我的人。我可能錯了，因為今晚在柔伊和我之間好像出現了一些裂痕。那無法修復。

我獨自坐在昏暗中，喝完那半瓶酒。也許她是故意留給我的，她知道我需要。喝完後，屋內再次陷入寂靜，我走回答錄機旁，刪除了那則留言錄音。

有時候，我感覺自己都不知道自己是誰了。

她

星期三04:30

我醒來時滿身汗水，不知道身處何地，現在又是什麼時候。浮現在腦海的第一個畫面是她，我的寶貝女兒。總是一樣的畫面。接著，我想起了旅館酒吧，想起跟理查喝酒的尷尬過程。我緊閉雙眼。好像只要把眼閉上，就可刪除所有的記憶一樣。

在我醒來之前，正在做惡夢。

我在樹林中奔跑，有某個讓我害怕的東西或人在追我。我摔倒了，躺在地上，然後有個人出現在我眼前，高塔般的身影矗立在我身旁。那人手裡拿著一把刀。在夢中，我不斷尖叫求救。現在我的喉嚨疼痛，可能在現實中真的尖叫過。

我也許只是有點脫水了。現在，好想來一杯不含酒精的飲料。我打開燈，驚訝地看到床邊有礦泉水。我不記得曾把水放在那裡，但我默默地感謝昏睡前的自己，還能考慮得這麼周到。我扭開瓶蓋，痛快地喝下那冰涼的液體，非常冰涼，好像剛從冰箱裡拿出來一樣。

我檢查了手機，是傑克的簡訊把我喚醒。不知何故，很高興知道他也沒睡好。內容不是什麼甜言蜜語，很簡短，只是他最喜歡的四個字，按照熟悉的順序排列：

我們談談。

現在是凌晨四點，才不要。

我爬下床，悄悄地走到小酒吧，尋找能幫我重新入睡的東西。我擔心自己在昏睡前已經把裡面的東西都吃完了，但當我看到裡面裝得滿滿時，我倒吸一口氣。我又看了看垃圾桶，裡面是空的。我本來很確信昨晚獨自坐在床上吃零食和喝酒，看來那一定也是個夢。

我打開一瓶迷你威士忌，一口氣喝下去，然後注意到桌子上的照片，那是我昨天在母親家的珠寶盒中找到的。是我們的合照。那件事發生前的一個晚上，五個青少年朋友，其中有些人不知道即將發生的事情。我花了這麼多年試圖忘記這些女孩，現在，再次地，她們是我腦中唯一能想到的。我記得我們第一次認識的時候。

進入重點中學❷是我母親的主意。在酒精淹沒我所有腦細胞之前，我曾經也聰明過，但她常說我這樣不好，太聰明了。沒有父親，無法繼續支付私校學費。我必須在某個地方完成學業，她認為聖希禮學校是最好的選擇。

但事實並非如此。

這所女子學校從我們家只要步行二十分鐘就能到。但媽媽堅持第一天要開車載我去——可能是為了確保我會確實進入學校。她買了一輛二手白色廂型車，車子在學校大門口停下。車身上有全新的公司名稱膠貼：勤勞蜜蜂居家清潔公司。包裝得就像一個有輪子的鐵罐子。

人們盯著我們和那輛車看，好像這機械應該待在博物館，不該開上路。我不想下車，不想進入聖希禮，但也不想讓母親失望。我知道她替我說了不少好話，讓我能在學期中轉進來。

媽媽是校長的清潔工——當時整個村莊似乎都是她負責清掃，我想她一定費了不少口舌，好讓那位女士同情我們母女。我漸漸習慣她偶爾會要我幫忙處理一些小事。替一些大人物和當地公司打掃清潔，也是有好處的，包括從麵包師傅那免費獲得麵包，從花店那得到過度盛開的花。她總是盡力做所有需要的事情、支付帳單並確保我們有地方可住。當我凝視著那座氣勢磅礡的紅磚建築物時，試著表現得開心和感激，但我對這所學校的第一印象，是像是一座維多利亞時代的療養院，大門上方掛著一塊古老的招牌，上面刻著校名：

聖希禮女子高中

看到我沒有下車，母親試著替我打氣。

「無論到了幾歲，融入新團體總是不容易。做妳自己就好。」

那時對我來說，這似乎是個糟糕的建議，現在來看也一樣。我總希望別人喜歡我，所以「做自己」從來就不可能。

我仍然沒有打開車門。仍記得仰望那所學校的感覺，像一座我可能永遠無法離開的監獄。我

---

❷ Grammar school，「一九四四年英國教育法案」把英國的公立中學分為兩大類型——「重點中學」和「現代中學」。英國的重點中學注重掌握知識，為學生進入大學接受高等教育做準備。

沒有完全說錯。有的時候，是我們自己判給自己的終身監禁。內心的悔恨就是牢房，不但無法擺脫，還會帶來罪惡和痛苦。

突然傳來敲門聲，接著一張笑臉從車窗外看進來。母親手伸過我身邊，將窗戶降下。那個女孩穿著和我一樣的制服，只不過她的看起來很新。而我穿的，和所有其他衣服一樣，都是二手的。只有鞋子是新的，但也大了一號。我母親總是買大一點，萬一我長大後還能穿得下，然後在鞋尖塞進棉花，這樣腳就不會滑動。

站在車外的女孩身材苗條，非常漂亮。我們同齡，但她看起來成熟許多，不像只有十五歲。她的頭髮反射著陽光，金色的長髮在晨光下閃爍著。笑容裡帶著酒窩，讓人想要跟她一樣快樂和善良。這就是我對瑞秋．霍普金斯的第一印象：她看起來人很好。

「嗨，瑞秋，見到妳真好啊。」我母親說道。

我開始覺得在這個村子裡已經沒有她不認識的人了。

「嗨，安德魯斯太太。妳一定是安娜吧？」美麗的陌生人說道。

我點點頭。

「今天是第一天上學，對吧？」

我再次點頭，彷彿忘記了如何說話。

「我想我們應該同班。要跟我一起過去嗎？帶妳四處轉轉，介紹妳給大家認識。」

我記得我當時非常樂意。她看起來很友善，我可能會跟著她去任何地方。媽媽俯身想要親吻我，結果我已經下車了。直到母親開車離開之前，都沒好好跟她說再見；我從來就不喜歡在別人面前表達感情。我不必問瑞秋是怎麼認識我媽媽的；我已經猜到了：媽媽可能幫她們家打掃過。

瑞秋一直談個不停。大部分都在談她自己，但我不介意。我只是感激不用一個人走進那棟建築物。她帶領我走進一間已經坐滿人的教室，裡面都是吵鬧的十幾歲青少年。我們進來時，她們突然安靜下來，我不確定是因為她還是我，但很快她們又開始閒聊，我盡可能表現得放鬆一點。

瑞秋昂首闊步走向一群女生，那是只有最受歡迎的人才懂得的自信姿態。這所學校總是冷冷的，不單指氣溫上的寒冷。有一群人坐在那些看起來像古董的暖氣旁邊，而她毫不猶豫地打斷這些同學聊天，向大家介紹我。

「安娜，這裡是妳需要認識的每個人。我叫瑞秋．霍普金斯，我是妳新的最好朋友。這是海倫．王，她是金頭腦，負責編輯學校報紙；這位柔伊．哈珀，她是搞笑擔當，喜歡自己做衣服，然後常常在身體各部位穿刺，惹得父母生氣。」

柔伊將她那看起來不自然的金紅色髮絲撥到她穿洞的耳朵後面，然後將上衣拉高，露出臍環，好像那是她打招呼的方式。我很快就發現柔伊在縫紉方面有多厲害；學校裡有一半的人都付錢請她把裙子褶邊改短。

海倫，這位「金頭腦」，有著克利奧佩脫拉同款的黑髮，顴骨很突出，俐落得像會劃傷自己的臉。她很快就對我失去興趣，回去進行本來在做的事情——用訂書機將粉紅色A4紙釘起來，後來我才知道那是學校報紙。她用盡全力按下訂書機，一聲聲連續的響聲，讓我的神經緊張得十分惱火。這時突然好想有一把槍。

瑞秋伸手進包包裡，拿出一台柯達即可拍。我以前從沒見過這種相機，裡面一開始就裝好底片，操作需要點耐心。那個年代沒有數位相機，連手機都沒有。整台相機都需要寄到相機店沖洗，這可能需要等好幾天才能看到裡面拍攝的照片。

我永遠記得當瑞秋為我拍照時所發出的聲音。

咔嗒咔嗒。咔嗒咔嗒。咔嗒咔嗒。

每拍一張都得轉動底片，有個灰色小塑膠輪會發出聲音，同時膠輪的印子會留在她的拇指皮膚上。

「幫我和這位新來的女孩合照一張，紀念她第一天上學。」瑞秋說著，露出燦爛的微笑，然後把相機交給臉有點臭的海倫，因為海倫不得不放下手邊的裝訂工作。

瑞秋將手臂搭在我身上，擺好姿勢。閃光燈閃爍時，我不禁眨了眼，為了防止第一張失敗，又拍了一張。

「這樣我們就有個前後對比了。」瑞秋說著，從海倫那裡奪過相機，放回她的包包裡。我沒有想到要問前後對比什麼。「其他的人都是輸家，特別是她。」瑞秋補充道，瞥了一眼教室裡的其他同學。我轉過頭，看到一個女孩獨自坐在桌前看書。「那是凱薩琳．凱利，怪人一個，最好避免跟她接觸。跟著我們妳會沒事的，孩子。」

我凝視著那個看起來孤單的女孩，她的頭髮和眉毛是淡金黃，淡到幾乎是白色。膚色也異常蒼白，看起來像剛得了白化症。我忍不住注意到她牙齒上有著難看的牙套，她啃著一條巧克力棒當早餐。衣服皺巴巴的，都是污漬。就像穿著它們的主人一樣，都需要好好清洗一番。她一吃完巧克力棒，就掀開書桌蓋子，從裡面又拿出另一條，撕開包裝，一副很餓的樣子。雖然吃不少零食，卻仍是個瘦小的孩子。她那雙大眼睛讓我想起小鹿斑比在啃著新鮮的草，完全不知道有獵人盯上她。避免和她接觸就沒有問題，反而跟她接觸的話才會有大大問題，只是那時的我並不知道。

一直以來，我都渴望離開布萊克唐，永遠不再回來。現在我看著這家旅館的臥室四周，不知道自己怎麼又回到這裡。最後我再看了一眼那張照片，五個女孩的人生在拍攝那張照片後不久，就永遠改變了。然後我把照片翻過來，覆蓋在桌子上。我不想再看到她們的臉了。

我走進浴室洗手，好像這些回憶會讓手感到骯髒，潑點冷水在臉上。回到臥室時，照片再次引起我的注意。照片正面朝上。雖然我確信自己明明把它翻過來了。不僅如此。有人用筆在瑞秋臉上劃了一個黑色的叉。

他

星期三05:55

整夜輾轉反側。驚醒我的不是鬧鐘聲音，而是手機鈴聲。

又是普莉亞。我得告訴她別這麼急。我頭好痛，可能是因為那廉價紅酒，她的語速又太快，我無法理解她所說的內容。我沒換衣服，躺在小時候我房間的床上翻來覆去一整夜，冷到手指都快拿不穩耳邊的手機。一開始還不知道怎麼回事，後來才發現原來是窗戶沒關，昨晚我在這抽了根菸。如果柔伊發現我在外甥女睡房隔壁抽菸，她一定會宰了我。

我記得當時感覺不錯，不僅是尼古丁的效果，還有做錯事沒被逮到的刺激，這也是一種本能。我還記得，當我意識到下面街道有可能被人盯著看時，那種感覺就消失了。外面天色昏暗，可能有人在我不知情的情況下在陰影中監視我，而且我可能永遠都不會知道。我試著忘記昨晚的事情，但坐起來時頭又更痛，需要喝杯咖啡。

我讓普莉亞重複一遍，為了確認我理解的沒有錯，於是她又再說一遍。

「布萊克唐發現了第二具屍體。」

我試著思考要怎麼答覆，但腦袋一片空白。

「老闆，你有聽到我的話嗎？」她問道，我才意識到自己仍沒做出任何回應。

「屍體是在哪裡發現的？」

「聖希禮。女子重點中學。」她說道。

我停下來思考了一會兒。我想抽根菸，但昨晚已經抽到只剩下一根，應該留著它。

「妳剛才說是女子學校嗎？」

「是的，長官。」

我大腦飛快運轉，跟上身體。這裡兩天內發生了兩起謀殺案，這意味著……我們在追的對象，很可能是連續殺人犯。長官們一旦知道，就會像蒼蠅發現新鮮狗屎一樣，全力介入。

「我馬上到。」

我快速並安靜地洗個澡，然後下樓，盡量不吵醒任何人。但我多慮了，柔伊已經起床，穿著整齊在廚房裡看BBC早上的新聞節目。

「要喝一些嗎？」她問道，將一壺咖啡往我這邊推過來，眼睛沒有離開螢幕。

「不了，我得走了。」

「走之前，順便問一下，你有看到指甲刀嗎？浴室裡的好像不見了，我需要用。」她說道。

我的腦海中閃過薄荷糖盒的畫面，我盯著柔伊很長一段時間，沒有回答。

「怎麼了？」她問道。

「沒事。不，我沒看到。說到東西不見，你有看到我的Timberland靴子嗎？」

「有啊。昨天還在後門旁邊，上面都是泥土。」

我的血液似乎在靜脈中冰冷凝結。

「嗯，但現在靴子不見了。」我回答道。

「我又不是媽，你自己找吧。為什麼急著這麼早出門？」

「工作需要。」

「發現另一具屍體了嗎？」

我再次凝視著柔伊，再次意識到她穿著整齊，臉頰像剛跑完步一樣紅潤，但她並不常跑步。她的車鑰匙放在廚房桌子，彷彿她剛從某個地方回來。現在是早上六點，我想不到布萊克唐在這個時間，會有哪間店是開著的。

「妳怎麼知道發現了另一具屍體？」我問道。

「因為我就是兇手。」

她沒有笑，我也沒有。柔伊的幽默感很怪異，但我有一丁點好奇，她是否只有幽默感是扭曲的。我從來不知道她為什麼會和瑞秋·霍普金斯或其他和她一起上學的女孩鬧翻。最後她的嘴角終於微微上揚，朝著電視的方向點了點頭。

「你前妻說的。」

這次的回答好一些，但感覺也是在胡說八道，直到我看到安娜出現在螢幕上。她就站在學校外面，報導第二名被害者的情況，而我甚至沒有來得及到達案發現場，也沒準備任何新聞聲明。此時唯一知道關於第二起謀殺的人，應該一隻手就數得清。

「我得走了。」我再次說道，朝著走廊前進，伸手去拿哈利．波特圍巾，但想想後算了。然後從樓梯欄杆上拿起外套，我妹妹很不喜歡我把外套披放在那裡。

「等一下，傑克。」柔伊跟著我起身，「今天小心點，好嗎？我知道你和安娜曾經是夫妻，但你不要相信她。」

「是什麼意思？」

「與其說是妻子，她更像一名記者，所以你不要在她面前亂說話。而且，不要……對任何人發脾氣。」

「我幹嘛要發脾氣？」

她聳聳肩，我打開前門。

「還有一件事，」她說道，我掩飾不住自己的不耐煩，回頭看她。

「又怎麼了？」

「不要在屋裡抽菸。」

上了車後，感覺像被教訓過的小孩子，被抓到的壞事不止一件。我開車前往昨晚停留的學校。又來了，似乎整個薩里郡警察部隊都比我還早到。

目前只有一輛轉播車在這裡，是安娜他們的，但她和BBC團隊都不在，只有一輛空車。可能都在休息。昨晚我在警政系統中查了一下她的攝影師。這不是警察該做的事，但我不覺得自己有錯。他曾有過不良紀錄，安娜可能並不知道。

普莉亞正在學校接待處等我，她遞給我一杯咖啡和一個點心可頌。她的頭髮再次綁成馬尾，但臉看起來有些不同。

「我沒戴眼鏡。」她彷彿能讀到我的心思。

「如果妳不想這麼快又看到一具屍體，可以說一聲。」

「我看得很清楚，謝謝，長官。我只想試戴隱形眼鏡。」

不知道為什麼選在這個時機點，感覺有點怪，但女人對我而言本來就很神祕。

「很不錯。」我說完，她笑了。突然覺得自己是不是不該這麼說，現在對女性同仁的讚美都有可能構成性騷擾，所以我立刻收回。「我說的是咖啡不錯。」我補充完又啜了一口。普莉亞的微笑又消失，我感覺自己像個混蛋，試著將話題轉移到不那麼私人的方向。

「在這附近還能找到這麼好喝的東西，而且還是在這個時間？」我舉起杯子問道。

「這是哥倫比亞。」

我一下子有點慌張。

「這麼遠的地方。」

她的微笑又回來了。

「我早上出門前特地泡了一些給你，我想你可能會需要。我車上有一整瓶保溫瓶，但我知道你喜歡用紙杯，所以我在網路上訂了一些。雖然這有點奇怪而且確實對環境不怎麼友善。我是說紙杯。我看到你車開進來時，剛好正在倒咖啡，所以沒冷掉。」

我就知道。她愛上了我。我雖然已經步入中年，但還是魅力不減。只是我跟她不會有任何發展。得找個適當的時候，溫柔地婉拒。我咬了一口可頌點心，味道很好。還是別問它的來歷；搞不好是自家手做烘焙，或者從法國遠道而來。

我的手機響起，是長官，我慢條斯理地接起。

「早安，長官。」

每次要拍馬屁，都會讓我唇間留下不好味道。

我聽著這個黃鼠狼告訴我，他認為我在調查中犯了哪些錯，我咬住舌頭忍著不回嘴，帶著驚訝把自己咬出一個洞。如果當著面，他永遠不會說出這些話。我懷疑他連怎麼走出辦公室都不知道，如果當著我的面，根本不敢對我頤指氣使；我比他高很多。這個人不僅智商有限，體型也發育不良。我只要等到他說完後，再告訴他他想聽的話。要讓管理層不再對我指手劃腳，這是最快的方式。

「是的，長官。當然。」我答道，承諾會讓他掌握最新情況，然後掛斷電話。

普莉亞看起來有些失望。

「怎麼了？」我問道。

她聳聳肩，但沒有回答。雖然沒有說出口，但她的眼神卻在評斷著我。我想她聽到了上頭的話：

「這是你負責的重大犯罪調查小組所犯下的重大錯誤。」

我和整個重大犯罪調查小組的成員，昨天工作了十八個小時。他們幾乎沒有休息，但他的話仍傷到了我。出於某種原因或某個層面上，似乎所有這一切都是我的錯。

「可以開始了嗎？」我問她。

「是的，長官。」她說道，回到了平常專業有效率的狀態。這讓我舒服不少。

普莉亞在一個迷宮般的走廊中帶路。我沒去看牆上貼著各種色彩繽紛的海報，心思都在她繫著鞋帶的鞋子上，因為那雙鞋在光滑的地板上發出了吱吱聲。這雙黑色的雕花皮鞋，比昨天在泥濘的樹林裡乾淨得多，不知道為什麼我總感覺它像學生鞋。我忍不住想知道，這雙是不是新的。她的馬尾辮像鐘擺一樣左右搖晃。像在倒數我們接近第二個被害者的時間。這些謀殺案之間一定有所關聯。

我一直保持幾步之遙跟在普莉亞身後，假裝跟著她走，但這座建築對我來說瞭若指掌。我以前常常被父母帶到這裡，觀看我妹妹在學校的演出。柔伊在學業上從沒亮眼的成績，這間學校裡的競爭太激烈了，但她是一位出色的演員，到現在仍然是。也許演戲天分在我們家族中是遺傳，可是我無法假裝昨晚沒來過這裡，或者沒看到辦公室窗戶裡的光亮；我們目前正往辦公室方向前進。如果我當時做點什麼，現在就不會發生這種事了。

走進房間時，眼前的景象令人震驚。外面仍然漆黑一片，但在這裡不同。明亮的警用燈光讓房間像個電影場景，被害者就在舞台中央。

「可以遮住這些窗戶嗎？免得被新聞媒體拍到，放上網路。」我說道，好幾個人轉過頭看我。

有兩位我認識的制服警員，還有一些不認識的，很高興看到法醫部已經到達。大致上和昨天一樣的專門應變小組，以這現場的情況來看，他們似乎有些震驚，這也難怪。

「我覺得最好等你到達再開始，長官。」普莉亞說道。

「好，我現在到了。」

學校辦公室像是一座微型圖書館。書架沿著後牆排列，另一面牆懸掛著一張巨大的世界地圖。一個櫃子裡還擺滿了獎盃，房間中央是一張大型的紅木辦公桌。校長仍然坐在桌後的椅子上，只是喉嚨被割斷，張著大嘴，呈現尖叫的姿勢。

光站在門口，就能看到嘴巴裡有異物。就像瑞秋一樣，舌頭上綁著一條紅白相間的友誼手環。她的頭歪一側，黑色的克利奧佩脫拉式的短髮露出灰色髮夾。頭髮遮住了半張臉，但我仍然知道她是誰。這裡的每個人都知道。這所女子重點中學的校長，她在當地受人敬畏。

海倫．王曾經是聖希禮學校的學生，和柔伊、安娜和瑞秋同一屆。從少女時期就是學生會主席，並在三十歲之前就當上校長。她是個非常聰明的傑出學者，智商極高，對和她層次不同的人，則是耐心極低。我知道她和瑞秋仍是朋友，而海倫可能也知道我們是砲友。但知道也不能怎樣，現在她已無法告訴任何人了。

不需要法醫判斷我就知道她喉嚨是被刀割開的，太明顯了，但這些並不是身上唯一可見的傷痕。被害者襯衫被打開，一直敞開到腰部。就在她的胸罩上方的胸部寫著「騙子」。這些字看起來像被釘書機釘出來的。白皙肌膚上有超過一百個微小的銀色碎片，像金屬縫合線一樣，組成了這個詞。

我感到力不從心，但在這個團隊中，誰都好不到哪去。在布萊克唐發生一起謀殺案已經很不尋常了，兩起更是前所未有。即使在倫敦，我也只參與過一次積極的連續殺人案件調查。我環顧四周，感覺我們只是在努力掙扎，不讓自己溺斃，不知道該怎麼辦等待別人拯救。但不會有人來。這就是現實。

我走近一步，看到被害者鼻尖上有白色粉末。

「我們能否認定校長是位癮君子？」我說道。

「正在進行對這種物質檢測。」普莉亞回答道。

完成對現場的初步調查後，我走到外面，沿著走廊返回，找到通往運動場的出口。手有些顫抖，我在大衣口袋裡尋找最後一根香菸。我想我這是活該。

事發當下，我人就在這裡。

一定就在。

我疲憊得幾乎像是喝醉了一樣，過去幾天的一切對我來說很不真實，像處在一個無法醒來的惡夢。我抽完菸後，走回室內，正好撞上普莉亞。她好像站在玻璃門後面觀察著我。我想知道為什麼，但一陣學校鐘聲打斷了我心裡的疑問，來不及問出口。

「那是什麼聲音？」我在聲音停止時問道。

「是鐘聲，長官。」

「是的，我知道。只是為什麼會響？」她盯著我，好像我愚蠢至極一樣，我感到一陣噁心湧上喉嚨。「學校不是關閉了嗎？」

「我想是的，長官。我希望大家在看過新聞後，不要來學校。」

「妳希望？妳是在告訴我，沒有通知家長們今天不要帶孩子來這裡嗎？我昨天不是才告訴過妳，要保護好犯罪現場嗎？」

她低頭看著地板。我知道她多想讓我留下好印象，以及每次犯錯後她有多麼難過，但我不能總是放任不管。

「沒關係。現在去學校祕書辦公室，確保他們告訴家長和所有學校人員不要到校，何時開放會再另行通知。不是每個人都會看到新聞，校門口派一些制服警察，以防萬一。此外，如果妳看到那個BBC團隊，請他們離開停車場。沒有我們的許可不得進入。我不知道他們怎麼這麼快就到這裡，他媽的，他們可以像其他媒體一樣待在外面街上報導。」

「長官，我可能──」

「妳能照我的要求去做嗎？」

她點頭後退到走廊上。我得離開片刻，多吸點新鮮空氣才能重新面對那個房間。每個人都不知道該怎麼做，都在期待著我發號施令；但對我來說，我經驗也不多。要盲人帶領盲人，事情可能變得更難搞。

我凝視著學校的運動場，那裡的斜坡一路往下到樹林。以直線距離計算，我們離瑞秋被殺的地方可能不到一英里。當我聽到背後的小徑上有腳步聲靠近時，我猜想可能又是普莉亞。

「辦好了嗎？」我問。

「什麼好了？」

我轉身看見安娜，「妳在這裡做什麼？」

「你的同事要我到這邊找你。」

「普莉亞？她為什麼會這麼做？而且妳怎麼這麼快就到了這裡？我們應該還沒有針對媒體發表聲明。如果有，我會知道，因為我就是發布的人。」

安娜沒有回答。我瞥了一眼後方，確保沒有人聽得到或看得到我們。

「為什麼妳昨天戴著那條編織手環？」我低聲問道。

她看起來就快笑出來了。

「你為什麼一直問我這件事？」

「那條編織手環是從哪裡來的？」

「這與你無關——」

「我跟妳說這些，是因為我仍然……」愛妳。那是我想要說的話，而且真心，但也知道不能告訴她。有的時候，情感藏在心裡就好。我對她說：「我仍然擔心妳。」她微笑了，但我的煩躁已經超過每日忍受上限。「我是認真的，安娜。」

「你總是太認真，這是你眾多缺點之一。」

「我是認真的。如果妳把我要告訴妳的事情告訴其他人，或者敢報導出去的話——」

「好了，冷靜一點，我在聽。」

「很好，希望妳有在認真聽。兩名死者身上都發現了那同樣的友誼手環，跟妳之前手上戴的一樣，但是手環不是在她們手上，而是被綁在她們的舌頭上。」

她臉色變得蒼白，很高興她對這件事有情緒反應。萬一沒有，我會深感不安。我知道自己不會喜歡那種感覺，好像我其實對和我結婚這麼多年的女人完全陌生。

「妳為什麼也有同樣的手環？」我問道，希望這次可以得到答案。

「我沒有。手環不見了。」聽起來像說謊，但表情看起來像是在說實話。「你昨晚半夜傳了一則訊息給我，說你想談談，是因為這個……」

我忘了我喝醉時有發簡訊給她。

「算是今天凌晨，不是半夜。但現在這個時間地點真的不適合討論這些。妳還沒回答我的問題，一個都沒有。」

「你為什麼發訊息給我，傑克？」

她望向通往學校建築物的門，一副還在思考著新聞故事的樣子，於是我把她帶離那個方向。

「妳應該看得出來，我現在真的沒有時間處理這件事。我只是想告訴妳，如果我是妳的話，我不會跟妳那位同事走得太近。」

她盯著我看，嘴巴形成一個完美的小圓圈。

「所以我可以理解成，你正在處理一宗雙重謀殺案，但你真正擔心的是我有沒有和攝影師上床？」

「我不管妳跟誰上床，但他有犯罪紀錄，我覺得妳應該知道——」

「你沒有權去調理查的資料。這太沒操守了。我沒有跟他睡，但如果我要這麼做，我才不在乎他是不是沒繳停車費、或是什麼……不管你查出來有哪些無聊紀錄。」

「那可不是無聊小事。他曾因重傷害被逮捕過。」

「重傷害？理查攻擊過人？」

「是的。現在，我有工作要做，妳需要回到妳來的地方，把妳和妳的團隊從學校撤離。」

普莉亞隨後走向我們，擋在我眼前。

「學校已經正式關閉了。」她說道。

「很好。為什麼妳會覺得讓一位記者回到這會是個好主意？」

普莉亞看向安娜，再看回我，帶著迷惑不解的表情，浮現出和她的年輕臉蛋不相符的細小皺紋。

「嗯，我以為你會想見她。」

「為什麼會這麼想？」

「因為安德魯斯小姐就是發現屍體的人。」

就像生活中的大多數情況一樣，熟能生巧。這個道理同樣適用於殺人，第二次殺人比第一次簡單得多。我只需要保持耐心，而這是我相當擅長的事情。

海倫・王熱愛權力更甚於愛人，而這也讓她落到如今下場。她聰明伶俐，但也是一個孤獨的人，時常加班，其他老師都已經離開，她仍在學校工作到很晚。她走出辦公室時，我潛入，躲在窗簾後等待。我的腳露在外面，但她沒注意到。有些人不只會在照片中使用濾鏡，連現實中都像戴著濾鏡，對一些東西視而不見，只看到想看到的東西。當海倫回來時，坐在桌前，凝視著螢幕，彷彿在看自己愛人。

我本以為她在處理學校事務，但視線從後方越過她肩膀，發現她在試著寫小說，有趣。在我割斷她的喉嚨後，還一邊撫摸她的頭髮，一邊閱讀開頭的章節——可惜的是，那些文字並沒有滿足我。海倫的作品令人失望，文筆平庸，於是我刪除了整個內容，用幾行字替代：

海倫不該說謊。

海倫不該說謊。

海倫不該說謊。

寫完後，用她桌上的抗菌濕巾擦拭鍵盤。然後我把毒品放進她的鼻子和抽屜裡，確保人們會發現。我想讓每個人都知道，這位好校長實際上是年輕女孩的壞示範。沉迷於權力、非法藥物和懷有祕密。

她的訂製套裝看起來很昂貴，但解開釦子後，發現襯衫裡面是便宜而廉價的超市內衣，有點令人失望。本來沒打算用訂書機，只是剛好在她辦公桌上看到它，實在太誘人了，好想試試看。她皮膚上用訂書釘組成的字好難對稱，但也看得出來在寫什麼：「騙子」。

在綁上友情手環之前，我先退後一步欣賞自己的作品；相當不錯。然後我從桌上的筆筒借了一支筆，在我手背上寫下幾行字。提醒自己要打個電話。

她
星期三06:55

「放下電話。」一名女警官的聲音說道。

她盯著我看，好像我做了什麼罪大惡極的事。我記得傑克叫她帕特爾，她對我不像第一次見面時那麼友善。昨天在森林裡很容易贏得她的好感。我並不真的在意鞋套的事，只是需要一個藉口和她交談。想不到能套出那麼多資訊，真是太棒了。我想是因為我把其中一些事報導出去，所以她才這麼生氣。

我發誓，她開口前早就看到我伸手去拿桌上的座機電話。如果她事先告訴我不要碰，我根本不會拿起來，但我沒有爭論，只是把電話放回原位。我不擅長違抗有權威的人，就算只是一個小小的警官。我們兩個人被關在學校祕書辦公室裡，原因對我來說很沒意思。

「我再過十分鐘就要上節目。妳老闆拿走我的手機，我現在需要打電話跟電視台說我人在哪裡。」我說道。

「哈珀督察拿走了妳的手機，因為妳說有人打電話向妳透露了最新的謀殺案。我相信妳可以理解原因，我們需要查看那通電話以及打電話的人是誰。」

我後悔把手機交給傑克，但我不會這樣就此作罷。「好吧，但我需要告訴新聞編輯我在哪裡。」

「已經處理好了。」

「那是什麼意思？」

「我們已經通知妳的攝影師，妳會晚點到。」

「是晚點到，還是我被拘留？我被捕了嗎？」

「沒有，正如我解釋過的那樣，您隨時可以離開。我們希望您留在這裡是為了您的安全，並協助我們的調查。」

我凝視著她，她並未移開目光。她身形嬌小、年輕，但卻出奇地自信。難怪傑克喜歡她。我感覺自己開始「墜入恨河」。這感覺很像「墜入愛河」，但更加強烈、更快速，而且通常持續得也更長久。

她走出房間，讓門開著。我能聽到她與走廊稍遠處的某人在說話，於是我伸手進包包裡，打開了一瓶迷你白蘭地，一飲而盡。然後我找到了薄荷糖小錫盒子，丟一顆到嘴裡。當我抬頭時，那位警官正站在門口凝視著我。我不知道她在那裡待了多久，或者她看到了什麼。

「要薄荷糖嗎？」我問道，對著她晃晃盒子。

「不，謝謝。」

「妳知道我是傑克的前妻，對吧？」

她的微笑像練習過的一樣。

「是的，安德魯斯小姐。我知道妳是誰。」

我不確定是她的話語還是她那奇怪表情讓我不舒服。我告訴他們，當我今早接到那通電話時有多害怕，但似乎他們兩個都不相信我。我得知後第一時間聯絡新聞室，而不是報警。這件事也讓他們很不高興。我是一名記者，理所當然會追著線索前往學校。回想起來，我知道這可能有點愚蠢，甚至很危險，但有些報導就像「成功」一樣，會讓人上癮。一件謀殺案並不能創造機會拯救我的事業，但如果是連續殺手的報導，可能會讓我好幾個禮拜都出現在節目上。

雖然我永遠不會忘記第一次看到海倫屍體的畫面。曾與我同校的那個女孩已經成長為一個我幾乎認不出的女人，我當然知道她是誰。一樣的頭髮、一樣的顴骨；就我所知，她桌上那個用來訂校報的訂書機，搞不好還是同一只。印在心頭的畫面無法抹去，早上第一眼就看到那麼多的血，不管是誰都會想喝杯酒壓壓驚。

年輕的警官繼續盯著我，她那棕色大眼大概忘了怎麼眨。我移開視線，假裝好奇辦公室牆上的照片。看著照片，讓我回憶起十幾歲時被叫到這個房間的情景。我在第一所學校從沒惹什麼麻煩，但當我轉學到聖希禮學校後，一切都改變了。但那不是我的錯。幾乎總是由瑞秋．霍普金斯或海倫．王引起的，而現在她們兩人都死了。

❖

剛入學時，瑞秋就很照顧我，我非常感激。她是我們班上最受歡迎的女孩，這也理所當然，她美麗、聰明、善良。至少我當時是這樣認為的。她總是在做慈善，小時候就開始了——參加公益跑步活動、為幫助兒童而募捐，或者烘焙義賣。剛認識她時我沒多想，但幾個星期後，我開始懷疑，我是不是也是她慈善事業中的一個項目。

她邀請我到她家，借我衣服，教我化妝。在那之前，我從不在意這些。一起出去時，她喜歡為我塗指甲油，每次見面都是不同的顏色。有時她會用指甲油在每個指甲上寫字，拼出一些詞：「可愛」、「甜美」或「人很好」，這些是她最喜歡的。她總是說我人很好。直到現在，人們用來形容我最頻繁的詞仍然是「人很好」。我開始討厭這個說法。這音節在我耳中從稱讚變成了侮辱。好像「人很好」是一種弱點。也許是吧。也許我是。

瑞秋經常送我小禮物——唇蜜、髮圈、有時還有稍微緊身、突顯身材的上衣和裙子，為了鼓勵我減肥。甚至有一個週末她帶我去她的理髮師那裡，讓我有和她一樣的亮麗頭髮。她知道我負擔不起，所以她堅持支付一切費用。我曾經懷疑過她錢哪來的，但沒真的問過。瑞秋也讓我在午餐時間坐在她和她的朋友旁邊，我很高興。有些人是孤獨一人坐，我不想成為那種人。

凱薩琳．凱利就我來看就是個「好人」。她總是在吃巧克力或洋芋片，看起來有點奇怪，但她並沒有做出或說些什麼讓人不高興的事情。金黃色的頭髮、牙套和邋遢的制服，她實際上並不多話，只是靜靜地坐著看書。我發現她看的通常是恐怖故事。我聽說她的家人住在小鎮邊緣的樹林裡，一個奇怪的地方。有人說那是一間鬧鬼的房子，但我不相信鬼。她似乎一個朋友都沒有，真丟臉，我也為她感到難過。

「我們應該邀請凱薩琳和我們一起坐嗎？」有一天，我慢慢地吃著食堂阿姨替我們做的義大利千層麵和薯條時，開口問道。

其他女孩們凝視著我，好像我說了什麼冒犯性的話。

「不要。」瑞秋說道，她就坐在我正對面。

「妳真的要把那些都吃完嗎？」海倫盯著我的盤子。我注意到她總是不吃午餐。我沒有回答，她又繼續說道：「妳知道那些加工垃圾食物裡有多少卡路里嗎？」

我不知道，也沒想過這問題。

「我喜歡千層麵。」我回答道。

她搖了搖頭，然後將一小瓶藥丸放在桌上。

「來，吃這個吧。當作是提前收到的生日禮物。」

「這是什麼？」我問道，凝視著這個突如其來的「禮物」。

「減肥藥。我們都在吃。可以讓妳變瘦，而且不會餓。把它們放進包包裡，我們可不想讓整間學校都知道我們的小祕密。」

「妳為什麼想要邀請那個臭凱薩琳・凱利加入我們的團隊？」瑞秋改變話題。

其他人都笑了。

「我只知道和妳們一起吃午餐讓我很開心，而且我覺得她看起來很孤單——」

「然後妳想要表現得友善，對吧？」瑞秋打斷我，我只能聳聳肩。「妳知道，過於友善是軟弱的表現。」

瑞秋突然站起來，椅子發出刺耳的聲音。然後拿起她的可樂罐離開餐廳。沒有人說話，我試圖與她們眼神交流，結果她們都盯著盤子上還沒吃的沙拉。

幾分鐘後，瑞秋回來了，笑容重新出現在她的臉上。她把罐子放回桌上，拿起餐具繼續用餐，吃得有點勉強。其他女孩也跟著做。她們總是跟隨她的舉動。

「好吧，那就去吧，」她一邊往嘴裡塞食物一邊說道，「邀請她過來吧。」

我猶豫了一會兒，然後將心中的不安感排除在外，選擇相信瑞秋是真的善良。現在回想，那時真的很天真，但有時，我們總是會相信自己最喜歡的人。

我穿梭在椅子、桌子和學生們之間，來到餐廳裡那讓人心酸的小角落，那裡總是只有凱薩琳．凱利一個人吃飯。她的金色長髮看起來好像已經很久沒有梳理了。頭髮掛在那對招風耳後面，其他孩子會叫她小飛象，她總是會羞得無地自容。雖然她很喜歡吃零食，洋芋片、巧克力棒、一大堆汽水，但卻一直瘦瘦的。襯衫在脖子處還有點鬆弛，一個鈕釦不見了，領帶上也有污漬。我注意到她深藍色的西裝外套上沾了粉筆灰，好像在黑板上摩擦過。近距離看，也發現她的眉毛好稀疏，她總是用指尖拔眉毛。我在課堂上有看到她這麼做過，還把拔下來的眉毛小心翼翼堆放在桌子上，然後像許願一樣將它們吹走。

當我邀請她加入時，她皺起眉頭，好像我是在開玩笑。她看著我那桌的女孩們，她們也都報以微笑，揮手示意她過來。但剛才在我離開桌子時，有聽到瑞秋對她們低聲說了些什麼，然後發出咯咯笑聲。那女孩拿著托盤走到我們的桌旁，坐在中間，我當時真的非常開心。

直到我讀到被塞在盤子底下的紙條。

在我能做出回應之前，瑞秋發表了一小段講話。

「如果我曾經傷害過妳的感情，我只想對妳說抱歉，凱薩琳。當朋友好嗎？」她伸手過桌子想握手。

那位安靜的女孩同意了，伸出自己的手。她手指周圍的皮膚紅腫而有傷口，看來她咬指甲的毛病很嚴重。我還注意到她牙齒的牙套上卡了一點千層麵。

凱薩琳握到瑞秋的手時，臉頰紅了起來，然後她的可樂罐被撞翻了。海倫立刻拿出紙巾來擦，這金頭腦總是務實又聰明，好像她早就料到會有事發生一樣。

「非常抱歉，」瑞秋說道，「我真笨手笨腳。拿去吧，妳喝我的可樂吧。還是滿的，我還沒喝過。」

「沒關係，我也不渴。」凱薩琳回答道，臉更紅了，跟可樂罐的顏色相差無幾。

「不，我堅持。」

瑞秋將飲料推到桌子的另一邊，對話似乎也隨之轉移了。

我盯著那張紙條，讀著上面的字句，心裡猶豫怎樣做才是正確的：

我在可樂裡撒了尿。如果妳在她喝之前告訴她，明天午餐妳會是唯一一個獨自吃飯的人。

當然，我早就知道該怎麼做，但我沒去做。我只是坐在那裡，盯著那盤我已經不想吃的食物。

她和我們一起坐下後的五分鐘，凱薩琳拿起了飲料。瑞秋維持一副嚴肅的表情，但海倫看起來很高興，柔伊已經在咯咯地笑。我很想說，她只喝了一小口。但事實並非如此，那位女孩把頭仰得很高，大口喝了好幾口，才意識到有些不對勁。

「妳剛剛喝了我的尿！」瑞秋說道，臉上笑得很開心。

大家都笑了起來，事情發生後，隔壁桌的人很快就知道了，這事立刻傳開，好像整個學校都在對凱薩琳．凱利指指點點、嘲笑。

她一言不發。

一直盯著我看。

然後她站起身離開了餐廳，托盤沒收，也沒有回頭看一眼。

他

星期三07:45

「我要妳跟我回去。」

這句話是對我前妻說的，但安娜和普莉亞都轉頭看向我這個方向。

「她有沒有碰這裡的任何東西？」我對普莉亞說道，她看起來有些尷尬。

「只有電話而已。」

我閉上眼睛。其實早就知道她會說什麼了。要安娜等在祕書辦公室是我的主意，不能怪別人。我轉身面對她，心急地想看她的反應。

「對於妳的手機來電，也就是所謂的最新謀殺案的匿名電話，是從這個房間的室內電話座機撥打的。」

安娜盯著那座老式電話。

「那你還是能在上面採集指紋對吧？或是之類的證據蒐集……」

「我猜現在上面可能只採集得到妳的指紋，而且也無法知道它是什麼時候留下的。」

「當然知道，在我拿起它之前上面怎麼可能有我的指紋；這怎麼可能？」

普莉亞向前邁出一步。

「長官，我非常抱歉。我——」

「你是在暗示，是我自己打那通匿名電話給自己嗎？」安娜打斷道。

「我什麼都還沒說。現在仍在蒐證。能不能請妳跟我來一趟？普莉亞，我希望妳留在這裡等待小隊其他人來。確保這辦公室的每個角落都檢查到。不管凶手是誰，都要找出殺害海倫．王時留下的蛛絲馬跡。」

安娜轉身走來，我身為一名紳士，殷勤地替她開門，而她以一種不屑的表情回應。在我們婚姻最後幾個月裡，我對這種表情已經相當習慣。一開始我們沉默地在學校走廊上走著，她不需要開口我就知道她在生氣。夫妻間會建立起一種不靠聲音就能傳達的私有語言。就算離婚後也不會忘記，仍然能流利地理解對方的表情、手勢和沒說出口的話。

「我們現在要去哪裡？」她最後終於開口。

「送妳離開這裡。」

「我還是會報導這個案子。」

「隨妳。」

「你覺得我不應該報導嗎？」

「妳什麼時候在意過我怎麼想了？」

她沒再說什麼，我也不想再繼續下去。我已經厭倦爭吵，除了那件讓我們離婚的事情外——那件本應該要好好談談的事情，但我們卻從未真正討論過。

「你相信我，對吧？」她問道。

站在我面前的這個三十六歲女人，彷彿變回了二十年前我所認識的那個擔心受害的害羞少女。也不知道為什麼我妹和瑞秋・霍普金斯會結交這麼文靜的女孩當朋友。她與我妹其他朋友們完全不同。那時的她對我來說，比現在更加神祕莫測。

「妳說妳今天早上在五點整接到的那通電話？」

「是的。」

「妳說妳不認得那個聲音，甚至無法判斷對方是男是女？」

「沒錯。我想對方使用了變聲器。」

我忍不住，揚起一邊眉毛。

「有趣。那麼，妳為什麼認為有人要向妳透露這起謀殺案呢？」我問道，而她只是聳聳肩。

「因為對方從新聞上看到我是第一個報導這案件的？」

「妳就不擔心會有更私人的原因嗎？」

她看起來欲言又止，最後似乎覺得還是算了。我沒有時間跟她玩遊戲，所以我繼續走。

到達停車場，新聞轉播車已經離開了。這地方現在相當冷清，就像我昨晚在這裡時的情況一樣。我沒有向任何人提過，就跟星期一晚上樹林裡的犯罪現場情況一樣，如果說出來的話，似乎會很不妙。警車和其他新聞媒體車都停在停車場外，在學校前面，我正帶著安娜往那個地方前進。

「妳的團隊在哪裡？」我問道。

「他們不知道我會被拘留多久，可能去吃早餐了。」

「那我送妳到車子那邊吧。」我說著，注視著遠處的那輛紅色的迷你小車，我是真的不喜歡這種車。

「喔，你是真心希望我離開呀。」

我無視她等待我的回應。我們繼續前行，每一步都感到沉重，心中都戴著各自沉默的枷鎖和尷尬。她似乎沒注意到破碎的玻璃，直到我指出它來。

有人打破了她的車窗。

「真是太棒了！」她說完，稍微靠近一點，試著看看車內。

「不要碰任何東西。」

我打電話給普莉亞，要她派人出來，同時也不忘監視安娜。電話交代完後，立刻問道：「有東西不見了嗎？」

「是的，我的行李不見了。本來放在後座上。」

「妳仍覺得這事和妳無關嗎？某個很可能是凶手的人，打電話給妳，提醒妳出現第二名受害者。現在妳的車窗被打破，行李被偷了。妳又認識這兩名受害者。妳不覺得這可能是某種警告嗎？」

「你這麼認為？」她抬頭看我。

臉色明顯比之前蒼白，看起來真的怕了。我不知道是該抱她還是討厭她。我確信她有些事情沒有告訴我。「我說謊了。」她說。

我的心在胸口噗通噗通跳，怕她會聽出來。

「什麼意思？什麼說謊了？」

「我其實很擔心這些命案可能和我有關，但我發誓，我絕對沒有參與其中。你一定要相信我。」

「好。」我說。

她想聽什麼我就說什麼，這樣她就會告訴我我想知道的事。這是我們兩個都熟悉的把戲。

「昨晚，我有種被人監視的感覺。」她說道，我也是，但我克制著沒提。「而且……我知道這聽起來很荒謬……但我覺得好像有人進了我旅館房間，動了一些東西。一開始我以為只是自己太累，想太多，但……」

不用說，我猜她一定喝酒了。我隱約從她的呼吸中聞到一點味道。

「攝影師也住在同一間旅館嗎？」

「不是理查。」

「妳怎麼知道？」

「他有什麼理由這麼做？一切看起來都與布萊克唐有關，某個我曾經認識的人，可能吧？」

「妳為什麼這麼覺得？」

「你對瑞秋了解多少？」她問道，「自從你搬回來後，有見過她嗎？」

見過好幾次，還見過身體每個部分，以及不同姿勢。

「我想大家都看過她。她是那種會讓人回眸的女人。」我在說這些話時，安娜做出一個完全不適合她的表情。我覺得我已經盡力回答了，至少沒說謊；每次說謊都會被她發現。

「你對她了解有多深？」她又問道。

我覺得額頭上出現一層薄薄的汗水，但我前妻沒等我回答，又繼續說下去；她總是這樣。「我們還小的時候，大家都認為她很善良……瑞秋有個黑暗面。藏得很好，但它的確存在，說不定一直到長大都還在。」

「抱歉，我不太明白。這與妳有什麼關係？」

「她在勒索我。」

「什麼？」

「她用以前讀書時發生的事寫信找過我，要求我幫她忙，我拒絕了。但要是她也對其他人做同樣的事呢？」

「妳們讀書時發生了什麼事？」

「那不重要。」

「妳如果覺得這事情跟命案無關，妳壓根就不會提了。」

「和一個人結過婚，不代表你對她一切都要瞭若指掌，傑克。」

她瞥過頭。我試著對她的話做出適當的表情，但我不確定應該如何反應。

「天啊。」她輕聲說著，凝視著車內。

「怎麼了？」

「你一直問我的那條友誼手環……我不見的那條，先不管是我自己弄丟或是昨晚被人拿走。我發誓，我從來沒在自己車裡看過它。」

我彎下腰從那已經破掉的車窗看進去。一個厚紙板材質的空氣清新劑掛在後照鏡上，亮黃色，笑臉造型。紙板隨著微風旋轉，上面繫了一條友誼手環。

她

星期三 08:00

我看著一群陌生人在檢查我的車子，那感覺非常不舒服。等檢查完，可能要花上很長時間才能清理乾淨。傑克手裡拿著一個透明塑膠袋朝我走來，看不太清楚裡面裝什麼。

「妳的手套箱裡有個人用的酒測器？」

他聲音大到整個小隊的人都聽到了，全都轉過頭來看我。

「這又沒犯罪，對吧？」我回答，他笑了起來。

「沒有……只是覺得好玩而已。」

「那麼，很高興能逗樂你。現在可以把手機還我了嗎？」

傑克盯著我看了很久，然後將手伸進自己口袋。

「當然可以。但如果妳又收到任何和凶殺案有關的來電或訊息，我希望妳立刻告訴我，而不是通知那該死的新聞部，好嗎？」

他總是把我當小孩子對待，我最討厭這點。以前在一起的時候，他常常這樣，一副只有自己才知道怎樣做才是最好的。才怪，他以前不知道，現在也不知道。傑克從來就不知道，我什麼時候講真話，什麼時候只是講他愛聽的話。

我現在想要喝一杯，但礙於現況只能站在停車場旁邊，觀察並等待著。此外，我剩下的酒都放在包包裡；現在身上只有一堆空的迷你酒瓶。

腦中不停在想，傑克轉述友誼手環怎麼被綁在受害者舌頭上時，他的表情。有點像靈魂出竅的樣子。可是當他談論瑞秋時，表情又明顯不同。他以為我不知道他對她有好感，大錯特錯。做妻子的總是看得出來。

在可樂罐事件之後的幾天裡，我沒有和瑞秋、海倫或柔伊說過話。課堂和午餐時間我都一個人坐，她們的笑聲，似乎充滿了整個學校的每個角落，但我都裝作沒聽到。我非常想和瑞秋待在一起，但是我無法原諒她對凱薩琳．凱利所做的事。那個可憐的女孩比以前更安靜了，眼睛總是紅腫。再加上她那亂蓬蓬的淡色頭髮，看起來像是被實驗過的動物。甚至有人開始開玩笑說，她應該被關在籠子裡。

母親察覺到我心情不好。我又開始一放學就直接回家，沒有和新結交的朋友一起玩。她一直要我邀請瑞秋到家裡來。我不能告訴她發生了什麼事，她一定會對我失望；所以只好不斷找藉口。

一個星期後，媽媽打掃完瑞秋的家，用廂型車載著瑞秋一起回家，她就坐在副駕駛座。我打開門看到後詫異萬分。等她們下車時，嘴裡都還說不出話來。

「我們不是說好要一起過夜嗎？妳媽和我媽都同意了！」瑞秋說著，拿著過夜包，從門前的小徑跑過來。

她微笑著，緊緊擁抱我，好像學校餐廳的事從未發生過一樣。彷彿又變回了好朋友。

我不知道該怎麼形容這感覺，既困惑又開心。好像有種珍貴、不可替代的東西失而復得似的，鬆了口氣。

她出現在我們小小的家裡感覺很奇怪。她以前從沒來過；每次都是我去她家。自從父親離開後，母親很少讓人進到家裡。而在我眼中，瑞秋似乎也不屬於這裡。她看起來，身邊應該圍繞著美麗和完美的事物。我們小小的家很舒適，但家具都是二手貨，窗簾和墊子都是自製的。書架上的物件都是從慈善商店買來的，讓這些舊東西的故事可以延續下去。雖然那些都一塵不染，但仍看得出有些年代和破損。另一方面，瑞秋總是帶著一種光鮮亮麗的嶄鮮感覺，陽光女孩，想像不到有誰比她更具熱情和有活力的樣子。她是那種臉上總是帶著微笑的女孩。

我們之間的對話很自然，她的演技太好。就算我有所顧忌，她也能表現得一派輕鬆。母親似乎完全不知道我跟她之間有狀況，母親做了一個蔬菜鄉村派，裡面只放了自家後院種植的食材，這是她引以為傲的事情之一。「速食會毀掉人類」是她最喜歡的座右銘之一，但我對防腐劑沒有那麼感冒。經過這麼多年的禁止後，這些垃圾食物對我來說是一種享受。

我們家不像一般人一樣去超市購物，這件事讓我羞於啟齒。但瑞秋讚美了我母親，也讚美這頓晚餐，好像這是她吃過的最美味的一餐。我再一次對她能討好身邊所有人的能力感到驚訝，她總是能夠吸引他人、討人喜歡。如果不考慮她實際上的所作所為，好像人們不可能不喜歡她。

「想吃點巧克力冰淇淋當甜點嗎？我有一些脆皮醬，倒在冰淇淋上會變硬的那種，不知道放在哪裡了。」媽媽在收拾桌子的時候問我們兩個。

在我們家總是有點心吃。

「不用了，謝謝，安德魯斯夫人。我已經吃飽了。」我們的客人回答道。

「好的，寶貝。妳會吃一些的，對吧，安娜？」

瑞秋看著我。我也拒絕了，她在我母親離開後露出微笑。她花了幾個星期說服我改變飲食習慣，說我需要少吃多運動才能減肥。我開始服用海倫給我的藥，從浴室裡的磅秤來看，的確有效。雖然我一開始並不算很胖。還記得那時得到瑞秋認可的感覺真是太美好了。錯過一點冰淇淋，吞下幾片藥，都是值得的。都是為了符合她的標準後所得到的滿足。

我們家沒有多餘的房間，都堆著東西，所以瑞秋和我睡在一起。同一個房間，同一張床，我們一起在浴室刷牙，同時吐出牙膏，並輪流使用同一間廁所。

母親像往常一樣，在樓下看電視裡的新聞摘要。她用幫人打掃賺的錢，買了台新電視。她說我會取名為「安娜」是因為有位新聞主播叫安娜・福特，於是替我取了一樣的名字。我覺得她不是在開玩笑。

「今晚真熱，不是嗎？」瑞秋說道，並開始脫衣服。我看著她解開襯衫上的鈕釦，讓衣服滑落在地上，然後伸手到背後解開胸罩。她總是穿著成熟、有花邊的內衣。不像我。但我一點都不覺得熱。屋子裡總是很冷。母親已經在我房間生了火，背景中可以聽到爐火正劈啪嘶嘶作響。

雖然自己沒意識到，但那時我不太能接受自己的身體，雖然小時候不太需要擔心身材。也許是藥的關係，開始讓我產生偏執。我想盡快換上睡衣，這樣瑞秋就看不到我的裸體。我衣服才脫一半，她要求要幫我拍照。她只穿著內衣褲站在臥室中間，拿著一台拋棄式的傻瓜相機。

「為什麼想拍照？」我問道。

這似乎問得很合理。

「因為妳看起來很漂亮。我想要幫妳做個紀錄。」

那時要抱怨為什麼我要光著大腿會很奇怪，因為她幾乎完全裸露，所以我就讓她拍照。連續拍了好幾張，然後收起了相機。瑞秋似乎不像我一樣會對身材感到焦慮，她脫掉其他剩餘的衣物，赤裸著在房間裡四處走動。她慢慢地看著我牆上的海報和書架上的書籍，而火光在她身上投下的陰影像在跳舞。我躺在床上，目不轉睛地看著。直到她赤裸地爬到我身邊，關掉了燈。

我們肩並肩躺在那裡，靜靜地待在黑暗中一段時間。我的呼吸似乎克制不住地在加快，怕她聽到會覺得我很奇怪。我越是抑制，反而越嚴重，甚至害怕到自己是不是要哮喘了。然後，瑞秋將手滑入我的睡衣底下，我幾乎忘記了如何呼吸。

「噓。」她說著，在我臉頰上親了一下。

我一動不動，也沒有說話。只是躺在那裡，任由她觸摸自己從未被觸摸過的地方。當結束時，她用濕潤的手指在我的肚子上滑過，手臂圍繞著我的腰部，緊緊地擁抱著我，好像我是她最喜歡的洋娃娃，入睡前，還在我耳邊輕聲說了些什麼。她輕柔的鼾聲像是一首奇妙的搖籃曲。

可是我完全睡不著。

我一直在想著發生了什麼事，為什麼會這樣，她的話不斷在我腦海中重複著：

「感覺很好，對吧？」

他

星期三08:00

看到安娜這麼沮喪，我也不好受，只好盡力安撫她。

我夾克口袋裡傳來震動。我知道那不是來自我的手機，我的手機正在我手上。我遠離正在檢查安娜那迷你小車的同仁，拿出瑞秋的手機。我一直想逃避自己在後車廂找到瑞秋手機這件事，但是當我看到螢幕上的簡訊時，很難再忽視它了：

想我嗎，愛人？

瑞秋明顯已經死了，我又不相信怪力亂神，所以只有一個結論：某人在某處知道了他們不該知道的事情。

我把手機收起來，四處看了看。發簡訊的人可能正在觀察我，想看我慌張的反應，我不打算就這麼如對方的意。我掃視停車場，看到安娜在遠處的角落低頭看著手機，與其他人相距不遠。此時，好像她能感受到我的視線一樣，立刻抬頭，發現我正在看她。

「我想你可能需要這些，長官。」

普莉亞突然冒出來，嚇我一跳。正要打算對她發脾氣，但我看到她手裡拿著一包沒開封的香菸，而且是我最喜歡的牌子。

「妳怎麼會有這個？」我問道，但她只是聳聳肩。

雖然這聽起來有點不可思議，但看到年輕的同事直視我的眼睛，這比收到死者的簡訊還更讓我不舒服。

「那就謝謝妳了。」我接過那包香菸。

我立刻拆開，叼上一根到嘴裡，點燃後深深吸了一口。

滿足感立刻湧上心頭，美中不足的地方，就是普莉亞還在這裡。

「這樣說吧，雖然妳非常貼心，幫我買東西，對我這麼……周到。但這些都是為了工作，對吧？若是為了要解決案件，妳不必一直這麼好心。只要好好工作，我們就能相處得很好。」

「不客氣。」她回答道，好像完全沒聽到我剛才的即興聲明。「對了，我是來通知你一個新消息的，你一定會很有興趣。」

「請說。」

「一直沒有找到瑞秋·霍普金斯的手機，所以我告訴技術團隊追蹤。」

這「興趣」的威力比我想的更大，我開始咳了起來。

「我不記得曾經要求妳這麼做過？」

我邊抽菸，另一手邊伸到口袋，想試著關掉瑞秋的手機。

「你雖沒有確切的指示，長官，但你也提過希望我要更主動些。幾分鐘前，那支手機收到了簡訊，而且有人已經看過它了。瑞秋的手機在某個人的手上，而且此時此刻就在附近。目前技術團隊正在嘗試三角定位信號。只要手機保持開啟，我相信他們能找到確切位置。」

她盯著安娜看了一會兒。

「妳認為安娜拿了瑞秋的手機？妳覺得她可能涉案？」我問道。

普莉亞聳了聳肩。「你不這麼認為嗎？」她將我的沉默，視為繼續下去的鼓勵。我盡力隱藏心中恐慌，同時試圖關掉夾克口袋裡的手機。「我們知道有人在凌晨五點用學校辦公室的座機打到安娜的手機上過，但我們無法知道當時她的手機在哪裡。她可能就站在旁邊，自己打給自己。」

手指終於成功關掉瑞秋的手機。我笑了出來，那虛假的笑聲就像自己的心虛一樣。

「妳差點就讓我信以為真了！對於追蹤手機的這件事做得很好，而我前妻是凶手的笑話也講得很棒。」我心裡知道她沒在開玩笑。

普莉亞正用奇怪的表情看我，然後轉身，搖擺著馬尾辮，回到車旁邊的小隊那裡。剛剛有人故意發送那個簡訊，一定有人在監視我。當我四處張望想找安娜時，發現她不見了。

很可惜，我不得不砸碎那輛小車的車窗。但那車窗仍能修理復原，修好後就會像新的一樣，不像我。人往往比物品更難修復。我已經決定，要成功實現我的計畫，如此一來，幾乎完全得靠誤導。因此破壞車子是必要手段。不過也沒有人會懷疑我是幕後主使。我在別人的眼中，根本不可能是嫌犯。但我並不是他們眼中所認為的那個人。和大多數人一樣，我的工作並不真的代表我。

看著事情的發展，以及之後人們怎麼解開謎題，讓我十分高興。這比我讀過或在電視上看過的任何故事都要好，因為貨真價實，而且我是這一切的策劃者。充分利用這個機會，親眼看到努力的成果，享受我精心挑選的演員們的反應。這過程讓我苦樂參半。

或許是源於我一直都很善於利用資源，這可能是因為我非這麼做不可。我很擅長找出事物的用途。拿變聲器來舉例說，那原本被遺棄在學校辦公室，專門用來放沒收物品的盒子裡，上面一直積著灰塵。出乎意料地容易使用，而且還很好玩。所以我留下它。就像我母親曾經常說的：「一個人的垃圾是另一個人的寶藏。」

我從校長辦公室偷走了戲劇獎盃，並用獎盃打破車窗。真的非常完美。沒有人看到我，停車場是空的，沒花太多時間。體驗過那種偷竊成功後享受純粹腎上腺素上升的快感，感覺到我是無敵的，而且來無影去無蹤。我也留下了那個獎盃。那是對我演技的一種肯定。

我花了一輩子的時間，套上新的身分，就像試穿新衣服一樣，想看看哪個版本最適合；不合適的會被拋棄。並不是每個人都知道個性是可以改變，直到發現能完美適應的角色。年輕時，我還不知道自己是誰，或者就算知道也會假裝不知道。人們往往只看得到他們想看到的，而非事物真正的本質。

我只拿走行李，因為需要靠誤導讓事情看起來像某種情況。

我們都試圖爭取更多時間，時間是無價的。付出什麼就會得到什麼。並非買得起什麼就會得到什麼。時間是一個陷阱，一生中總會在某個時刻掉入其中。而且完全不知道已經跌得多深。我們總是忙著擔心最害怕的事物，沉浸於恐懼之中；但結果就是，它會在我們終於麻木之時，讓我們重新感受那份恐懼。

我們所建立的情感防護牆既是為了保護真實的自我，同時也將他人拒之於外。我正逐漸以報復的方式，加強自己的防護牆，一塊磚一塊瓦地建立起來。

我們都藏在人格面具的背後，不讓世人看見。

她
星期三08:15

如果他沒發現的話，我有。

這位漂亮的年輕警官明顯有些迷戀傑克，儘管我們已經不是夫妻，但看著這一幕仍然感覺很奇怪。坦白說，我有點不舒服和困擾。我並不傻，我很清楚。離婚後，他已經在生活中往前邁進，但親眼看到另一個女人注視他的方式，仍然讓我快要抓狂。趁著沒人注意，我悄悄地躲進了樹林中。朝著瑞秋蹺課時，可能會去的地方前進。

我意識到我們小團體中的其他女孩—海倫．王和柔伊．哈珀——越來越嫉妒，因為我和瑞秋太常混在一起。她們不太善於掩飾，但我也不在乎。我從沒被男孩或女孩親吻過，而且這是我人生中，第一次覺得自己很美麗。

幾個月過去了，我的成績有些落後。我們花了太多晚上待在對方家裡或者一起去購物，雖然真正買得起衣服的只有瑞秋；我們也常蹺課，一起躲在學校後面的樹林裡。我願意做任何事情來討好她，害怕她不再喜歡我。然後媽媽發現我的英文課不及格，因為有一篇作文沒有準時交。在那之前，我一直是個成績優異的學生。我從沒看過媽媽這麼沮喪過，我因此被禁足兩個星期。本來答應過可以舉辦十六歲生日派對，現在這個計畫不得不取消了。我很不開心。

瑞秋信心十足說她有辦法，而且海倫會幫忙。她在隔天早上在點名前，直接走向海倫。

「我們需要妳幫我們寫星期一的英文作文，要跟妳自己的作業一樣好。妳的成績一直都是A，我們兩個都需要拿到A，否則安娜下個禮拜會無法舉辦她的生日派對。」

瑞秋說話時輕輕地幫海倫將一縷散髮拂到耳後。看到海倫的閃亮黑髮，我莫名地嫉妒起來。

「不行，我很忙。」海倫回答道，低頭看著數學課本，為等一下的數學考試拚命死背。

瑞秋歪著頭交叉雙臂，這是事情不如她意時，會採取的態度；也只有偶爾會發生。她替海倫合上書本。

「那就改變妳的計畫吧。」

「我說過不行。」

自從我進入聖希禮學校以來，海倫越來越煩躁。她在學習或為校報寫作上花費的時間越來越多，體重也驟降。應該是減肥藥的效果，而且我幾乎沒看過她吃東西。

「要不要再多考慮一下？」瑞秋露出她最迷人微笑。

令我驚訝的是，星期一早上，海倫給了我們需要的作文，比我寫過的任何文章都來得好。一眼就看出她還用了兩種不同的筆跡，跟我們的筆跡很類似。

「妳確定沒問題嗎？」我問海倫。

「我確定妳會得到妳要的分數。」她丟下一句話後，便沿著走廊轉身離開。

我以前都是自己寫作業，這對我來說是件新鮮事。

「是不是應該要檢查一下？」我問瑞秋，但她只是微笑。

「何必這麼麻煩？海倫很擅長寫出老師要的東西，我猜她以後可能也想當老師。『王老師』——我可以想見她坐在校長椅子上，召開學校會議會是什麼畫面。妳不覺得嗎？」

這倒是真的。海倫一直非常聰明，而且也善於說謊。

英文課結束時我們把作文交給了理查森先生。他是個戴眼鏡的瘦小男子，頭髮稀疏，沒什麼耐心。整個學校都知道他不想當老師，一心想成為文學家。

所有人也都知道他喜歡收集初版書籍、頭皮屑，以及和年輕人作對。所有的女孩都討厭他，常在他轉身寫黑板字時，會用鋼筆對著他襯衫後面潑墨水。瑞秋交上作文時，他看她的眼神讓我感到奇怪。就像一隻老年跛腳的狗，對著肉店櫥窗前的一塊羊腿肉在流口水。

午餐的鈴聲響起，大家都往餐廳方向走去，瑞秋卻把我拖往另一個方向。

「來吧，我有個小禮物要給妳，但不能讓其他人看到。」

她牽起我的手，兩人十指纏繞。學校許多女孩都這樣做，但是當瑞秋握著我的手時，總是覺得不一樣，好像我被選中了一樣。

她帶著我來到洗手間，正好碰到凱薩琳．凱利。她那長長的淡金色頭髮亂蓬蓬，糾結成一團。皮膚比平常更蒼白，下巴上有一堆看起來發炎的紅腫痘痘。她的眉毛變得更稀疏不齊，幾乎完全禿了——她真的不停地在拔自己身上的東西，並且丟掉。我能理解為什麼像瑞秋這樣的人不太喜歡她，她們是完全相反的人。

「站在門邊，妳這個臭女人，不要讓其他人進來。否則我會讓妳有比喝尿更糟糕的事情發生。」

我不喜歡瑞秋欺負凱薩琳的方式，但我認為她一定有很好的理由，雖然我不知道是什麼。

瑞秋拉我進一個隔間，然後關上門。

「脫下襯衫。」她說道。

「什麼？」

我很清楚意識到，在外面的凱薩琳每個字都能聽得清清楚楚的。

「別擔心小飛象和她那對難看的大耳朵，如果我叫她不要聽，她就不會聽到。」瑞秋回答說。「脫掉它。」

「為什麼？」

「因為這是我的要求。」

那時候，我們在自己的臥室和樹林裡胡搞過，但都在黑暗中。雖然我看過瑞秋裸體的次數多到數不清，但讓她看到我的身體，仍然感到害羞。看到我呆著不動，她微笑著幫我解開襯衫的鈕釦。我讓她這麼做，就像我一直讓她做她想做的一切一樣。即使那些事情會讓我受傷。

我的襯衫剛脫下來，她手立刻伸到我背後，解開了胸罩。我試圖遮住，但她推開我的手，然後從她包包中拿出一件黑色有蕾絲邊胸罩幫我穿上。我從未穿過這樣的內衣，這是真正的女人才會穿的。媽媽都是到瑪莎百貨買內衣給我，清一色都是白色的、棉質材質。

「這是魔術胸罩！我現在已經不穿其他款的；妳一定也會喜歡。」瑞秋像小孩子在給自己最喜歡的洋娃娃穿衣服一樣幫我穿上。

她用一台拋棄式相機拍下我穿著新胸罩的照片，然後打開門，將我推出隔間，我感到驚恐。凱薩琳・凱利低頭盯著地板，我在鏡子中看著自己的倒影。裡面的人像是另一個人。

「妳看，變大了！」瑞秋揚起眉看著我。

「什麼？」我問道。

「妳嘴唇都乾裂了，這樣不好。」

她從包包中拿出小小一罐的草莓護唇膏，用指尖輕輕塗在我唇上。

「感覺好點了嗎？」她問道，我點點頭。「讓我看看。」她說完後吻了我一下。

她背對著凱薩琳，但我沒有。當瑞秋的嘴唇覆蓋在我的嘴上時，發現自己正被人盯著看的感覺很不自在。我像石像一樣動也不動，很清楚知道有人在看著她的舌頭伸進我口中。

「別擔心。」瑞秋回頭看了一眼。「她不會告訴任何人的，對吧，臭婊子？」

凱薩琳搖搖頭，當瑞秋再次親吻我時，我閉上眼睛回吻她。

他

星期三08:45

「妳得跟我回去。」我找到安娜後立刻這麼說。

她不難找。就在山谷的底部，離學校不遠的地方。一些調皮的女孩在放學或是蹺課時會偷跑去的地方，不管在那裡是抽菸或是做其他壞事。每年，新一屆的「酷女孩」都將這裡視為自己的祕密據點。但其實這裡一點也不祕密，我以前還是小男孩的時候，就已經知道了。每屆學生一代一代把這個地點傳了下來。以三根倒下的大樹幹當作那地方的界線，形成一個三角形的區域。中間有一個篝火痕跡，被石頭包圍著，從外觀判斷，這篝火不久前才用過。

安娜看到我像看到鬼一樣。

「你怎麼知道我在這裡？」她問。

「我記得是妳告訴我的……」

「我有嗎？」

沒有。

「不然我怎麼會知道？」我說。

她看起來很困惑。那種表情和她母親一模一樣。我因為說謊而有點心虛；其實不是安娜；是瑞秋告訴我，女孩們會一起過來這裡。

「妳知道嗎，妳有點像她。」我告訴她。

「誰？」

「妳母親。」

「謝謝。」

我看得出來，她心裡在比較的是那位住在山頂小屋裡，健忘的老婦人。但我不是那個意思，這裡每個人都知道安娜母親年輕時有多美麗。我總是把她想像成住在郊區的奧黛麗・赫本。青少年時，搞不好我也曾對未來岳母心動過。她現在亂糟糟的灰髮，曾經可是又長又黑，閃亮迷人，她是我見過最講究打扮的清潔工。我想是生活的關係，磨損了她的美。想想也有趣，時間會讓一些人變得越來越有吸引力，但對另一些人則是反效果。

「我是指她年輕的時候。那是讚美的意思。」我說，但安娜沒有回應。「妳還好嗎？」我問道，知道這是個蠢問題。

她搖搖頭，「我不知道。」

安娜對母親的話題總是很敏感，我下次應該更小心點。

「很抱歉，妳覺得我過度干涉妳媽的事，妳說得沒錯，我應該先跟妳說她情況明顯惡化。其實我有試著讓妳知道過。而且我只是想幫忙。」

「我知道。只是她從來不想離開那個房子，我感覺自己讓她失望了——」

我向她邁出一步。

「妳沒有讓任何人失望。我知道這裡對妳的影響，理解妳為何想離開。或許妳應該回倫敦？」

她肢體語言的態度突然轉了一百八十度。

「這不就稱你的意了嗎，傑克？」

「什麼意思？」

「帕特爾警探多大了？二十七歲？還是二十八？」

我沒看過安娜出現過嫉妒的樣子。

「她實際上已經三十幾歲了，」我最近親自查過她的人事紀錄，「她工作表現出色，但並不是我喜歡的類型。」

「那你喜歡哪一類型？反正不是我這類？」

我不知道是該笑還是該吻她，似乎兩種都不太適合。

「妳永遠是我喜歡的型。」我說道，她努力掩飾臉上的微笑。

「如果你需要捐血的時候，我會試著記住這句話的。」

我笑了起來。差點忘了我妻子也會開玩笑。前妻，可不要忘記這一點。

一隻喜鵲飛向我們身後的小徑，安娜不由得向牠行禮。這是她母親教她的民間迷信。

「來吧，會沒事的。」我伸出手來。

握住她手的時候，我感到驚訝。我一直都喜歡她手指契合在掌中的感覺。不知不覺把她拉得更近，她也沒有反抗。好久沒抱她了，像跟一個沒有太多經驗的人擁抱一樣。安娜開始哭泣，突然間，我回到了兩年前在她母親房子裡的那個晚上，在發現女兒已經去世後，我抱著妻子。她一定也湧起了這個心痛的回憶。因為她掙脫了我的懷抱。

我從口袋裡拿出一條乾淨的手帕，她用它擦拭著眼淚和糊掉的睫毛膏。

「大家發現我們不見，會覺得奇怪。」我說。

「抱歉，我只是想獨處一下。」

「我知道。我也是。沒關係的。」

我們開始往停車場的方向走去，我目光被幾分鐘前飛到地面上的喜鵲所吸引。牠沒有飛走，很專心在做某件事，只有在走近時，才能看清牠在做什麼。這隻活著的喜鵲正在啄食一隻死掉的喜鵲的屍體。儘管我的工作是刑警，但這景象仍然讓我有些不舒服。安娜也看到了，我很好奇，從她民間信仰的角度來看，這樣的景象，是否仍然被視為「兩隻喜鵲，象徵喜悅」？

她

星期三09:00

我腦中一直浮現那個景象，一隻喜鵲啄食著另一隻。我也一直在想傑克說我很像我母親的那句話。我自己看不出來，但就算看起來像她，實際上也並不相同。蘋果從果樹上掉下，不會離果樹太遠，但總會有例外，說不定會從山上滾落，離自己生長的地方遠遠的。

待在森林的一隅讓我想起瑞秋。

瑞秋在學校洗手間吻我後，我以為自己心中的快樂永遠不會被破壞。這是最頂級的友情，再也找不到比這個更好的了。我們一整天都在微笑。直到那令人噁心的英文老師，理查森先生要瑞秋和我到他的辦公室。那時我們體育課上到一半，穿著曲棍球服裝過去。

我先被叫進去。坐在他辦公桌對面的椅子邊緣，他發現我作弊，並且要寫信告訴我媽媽，我哭了。我擔心還來不及開口替自己爭辯些什麼，淚水就已洩露出心中的內疚。

他說瑞秋和我交了完全相同的作文。其中一個一定是抄的，除非他能確定是誰，不然他沒辦法，只能兩個都罰。他的右手藏在桌子下面，好像在撓著什麼東西，我可以從他臉上扭曲的笑容知道，看到我哭泣他很得意。但一想到要是媽媽發現我做的事情，淚水就止不住，我感覺生不如死。

最後他說我可以離開，要我叫瑞秋進去。她從我哭花的臉上，看出情況一定很糟糕。我想警告她，至少先讓她知道怎麼了；擦肩而過時，低聲對她耳語了幾句話。

「海倫騙了我們。她寫了兩篇一模一樣的作文。」

看到瑞秋依然冷靜，讓我驚訝。

「不要太擔心。」她低聲回答，「我保證一切都會沒事的。先去祕密地點等我，我會去找妳。」

樹林中又黑又冷，我只穿著一件T恤和曲棍球裙。長襪也不太能保暖。我覺得世界快崩潰了，結果瑞秋卻告訴我不要擔心？但我提醒自己，不管可能性有多低，瑞秋總是能得到她想要的。她笑著出現在空地上。

「妳有沒有薄荷糖或口香糖？」她問道。

我搖搖頭。

「別擔心，晚點再去買。我還需要刷個牙。」

「為什麼？」

「別擔心，」她說完後擁抱我。「一切都沒事了，不需要擔心。剛才交的那些作文，就算不是我們寫的，也會得到A的成績。而且我們的爸媽不會知道。既然妳已經確定拿到A，我希望妳媽媽會讓妳舉辦下週末的生日派對。」

我掙脫她的擁抱，想看她的臉，但她卻更緊地把我抱住。

「我不懂，妳是怎麼讓理查森先生改變主意的？」

「不重要。」她輕聲說著，另一隻手滑進我的曲棍球裙底。她的手指將我的內褲推到一邊，另一隻手繼續緊緊擁抱著我。我的膝蓋開始發抖，她讓我躺在森林地面上，如往常一樣，我讓她做任何她想做的事。

事後她問：「感覺好點了嗎？」

她沒等我回答便起身，拍掉手和膝蓋上的灰塵，把我從躺著的枯葉上拉起來

「我得在海倫回到家之前，和她談一談，我們回更衣室去吧。」瑞秋說，「到時候，妳能不能買個口香糖放包包裡？」

「要來一根嗎？」傑克抽出一根香菸給我。

他粗魯地打斷我的回憶；海倫．王後悔得罪瑞秋．霍普金斯那一天的回憶。想到曾經的事情讓我臉紅。

「謝謝，不用了。你知道的，我不想讓自己有菸癮。」

我們從未談論過我酗酒的問題。傑克知道我為什麼開始喝酒，也理解我為什麼無法停止；我需要很多東西輔助，才能支撐得起自己。他浮現的表情看起來很像憐憫。我不要這種感覺，所以我對他做出同樣的表情。

「我很抱歉，所有這些恐怖的凶殺案都發生在你身邊。我相信這不是你逃回來這裡後所希望看到的。」

「我不是自願回來，是被逼的。」

再談下去我們都會走進死胡同，於是我換了話題。

「我猜，我應該有一陣子不能開自己的車了？」我問道。

「恐怕是。妳需要搭車去哪裡嗎？」他問道。

「不用了，沒關係。我已經發簡訊給理查了。」

他搖搖頭，「我已經告訴過妳他過去的事，妳還是選擇找他？」

「不管他過去做了什麼，我相信他有他的理由。」

「也許我有些保守，但是在我看來，重傷害被定罪，確實是需要特別留意的程度。妳說妳昨晚感覺好像有人進了房間，他不也住在白鹿酒吧嗎？」

「你知道他是住那裡沒錯。這附近也沒有其他旅館，但不會是他。」

「為什麼妳會覺得有人進來？」

我猶豫了一下，不確定要怎麼說。

「如果我告訴你，你會覺得我瘋了……」

「我早就知道妳有點瘋，記得我曾當過妳十年丈夫嗎？」

我們都笑了，我也許該試著像以前一樣信任他。

「我在媽媽家找到了一張我和幾個學校同學的舊照片。昨晚在旅館房間裡，因為瑞秋的事，就拿出來看了一下。」

他凝視著我，像在等我繼續。

「然後呢？」

我搖搖頭，仍然擔心自己這樣說很奇怪。

「那是一張一群人的合照。」

「好……」

「我只離開照片幾分鐘，回來時，就發現有人在瑞秋的臉上劃了一個黑色叉叉。」

他皺起眉頭，沉默了一段時間。

「我能看看嗎？」

「沒辦法。那張照片在我包包裡，就是那只在車子裡被偷走的旅行包。」

「照片裡還有誰？」

我仍感到不安。怕他會覺得我是喝太醉了，是自己打了個叉，然後又把照片搞不見。這個可能性確實在我腦海中閃過。他靠近我一步，太近了。

「安娜，我需要知道是否有其他女性可能有危險。」

「這只是二十年前的一張照片。可能沒有什麼特別的意義。但照片上有我、瑞秋．霍普金斯、海倫．王，還有一個你可能不記得的女孩，以及……」

「誰？」

「你妹妹。」

他

星期三09:30

安娜一離開，我立刻打了電話給柔伊。

看著我的前妻搭上攝影師的車離開，心裡有一種難以言喻的不安。

她看起來比以前更加脆弱。在堅強的外表下，我常常忘記她真正的樣子。她對這世界呈現出來的面貌，並不是我曾認識過的她，那時我們還是夫妻。

柔伊發現哥哥突然對自己的安危和情況很關心，因此而高興。但我沒解釋為什麼，也沒提那張照片。我只是專心聽著那熟悉的語氣，要她口頭上再三確認自己是安全的，屋子也完全沒問題。我要她打開父母以前的防盜警報器，這東西只有自家人才知道密碼，然後盡可能把注意力拉回工作崗位上。我一直有點擔心，柔伊過去的事會讓她惹上麻煩。年輕時，妹妹曾經和壞傢伙交往過一段時間。我知道，我也沒好到哪去。

回到工作上，又是一個漫長而乏味的早晨、再一次去法醫那裡、再寫一份新報告、跟一組經驗不足的小隊進行冗長的簡報、更多問題要回答、更多問題找不出答案。然後是我工作中最痛苦的部分：告訴一對父母他們的孩子已經死了。這傷心程度和被害者是否年輕無關，無論他們多大，每個人都是另一個人的孩子。

「是誰做的？」海倫・王的年邁母親問道，好像我會知道答案一樣。

我坐在客廳裡。她堅持要泡伯爵茶，但我完全沒喝，也沒有碰桌上打開的牛油餅乾罐。她的銀髮髮型和她女兒一樣，都是克利奧佩脫拉式的短髮。一身穿著都是年輕女孩款式，十分整潔。王先生已經不在，她獨自住在一間整潔但平凡無奇的房子裡。我們到達後她就開始哭，我想她已經知道怎麼回事了。

我沒有告訴她海倫在學校遇害的細節，但我無法阻止她在報紙上看到這些內容。她很快也會知道，我們在她女兒家中發現毒品。我已經可以想像新聞標題了：杏壇人士吸毒成癮。

通常我會讓年輕的刑警去通知親屬，就像以前我菜鳥時那樣。但是上次我派普莉亞去通知的時候，她得知了瑞秋有丈夫，手機也不見；而我卻不知道。我不打算再犯同樣的錯誤。

那些薪水比我高的人，指示我要按照新的劇本發表新聞聲明。為了準備這場表演，我不得不犧牲下午的時間。這次選擇在薩里警察總部外面進行，盡可能讓記者們遠離學校，雖然我看到安娜也站在其他記者中間，但她並沒有提問。等我重新回到屋內時，可能是有人想看BBC新聞，所以辦公室裡有人打開了電視，我前妻就這樣出現在螢幕上。彷彿她正在直視著我一樣。

普莉亞邀請我下班後一起喝一杯，一開始我不知道該說什麼。

「謝謝，但布萊克唐是個小地方，沒有適合的地方能去，當地居民或媒體會偷聽到我們的對話。」

「我也有想過這點，長官。也許可以到我家去？這樣更方便談話。」

我不知道自己表情是怎麼樣，但從她的反應來看，我猜應該不太好。還來不及回應，她又開始說話了，我不敢想像她接下來可能會說什麼。

「我邀請你來，不是為了你，雖然你看起來可能真的需要喝一杯；但實際上更多是為了我自己。對我來說，這一切都有些……陌生，我在這裡沒有什麼朋友，又是一個人住，回到家後沒有人能聊聊。已經看過兩個女人被殺害，我只是不想獨自一人回家，僅此而已。」

她凝視著我，然後檢查她修剪整齊的短指甲，似乎它們是否整潔，就跟身體上其他地方是否乾淨一樣重要。每天都會被女人搞得不知所措，但我心裡確實感到一絲內疚。

普莉亞確實一個人住，這裡的居民對新面孔不見得友善，而且說實話，家裡也沒有人在等我，不需要急著回去。

我仔細衡量了一下，結論是，我的同事比妹妹更需要我。儘管我腦海中一個煩人的聲音，告訴我應該回家確認柔伊安全，但另一個更大的聲音告訴我不需要。她一直能好好照顧自己。而且，我們在一起時，不是為了錢的事吵架，就是爭論要在網飛上選哪部片，和我們小時候搶玩具和為了遙控器吵架沒太大區別。我也相信柔伊寧願晚上一個人度過。普莉亞的邀請，只是同事間友好地喝一杯；沒有什麼不對或是不應該的。這是正確的選擇。

一個小時，兩杯啤酒下肚，普莉亞正在做漢堡跟地瓜條。她家位於城鎮邊緣。這是個新建的住宅區，那裡的房子層層疊加，每戶看起來都一樣，紅磚牆和聚氯乙烯材質的窗戶，還算不錯。當然是租的，但裡面配置家具很時尚，粉刷上柔和的色彩。

屋內打掃得一塵不染，光線柔和，沒有一絲雜亂。我發現這裡沒有家庭照片，或任何個人相關的物品。雖然我沒想過普莉亞家會是什麼樣，但如果我想過的話，也應該會是宜家家具或是鄉村花布風格；而不是這樣子的。我對她的了解，似乎產生了點偏差。唯一看起來不協調的，是我在門廳脫掉的鞋子，以及那邋遢的夾克，她把夾克掛在看起來很奢華的衣帽架上。我有點擔心，她會注意到我鞋子尺碼是十號。「我離開一下，有東西忘在外面。」她說完又遞給我一杯啤酒，「請自便，請把寒舍當作自己家，我馬上回來。」

年輕的臉蛋配上那過時的措辭，再加上她離開留我一個人在房子裡，感覺有點奇怪。她怕我無聊，替我打開廚房裡的小電視，我一邊喝著啤酒，一邊看著前妻在BBC新聞頻道上報導。我無法確定安娜這次是現場直播或是之前畫面的重播。

然後我做了一件愚蠢的事。我不知道是啤酒的關係，還是因為太累，或者更直白一點，我搞不好在發神經，我居然打開了瑞秋的手機。今天下午我怕被追蹤而關上，身為調查的一方確實有些好處。我想要知道她的手機是怎麼跑到我車裡的。感覺有人在監視，想陷害我。這讓我感到壓力。

她的解鎖密碼是她的出生日期，這密碼太容易被猜到了，解鎖手機後，我後悔了。她的照片中有數量驚人的自拍照，許多暗示性的簡訊，發送給我不認識的號碼和人名。最近的電子郵件往來對象是海倫．王。好像都在聊我。我在閱讀瑞秋寫的最後一封訊息，也就是我跟她最後一次見面前的訊息。

我知道傑克是個魯蛇，但有個警察朋友有時會派得上用場。但我想妳說得沒錯，今晚我會結束和他的關係。也許來個分手砲能讓他不要那麼傷心。

所以瑞秋計畫要和我分手，而且海倫知道。

前門砰地一聲關上。在普莉亞回到廚房前，我先將手機塞回口袋。「馬上回來」不是一個具體時間，但她離開已超過半個小時。至少比我預期的時間更長。她似乎也沒有買東西。就我多年和母親、妹妹、安娜的相處經驗上，教會我該怎麼分辨女人什麼時候不希望別人多問。所以我沒有問。

「真是色香味俱全，謝謝妳。」普莉亞把一盤食物放在我面前。我不是在說謊，它確實看起來很棒，而且我已經記不得上次吃家常菜是什麼時候了。「超乎預料，沒想到妳會準備這個。」我補充道。

「你以為我會做咖哩嗎？」

「天哪，當然不是，我只是想說……」

「什麼？想不到我會做菜？」

從普莉亞的表情我知道她只是在跟我開玩笑。她諷刺的功力遠不如我。但喝點啤酒似乎讓她說話更無忌憚，也讓我們在彼此的陪伴下，輕鬆一點。她就坐在我旁邊，也許有點太靠近了。

「這沒什麼，只是照著奈潔拉[3]的食譜做而已。」她說。

「我覺得奈潔拉一點都不『沒什麼』。」我笑了，她也回以微笑，但過於拘禮，好像我剛才的話以某種方式冒犯到她一樣。

我總覺得女性比男性複雜得多，不知道我剛才到底說錯什麼。總不會因為我評論奈潔拉而生氣吧，這個國家有一半的人都迷戀那女人。

真奇怪，我一直以來都把普莉亞當成是小女孩，今天晚上才發現她在自己的家中看起來更成熟。她輕鬆自在不少，不像工作時的戰戰兢兢。或許這就是為什麼今晚和她在一起，我會感到舒適、放鬆。但也許太放鬆了。

「剛才妳去哪了？」我忍不住問道。

她的眼睛睜大，好像我剛剛指責她做了什麼可怕的事一樣。

「真的很抱歉……」她說道。

「為什麼？」

「我忘記了，然後記起來，但又忘記了。」

她從桌子邊起身，放下還沒吃完的食物，沒說什麼就離開了房間。我承認我有點不安，但她很快又出現在門口，拿著一瓶番茄醬。

「我知道你很喜歡在地瓜條上沾醬，長官。多到幾乎蓋住它們，但我沒有買到。我本來希望你可以好好享受，出去本來打算要買的，但結果我忘了，然後……」

---

❸ 奈潔拉・露西・勞森（Nigella Lucy Lawson）是英國知名美食作家、記者和電視節目主持人。

她看起來像是要哭了，於是我得出結論，不同的女人就本質上來看根本就是不同的物種。

「普莉亞，這些已經很美味了。真的不需要費那麼多心思。」

「我想讓一切都完美。」

我對她微笑。

「已經很完美了。」

她太貼心了，知道她去哪裡後，我放鬆了不少。她似乎也沒那麼拘謹。清理用完餐後的盤子，沒問我還要不要，就從冰箱裡又拿了兩瓶啤酒。我的酒瓶已經空了，我無法確定她只是想讓我賓至如歸，還是事情正往我所擔心的方向發展。

她的頭髮又放下來。我注意到她衣服領口鬆開了，我可以發誓，她上次離開我視線前，身上還沒有香水味。我大口喝下啤酒，決定像個男人一樣，直球對決。

「普莉亞，聽著，這一切都很棒，但我不希望妳有什麼誤會。」

她嚇一跳。

「我做錯了什麼事嗎，長官？」

「不，又來了，真的沒有必要稱我長官，尤其現在我在妳家，吃妳的料理喝妳的啤酒。天哪，真應該帶點東西來的，我太失禮了——」

「沒關係的，真的。傑克。」

聽她叫我本名的感覺也不太對勁。我可能喝多了，等下還得開車回家，這一切都是個大錯誤。我得在明天和她見面前，處理掉這個尷尬。

「聽好了，普莉亞，我……很喜歡和妳一起工作。」她展開笑容，這讓我更難繼續說下去。我提醒自己，我比她大很多，得在事情失控之前掌控局勢。「但是……」她的表情轉成嚴肅，我發現如果我直直盯著耐磨木地板看，會比較容易開口。「我們是同事。我比妳大很多，雖然我覺得妳很棒，是個非常迷人又年輕的女性……」

該死，最後那句話，可能會被視為性騷擾。

「……我不是那樣想的，或是用那個方式看妳。」

好了，搞定了。

「你覺得我很醜嗎？」

「天哪，當然不是。糟糕，我剛才真的有這麼說嗎？」

她微笑著，我現在搞不清楚是什麼情況。是不是我的拒絕，讓她打擊太大？

「長官，沒關係，真的。如果我讓你有什麼誤會，我很抱歉，」她說道，「我上班時一直會弄東西給你吃，是因為，嗯，我喜歡為別人做飯，但現在我沒有對象。會幫你買香菸，也只是我猜你可能會需要。如果我有時對你的每一句話都很在意，那是因為我覺得你工作表現很出色，我想向你學習。但就只是這樣而已。」

我感到困惑，但女人確實都在魅惑我。我看不懂她的表情，我擔心它是否是代表「可惜」的意思。我突然覺得自己愚蠢、年邁和妄想，也許我真的就是這樣：為什麼一個年輕、聰明和有魅力的人會對像我這樣的男人感興趣呢？

普莉亞站起身來，我第一次注意到她的小腳有多麼漂亮，柔軟的棕色皮膚和塗著紅色指甲油的腳趾。她穿過房間，拿起兩個玻璃杯和一瓶威士忌，然後重新坐在我旁邊，比之前更靠近一些。我也曾和安娜一起喝威士忌。

「不如我們來乾杯吧。」她說著，倒了兩大杯的酒。「敬我們愉快又專業的工作關係，願我們的純友誼能長長久久。乾杯。」

「乾杯。」我回答著，杯子輕輕碰撞。

她一口氣喝光了她那杯，我也是；只是有點浪費，那可是好酒。

然後我吻了她。

她

星期三21:00

天哪，我需要喝一杯。我已經記不起上次這麼長時間沒有喝酒是什麼時候了。

經過一整天不停上直播鏡頭，從學校外一直到警察局，配合各個節目拍攝影片和製作報導，現在我好想倒在床上。我打電話去問明天晨間新聞何時要上線，然後在手提包裡找支筆記下。我不知道這筆是哪來的，但我今天用了不止一次。

我覺得好冷，而且站了這麼久，腳痛死了。我想我太習慣主持午間新聞，太習慣坐在溫暖的工作室辦公桌。我真的不明白這一天怎麼就這樣過去了，一個小時接著一個小時，就像一系列的迷你重播影片拼湊在一起。有時候生活就像在跑倉鼠輪，只有停下奔跑，才能下去。

時間感也變了，我沒有辦法知道現在是什麼時候。女兒去世的那個晚上也是這樣。夏綠蒂睡在我母親家旅行用的折疊嬰兒床。我才離開幾分鐘，那感覺像好幾個小時。我不想留她在那裡，但傑克堅持要帶我出去慶生。他不知道我十六歲生日發生的事；從那之後我最不喜歡的就是慶生。

自從夏綠蒂出生以來我就很少出去，但他很堅持我得出去透透氣不可。第一次從醫院帶女兒回家時，我嚇壞了。自己變成了母親，沒有附帶母親入門手冊。我已經讀過所有人們推薦該讀的書籍，參加了所有的課程，但是要對一個生命負責，在現實中就是一個沉重的負擔，我毫無心理準備。我本以為的「自己」，一夜之間消失了，成了一個陌生的新女人。一個很少睡覺，從不看鏡子，總是擔心孩子的女人。生活中只剩下小孩。害怕如果獨自留下她，哪怕只有一分鐘，就會有壞事發生。後來證明，我的擔心並沒有錯。

自從她離世以來，時間以一種我無法理解的方式任意壓縮或伸展。感覺好像我的時間越來越少，而世界在飛快旋轉，忙得精疲力盡的日子，模模糊糊地一個接著一個過。我不是天生的母親，但我很盡力。真的。媽媽說，帶嬰兒的頭幾個月最艱難的，但，「頭幾個月」對我來說已經是全部了。

「心碎」這個詞太常被人使用，原本的意義已經蕩然無存。對我而言，失去女兒時，心確實像是破成了千萬片。從那時起，我再也無法感受或真正關心其他任何事情。女兒的死不僅讓我心碎，也讓我崩潰，我再也不是之前的自己。現在的我是另一個人，不知道如何能再感受任何情感，也不知道如何回報別人的愛。借個人來愛比回報別人的愛容易得多。

警方扣留了我的車子，理查今天不得不開車載我到處跑。雖然記者和攝影師之間本來就會花很長時間相處。但我不喜歡這種感覺。我們之間有點奇怪，不對勁。我不知道是因為傑克告訴我理查的犯罪紀錄，還是其他原因。

下午我有些空閒時間，工程師堅持要有正式的用餐休息時段，我只是稍微揚起眉毛，他們就一副想跟工會告狀的樣子。事實上，我並不介意跳過這個時段。早上某個時間點開始，事情就沒有新的發展。我知道新聞頻道會拿我一個小時前的直播回放。這樣一算，我差不多會有兩小時的自由時間。

當團隊的其他人開車去覓食時，我其實還滿高興的。已經在森林中直播好幾個小時了，現在需要一些獨處的時間。我說我想去散步。理查主動提出要和我一起，但我不想單獨和他待在人煙稀少的森林裡或者任何其他地方共處。最後，他聽懂我的意思，和其他人一起走了。

他們離開後，我沿著熟悉的小徑穿過樹林往商業街走去。布萊克唐的其他路或小徑，都會穿越樹林。這些道路就像一片扭曲葉子的葉脈，而商業街就像是葉莖。整個城鎮被這片樹葉蓋住，包裹在裡面的無聲謊言中。這片樹林都是橡樹和松樹，它們夜晚會從森林邊緣緩慢爬出來，盯著住在這裡的人們，並在每個家的門外，往下扎根，看守著他們。

不知不覺，我來到傑克和柔伊現在一起生活的房子後面。我和我小姑從來沒有立場一致過，我丈夫也從未知道真正的原因。他不像我一樣了解她。在自己家人眼中，總是和外人不同。這讓我們無法共享同樣的視野。柔伊在青少年時，心中就充滿黑暗和危險，現在可能還是如此。她天生就很危險。

我成年後在倫敦遇到傑克，當時還是菜鳥記者，而他正在調查一起謀殺案，我想靠著這個報導贏得很多上鏡的畫面。一開始我還沒認出他來，但他立刻認出了我，並威脅要向BBC提出正式投訴，說我有不當行為，除非我和他一起喝一杯。那時候，對他這種挑逗型勒索，是應該感到被侮辱還是受寵若驚。我被他吸引了，就像其他女記者一樣，但男人被我排在事業之後，當時並不太想經營感情。

最後，我答應他約會一次，本想藉此套些內幕消息，但隔天醒來後嚴重宿醉，床上睡著一名警察。我知道他妹妹是誰，也知道她能幹出什麼事來。這幾乎讓我不想再看到他。本來以為只是一夜情，但後來又見了第二次面，後來一起到巴黎共度週末。有時候我都忘了傑克曾經是多麼的自由和浪漫。和他在一起很快樂，愛著他讓我不再那麼討厭自己。

柔伊毫不掩飾不希望我跟她哥要結婚的態度。每次家庭聚會，她都避免和我對視，也是最後一個祝賀我們訂婚的人，她當然沒來參加我們的婚禮。她發了一條簡訊給傑克，說她在前一天得了急性腸胃炎，結果隔天就看到她在地中海伊微沙島的自拍旅遊照。女兒出生時，柔伊送了我們百合花，大家都知道它其中一個花語是「死亡」。傑克說這只是一個無心之過；不，才不是，那女人從來就不是清白的。

我盯著傑克和柔伊的房子，對裡面的女人只有厭惡和噁心。然後我注意到廚房門微微開著。

稍後，雖然浪費了一些時間，但我總算回到本來的目的地。經過所有熟悉的商店和古怪的老建築；這些都是布萊克唐的特色。我匆匆行經這個被譽為英國最美麗的街道之一。由於時間有限，得去買我的生活必需品。我快速在自己出生前就已經開業的服裝店裡買些東西。我的旅行包不見了，我需要買明天要穿的衣物。我拿了一件中性的白襯衫和一些老氣的內衣，沒試穿就付錢了。我缺的不只是乾淨衣服。剛才巡視過柔伊家後，我現在非常需要喝一杯。

超市的門滑開，好像這裡一直在等待著我步入，讓我感到顫抖的並不光是走道上的冷氣而已。這裡感覺就像熟悉的巷子，酒品區看起來和以前一模一樣。可惜沒有迷你瓶的專區，但他們也有些小瓶裝的威士忌、紅酒，我用手提袋比了一下，判斷在能拉上拉鍊的前提下，最多能裝得下幾瓶。

結帳時，將一小盒糖果也放進購物籃，抬起頭時，驚慌地發現收銀員認出我來，我忍受不了她表情中帶著的評判。

人們經常迷戀虛構的真相。

活在當今社會，我們都需要偽裝、修飾過的真相。一切都為了能呈現得更好看。不管是透過社交媒體還是電視新聞，觀眾都自以為認識裡面的人。現在人們對赤裸的真相並不感興趣，他們不會對真相「點讚」、「分享」、「追蹤」。背後理由我懂，但生活在虛偽的世界是危險的。到了未來，那無形的東西會傷害我們。那時候，人們奢求的不會是成名個十五分鐘，而是想要有個十五分鐘的穩私。

「攝影師和工程師工作一整天很累，這是給他們的一點小禮物。」我對收銀員說，她掃描完商品後立刻放進我包包裡。

她比我年長一點點，一個長得跟馬鈴薯一樣的女人。粗糙的皮膚，憤世嫉俗的眼神。光看一眼，就知道她有多討厭妳。斑駁皮膚底下硬試著想擠出笑容。那門牙中間的縫隙，大到可以塞進一枚一英鎊硬幣。

「最近有去看妳媽嗎？」她問道，我試著壓抑，不嘆出聲來。在這個城鎮，每個人都對彼此瞭如指掌。或者至少他們自認為如此。這是我討厭這地方的原因之一。那女人沒等我回答，便開口道：「妳媽媽好幾次大半夜在街上遊蕩失神。她在黑暗中迷路，一直在哭，不知道自己是誰，也不知道這裡是哪，身上只穿著一件睡衣。妳真幸運，好在有妳丈夫幫忙，她需要有人照顧。如果妳問我，我覺得應該替她找間安養院。」

「謝謝，但我沒想問。」我回答道，遞給她信用卡。

比起說我酗酒，直指我的不孝更讓我敏感。我轉頭回看，看看店裡有沒有其他人聽到她說的話，發現其他人似乎都專心在忙自己的事，我鬆了口氣。要是每個人都是這樣就好了。我仍記得多年前，第一次在這家超市買酒的經驗。

瑞秋說如果沒有酒，就不算生日派對。而且她仍然認為我應該邀請海倫，我們這位「聰明的」朋友曾陷我們於不義，可是她仍不計前嫌；這讓我很驚訝，但同時也很開心。從這件事來看，我相信瑞秋其實是善良的。這也是為什麼我也邀其他人一起來；畢竟這是我的派對，我也想當善良的人，還替每位參加派對的人做了友誼手環。

當瑞秋看到時，她笑了起來。

「這些是妳自己做的嗎？」

我點點頭，她又笑了。

「嗯，真貼心，但我們已經十六歲了，不是十歲。」她把手放在我肩膀上，手環塞進口袋裡，好像那是垃圾一般。我買不起禮物，所以花了很長時間來製作手環，我無法掩飾心裡的受創。她察覺到了。「對不起。我很喜歡，等一下我們大家都會戴，但先要買一些酒，所以需要一些錢。能不能偷一點妳媽媽的錢？」她問道。

瑞秋看出我對這提議感到震驚，思考了一下，便沒再提起。去我家之前，我們先去她家。她猛然打開巨大的衣櫃門，在裡面東翻西找。然後轉過身來，一臉得意的樣子，對著我晃動著手上黃色的捐款桶，上面寫著「幫助兒童」。那是她在學校收集捐款時使用的桶子。她把它倒扣在床上，數著裡面的硬幣。

「四十二英鎊八十八便士。」她說道。

「但那些是捐款。」

「而妳就是捐助對象，沒有問題吧？妳以為我是用什麼來買那些送妳的小禮物？」

聽她這麼說，我難過到說不出話，她竟然從那些比我們更需要錢的孩子那裡，把錢偷走。

「走吧。」她拉著我的手。

印象中，那是我第一次不喜歡握她手。

她輕聲說：「別生氣了，皺著眉頭就不漂亮了。」她在我臉頰上親了一下，「我們去妳家的路上，順道去超市買酒，喝個一兩杯，心情就好了。」

一路上我們都沒講話。

我看著瑞秋把一瓶瓶的健怡七喜、龍舌蘭、便宜的白葡萄酒放進購物籃裡，心裡想著，我們明顯未成年，該怎麼結帳？走向結帳處時，胃緊張地絞成一團，一想到如果被媽媽發現，我就全身緊張。覺得自己老是在讓她失望。

但接著我看到了海倫·王。她已經滿十六歲，在超市兼職，每星期六都會上班。她掃描酒類商品結帳，不需要叫經理過來，結完帳後，瑞秋直接把它們藏進包包裡。也不需要出示證件證明年齡。好在，經過作文事件後，我們仍是朋友。

「妳臉怎麼了？」我問海倫，發現她臉上有一個黑眼圈，想用化妝品蓋住。

她先是看了瑞秋一眼，才轉頭看我。「我自己笨手笨腳。」

我父親還在的時候，常在母親身上看到瘀傷，我知道海倫在撒謊。但我也知道不該多問。就像當媽媽以前堅稱她撞到門一樣，我知道海倫不會告訴我真相。她說不定偷偷交了男朋友。一個會動粗的壞男人。

瑞秋對海倫說：「我們待會見。下班後直接來安娜家。」然後拉著我往出口走去。

我母親不怎麼情願地答應我，她晚上會出去，讓我們好好開派對。但我們到達的時候，她還在。我沒有開口說什麼，她看得出來我很生氣。

我們把包包放在廚房裡，藏好酒。她說：「我要走了、我要走了……我準備了一個小小的生日驚喜，我想離開前讓妳看看。」

「是什麼？」我擔心那個驚喜會太幼稚，我在瑞秋面前會很尷尬。

「在日光室裡，去看看吧。」媽媽說道。

我走到房子的後面，擔心不知道會是什麼，然後看到一團小小的灰色毛球，坐在我媽媽最喜歡的椅子上。

「是一隻小貓咪！」瑞秋尖叫著，迫不及待地衝上前去，比我還興奮。

「我幫一位女士打掃家裡，她有一隻非常漂亮的貓，是俄羅斯藍貓。牠最近剛生一窩小貓，我拒絕不了她，就把這隻小傢伙帶回家了。」媽媽說。「去吧，把牠抱起來，牠是妳的。」

我很久以前就想要一隻貓，但她說我們買不起。而且在布萊克唐，貓時常走失。每個禮拜商店櫥窗和街燈柱上都會出現新的「協尋失蹤貓咪」海報。一張又一張的黑白照片上，寫著走失的寵物特徵，有時會有懸賞獎金。我母親擔心要是養貓後又走失，我會很傷心。但我仍然渴望擁有自己的寵物。我小心翼翼地抱起這隻小貓，生怕我會弄傷牠。

「妳要替牠取個名字。」母親說道。

「奇巧。」我輕聲說。

我早就想好如果我有貓的話要取什麼名字。

瑞秋咯咯笑著，「跟奇巧巧克力棒一樣？」

「我覺得這個名字很棒，」媽媽說道，「如果妳想的話，今晚可以和牠多玩一會兒，要記得放回角落的貓籠裡。獸醫說，關幾個晚上會有助牠適應。現在就讓妳們兩個女孩好好玩，但我知道妳們會喝酒——」

「媽媽！」

我臉頰變得通紅。

「……所以我在冰箱裡準備了一些零食。櫥櫃裡還有洋芋片，想吃自己動手。好好玩，要互相照顧，也照顧好奇巧。好嗎？」

「我們會的，別擔心。」瑞秋說，「妳真的很酷，安德魯斯太太。真希望我媽媽也像您一樣。」

她露出慧黠微笑，似乎能虜獲所有的成年人。我母親報以微笑，然後親吻我告別。

「派對開始吧！」瑞秋在她離開後立刻說道。

那個時候她常常來我家，所以知道東西都放在哪，馬上搜刮我母親收藏的舊黑膠唱片，瑞秋非常迷戀七〇年代的音樂。找到後，小心翼翼地將一張木匠兄妹的唱片從套子中取出，放在唱盤上。她最喜歡的是〈雨天和星期一〉。她邊唱著歌，邊回到廚房，然後從櫥櫃裡拿了兩個玻璃杯。我和手上的小貓都著迷地看著瑞秋，她找到鹽，又從水果碗中拿出一顆檸檬，再從櫃檯上的刀架上拿出一把銳利的刀子。

我之前從來不知道地獄龍舌蘭這種調酒，第一次接觸就愛上它。在其他人來之前，我已經喝到相當醉了。

「妳有帶能讓大家更盡興的東西嗎？」海倫一進門，瑞秋就問她。

「什麼意思？」我問。

瑞秋微笑著，「美好的驚喜。」

接著柔伊到了。我打開門，她一副十分不情願的樣子，向站在門口的那位年紀比較大的男孩翻了個白眼。

「那是什麼？」她盯著我手中的小貓看。

「牠叫做奇巧，是我媽媽送給我的生日禮物。」

「我討厭貓。」柔伊嘟起嘴。

「對了，我是傑克。」那個男孩說道。他似乎因某件事而笑。「之前發生了一些事情，所以我媽媽希望我陪柔伊一起過來，確保一切都很好。」

我不知道那是什麼意思。從我轉學到認識她們以來也才幾個月。

傑克比我們大個幾歲，但在那個時候，光是幾年的差距，就可以讓一個人顯得更成熟。他手裡拿著車鑰匙探頭進門。我不知道他在找什麼，也不知道是因為他的鬈髮，還是那調皮笑容，我看到他的第一眼就心動了。而且心動的不只我一個。

「嗨，傑克！要不要進來喝點東西呢？」瑞秋出現在我身旁。

「不用了，謝謝。我要開車。」

「只喝一杯？」她堅持著。

我記得我討厭他們互看的眼神。

「好，只喝可樂或其他什麼的，應該還可以。」他屈服於她的魅力。

看到這麼多人擠在我們狹小的廚房裡，感覺很奇怪。自從父親離開後，母親很少讓別人進來，家裡感覺塞得太滿了。門鈴又響起，每個人都有些驚訝，連我也是。我已經喝得很多了，不記得自己還有邀請誰來。

大家都跟著我一起走向門口，當她們看到凱薩琳．凱利站在門後面時，紛紛露出驚愕的表情。

「生日快樂，安娜。」她說，但臉上毫無笑意。

大家都只是看著她。

接著瑞秋走過來，將自己手上的杯子塞進凱薩琳手中。

「真高興見到妳，凱薩琳。來喝一杯吧。我保證這杯沒有摻進什麼不好的東西，妳需要趕上進度。」她將那位女孩拉進屋內。

我很高興她變得這麼友善。凱薩琳．凱利看起來有點奇怪，但我還是想邀請她來參加我的派對。一個禮拜前，凱薩琳的書桌板下發現了小老鼠。大家都認為是她把薯條和巧克力放在裡面的關係，但我想不通牠們是怎麼進去的。我為她感到遺憾。在我之前的學校裡，我知道成為眾人矚目焦點是什麼感覺。我不想讓別人也經歷一樣的事。我本以為自己可以幫助她。

「好了，雖然這派對看起來很有趣，但我得離開了。」傑克說，「柔伊，媽媽說半夜前要回家，除非妳又想被禁足。」

柔伊翻了翻白眼，她太常這麼做了，我怕她眼睛有一天可能會卡住回不來。

「等等！」瑞秋急忙跑到她的包包旁，拿出一部全新的柯達傻瓜相機。盒子還沒開封，她撕開紙板包裝打開相機，「離開前能不能幫我們拍張合照？」

「當然可以。」傑克伸出手來。

我看到她將相機遞給他時，兩人手指接觸，我莫名地感到嫉妒。

「我差點忘了……」瑞秋說。

她手伸進口袋，讓大家貼著客廳有花紋的壁紙站成一排。

「……可愛的安娜為每個人做了友誼手環，我覺得我們應該戴上手環。」

大家總是聽瑞秋的話，於是每個人都戴上了。

我們靠在那道牆上，手勾著手，戴著紅白相間的棉質手環，就像是一群最好的朋友，就連凱薩琳・凱利也不例外。瑞秋特地安排她站在正中間，她那醜陋的牙套下也漾出微笑，還有髻得誇張的慘白淡金頭髮和難看的衣服，都會被照下來。

就是那張我昨天找到的照片，上面瑞秋的臉被劃掉了。

他

星期三23:00

我穿越馬路，發現走錯路。喝醉了。太醉了，沒辦法從普莉亞那裡開車回家，所以我決定用走的。我知道自己不應該吻她，但那只是因為酒意。沒必要反應過大，或者誇大其事。當時我在想著安娜，也許是因為她嘴裡威士忌的味道。也許早上醒來會後悔，但現在不會，我要享受今晚：知道有一位美麗、聰明的年輕女子被我吸引。

我不想深入追問為什麼。

今晚和年輕人在一起，感覺自己沒那麼老。聽著普莉亞談論未來，讓我誤以為我也還有很多種可能。年輕人會讓人以為自己人生仍有無窮可能；而成熟會讓人誤以為此生已不再會有改變。普莉亞對過去侃侃而談。她的誠實感染了我。她說她母親去年死於癌症，她仍處於悲痛中。她在一個對單親家庭有異樣眼光的社區中長大，從小沒有父親。普莉亞坦率地說出在成長過程中，她多麼渴望有一個父親形象。

於是我想到了我女兒。事實上，我無時無刻都想著她。之所以不談論夏綠蒂，只是因為沒辦法。帶安娜出去吃生日晚餐，度過只有我們兩個人的生日，是我的主意。所以我仍認為會發生那件事，是我的錯。

安娜在過去幾個月幾乎沒有離開過家。在生孩子之前每天都在床上休息；帶夏綠蒂回家後，她幾乎變了一個人。感覺有什麼地方怪怪的，她不太對勁，整個生活突然變得只有我們的女兒，她對此完全沒自覺。她需要往後退一步。如果我提到要找人協助，反而會讓情況變得更糟。

我請她母親代替我們照顧孩子一個晚上，只是一個晚上，天啊。本來是出於善意的安排，對她們母女倆都好。但第二天去接夏綠蒂時，安娜母親一開門我就感覺不對勁。她答應過照顧嬰兒時不喝酒的。但我從她呼出來的氣都能聞到酒精味。她一句話不說，好像哭了很久。安娜推開母親跑進屋內，我離她只有幾步距離。嬰兒床放在我們昨天離開時的位置。我記得看到她仍在裡面時，心中還有一絲安慰，直到安娜把她抱起，我才知道我們的寶貝已經去世。

世上並不存在無條件的愛。我並不真的怪責安娜的母親。她是在發現夏綠蒂在半夜停止呼吸後，感到驚慌才開始喝酒。出於某種原因，也沒有打電話叫救護車，也許是因為她知道孩子已經死了，沒必要了。驗屍官證實這是一個趴睡悶死的案例，可能發生在任何時間、任何地點。但我怪責自己。安娜也是如此。一遍又一遍地哭個不停，透過她的眼淚，無聲地尖嘯著對我的責備。

我和她一樣深愛著我們的小寶貝，但似乎只有安娜有資格悲傷。現在，兩年過去了，我總是處在崩潰邊緣，就像一個隨時要倒下的人，而且一旦倒下會拖累到自己最親近的人，就像骨牌一樣。事發之後很長一段時間裡，我的生活像失去了真實感，活著沒有任何意義。這就是我離開倫敦回到這裡的原因。要用自己剩下的東西建立一個家庭：妹妹和外甥女。安娜說她需要空間，那就順她的意，留點空間給她。

那時安娜無法下任何決定，所以把夏綠蒂葬在布萊克唐是我的主意，我想這也是她至今對我仍然懷恨在心的另一個原因。

沿著漆黑的人行道和空曠的鄉村小路，從普莉亞住家走到我家，需要半小時的步行時間，但這是唯一的選擇。鄉村地區沒有計程車。而且又是深夜，布萊克唐一片死氣沉沉……我才剛這麼想，立刻就有一隻黑貓從面前跑過。這樣的事情可能會讓我的前妻擔心，但我不相信那些迷信。此外，在我這輩子裡，最壞的事情早已發生過了，這還有什麼好怕的。

寒冷刺骨，是那種如果你敢在這寒冷中停留太久，身體會像被寒風啃咬一樣的低溫。因此我把手插進口袋裡，盡量深入，一點都不想拿出來，而非空出手抽菸。奇怪的是，現在我甚至不覺得需抽菸，也許是因為整晚都在和另一個人聊天，不再是盯著螢幕。

我和瑞秋之間實際上沒什麼交談，只是禮貌地寒暄，然後就開始狂野的性行為。從來沒有太多話要說，至少沒有什麼是我們都想聽到的話。我一直想著她指甲上的字：雙面。在夏綠蒂出生之前，我和安娜會聊天，但現在似乎忘了如何交談。今晚和普莉亞在一起，身而為人的真實感又回來了。

我決定發簡訊給她，然後伸手進口袋找出手機。

拿到的卻是瑞秋的手機，而且有一則未讀簡訊：

傑克，你今晚應該直接回家的。

我停下腳步，盯著這些字看了幾秒鐘。然後我轉一圈四處查看，凝視著黑暗，看看是否有人正在跟蹤我。顯然是有。我不是在幻想。但那會是誰？為什麼？我把手機塞回口袋，加快了步伐。

當我轉進那條街道時，在一片漆黑中看到我們家。一切都很正常；時間已經很晚，我並不指望妹妹會等我回家。我們從來都不是那種會互相照看的兄妹關係。我猜想柔伊可能喝了幾杯廉價酒，然後上床睡覺，就像她平常一樣。

我一進柵欄門就開始找鑰匙，努力在黑暗中翻找。當我走到花園小徑的半路上，門廊的燈亮起來，雖然只有稍微照亮我夾克口袋裡一點點的內部，但仍可以看到鑰匙不在裡面。

我討厭得把裡面的人全部吵醒，才能讓柔伊醒來幫我開門。我外甥女不太容易重新入睡，但是當我走到前門時，我發現沒這必要。門已經開了。

總是有那麼一瞬間，你知道一件非常糟糕的事情即將發生，而且已經來不及採取任何行動。時間只有一瞬，卻長得像是一生，你被凝固在空間和時間中，不願往前看，但也知道來不及回頭。此時就是那樣的時刻。我一生中也只有經歷過幾次。

我迅速清醒過來。

刑警的那一部分告訴我應該要打電話找人，但我沒有這麼做。我所有家庭成員都在這個房子裡，沒時間等待支援。我匆忙穿過前門，打開樓下所有的燈，每個房間都沒人。其他的門窗看起來都是上鎖的。我檢查了警報系統，似乎有人關掉它了。只有知道密碼的人才有辦法做到。

沒有強行破門的跡象，也沒有打鬥的痕跡；事實上，整個地方看起來比我早上離開時更整潔、更整齊。小孩子是製造混亂的專家，我已經習慣了家裡的雜亂，而現在家裡被整理好，物品歸回原位。這才真的不對勁，多年來我學會在這種事情上，相信自己的直覺。

我看到了。

廚房台子上的刀具組裡少了一把較小的刀。我記得今天早上和昨天晚上刀都不在那裡。然而，我的鑰匙卻出現在這裡。我確信之前在去普莉亞家的時候，鑰匙還在口袋裡。可能最近幾天的記憶都模糊了。搞不好我確實把鑰匙留在這裡，然後我看到了那張照片。和安娜口中描述被偷走的那一張一樣。我記得是二十年前拍的照片。

五個女孩對著相機微笑排成一排：瑞秋・霍普金斯、海倫・王、安娜、柔伊，以及一個我依稀見過，但記不住名字的女孩，她長得有點怪。每個人臉上都掛著相同的笑容，手腕上戴著相同的友誼手環。但還不只這樣。五個女孩中，現在有三個女孩的臉上被劃上了黑色的叉叉：瑞秋、海倫……以及柔伊。

我不慎將照片掉在地上，意識到現在最重要的事不是照片。我兩步併作一步衝上樓梯。第一個到達外甥女的房間，猛地推開門，只見熟睡的奧莉維亞，平安無事地蜷縮在床上。她的枕頭和房間裡都是獨角獸的圖案，睡得很平靜，一時間我鬆了口氣。但接著我怕自己剛剛發出的聲音會把她喚醒。還好，奧莉維亞仍在呼吸，睡得很熟，聽不到外界的聲音。

我匆匆穿越走廊，到了妹妹的房間，她不在裡面。所有臥室門都半開著，每一個房間都是空的。但浴室的門關著，轉動門把也打不開。

我們小時候這扇門就沒鎖過，都這麼多年了，只有這次。我不知道鑰匙在哪裡，甚至不記得看過這扇門的鑰匙。在我們家，一直都有一個規矩，那就是如果門是關著的，就不會進去。我輕輕敲門，輕聲呼喚她的名字。

「柔伊？」

鴉雀無聲，我說的每句話做的每個動作，感覺都發出很大的聲音。

我試著從鑰匙孔往裡面看，只看到一片黑暗。

「柔伊？」

這次我稍微提高音量，然後用拳頭捶那木頭門板，裡面仍然沒有聲響。我退後一步，踢開了門。門被甩開了，那鉸鏈像發出痛苦的聲音。然後，我看到她。

妹妹躺在浴缸裡。

一隻眼睛睜開，看似盯著牆上的某個東西；另一隻眼睛已經被粗粗的黑線縫合，針線還垂在眼瞼上。

浴缸裡的水是紅色的，水面下看得到割腕的傷口。

我頓時一陣噁心，心中已經知道這是什麼意思：妳選擇視而不見。

正常反應，應該是立刻到浴缸旁把她拉出來。但我僵住了。我妹妹的頭部以一個詭異的角度往側面垂下，她頭髮顏色和靜止的血水一樣，我不需要確認脈搏就知道她已經死了。柔伊的嘴張開著，從門口的距離，就能看見她舌頭上綁著的友誼手環。

我站在走廊，彷彿腳無法越過門檻。嘔吐物湧上喉嚨，但我強吞下去。我應該報警，但也沒有這麼做。在想有沒有朋友可以幫忙。感覺這才是正確的決定。但突然想起我已經沒有朋友了。沒有人想和死掉小孩的夫妻當朋友。

我很意外自己居然會打電話給普莉亞。

我又醉又震驚，現在同事似乎才是最接近會關心我的人。她接起電話後，我不記得我說了什麼，但一定有完整說出句子，因為她告訴我，她馬上過來。看來我妹妹在臨死前用指為筆，血為墨，在瓷磚牆上寫下一個名字，我沒有跟普莉亞提這件事。我甚至說不出口。

我癱軟在走廊地板上。時間變得極其緩慢，痛苦的感覺被時間滯留，只有水龍頭滴水的聲音打破寂靜。這聲音像是滴了好幾年了，直到現在我心才開始揪痛。看著微小的漣漪在紅色水面上擴散，目光不可避免地看到柔伊的身上。當我無法再忍受看著她被毀容的臉，只好凝視著妹妹用鮮血在浴缸上方瓷磚寫下的字：

安德魯斯

她

星期三23:30

——BBC新聞，安娜．安德魯斯，在布萊克唐為您報導。

拍完今晚最後一個鏡頭，就等新聞室確認。等待時，工程師們已經打包好準備離開了。只要一通電話，他們會毫不浪費時間立刻衝回倫敦，到時候只有理查和我留在這片樹林。今天一整天忙個不停，很高興之前有幾個小時能獨處。雖然後來走到了柔伊和傑克的家。再次看到那個地方，就知道她在屋內。當時恍神了一下。過去的錯誤無法彌補，這是個漫長的一天。

我其實不太想再和理查一起搭車了，很難解釋為什麼，他整晚的舉止都有些奇怪；但我沒有自己的小車可開，所以也沒有太多選擇。他注意到我一直抖不停，我說是因為太冷。理查好像跟以前有點不一樣，不到五分鐘就要到旅館了，我盡量不胡思亂想。

我們在車裡都默不作聲。今晚沒人想聊天或是喝酒。我試著回想，今天我應該沒有說過或做過什麼會冒犯他的事；既然如此，氣氛之所以這麼緊張，應該是因為我們都累了。我希望回去能泡個熱水澡，然後重新和迷你吧好好培養一下感情。

「妳是什麼意思，沒有預訂？」我問道。旅館接待員在櫃檯後方，無表情地看著我。

她身材高挑，不得不俯視我們，頭上一條如同尾巴的法式棕色長辮，垂在她年輕瘦弱的肩膀上。她晚班時間一個人就吃了半盒巧克力？不知道那盒巧克力是別人送的還是她自己買的。然後又略微彎腰，試圖縮短身高差距，她就像一朵花對著太陽方向傾斜太久而略微彎垂。

我確定新聞室下午幫我們預訂了兩間房。我也確信自己收到確認用的電子郵件，因此我要求她再查一次。她的年輕身體讓我感到沒自信。而且還讓我們等了相當長的時間。我在她這個年紀，還服用了海倫逼我收下的減肥藥，也沒像她那麼瘦過。現在她的身材就和我此刻的耐心一樣，薄如紙片。

「很抱歉，但系統上確實沒有BBC公司的訂房。」她凝視著螢幕，好像這螢幕會開口對她表達支持一樣。

我拿出錢包，拿出信用卡放在桌上。

「好，那我要兩間房間，先刷卡，之後再申請報銷。」

她又看了一眼電腦，搖搖那垂著辮子的頭。

「很抱歉，已經客滿。本地發生一起謀殺案，正確來說應該是兩起。城裡很多記者跑來，我們是這裡唯一的旅館。」

「還用妳說。現在很晚，我們也很累。我很確信有人已經幫我們預訂過房間，妳能不能再檢查一次？」

理查不發一語。

接待員看起來也很累，好像光是要求她把工作做好就讓她筋疲力盡。

「有訂房編號嗎？」她說。

心中燃起一絲希望，但拿出手機後又突然熄滅，我手機電量只剩百分之五，充電器放在被偷走的包包裡。

「我手機快沒電了，你可以看一下你的嗎？」我問理查。

他嘆了口氣，手伸進口袋，然後表情突然轉變，四處拍打自己身上所有口袋，然後翻開包包尋找。

「該死，手機不在我身上……」

「是不是留在車裡了？」我說，並趕著在手機電力耗完前，找到那封電子郵件。

找到後，帶著勝利的情緒用手機螢幕對向櫃檯。她用一根手指，慢條斯理地把號碼鍵入電腦。

「今天下午有為您預訂的兩間房間……」

「太好了。」我臉上立刻浮現笑容。

「……但在晚上已經被取消了。」

才笑到一半，表情就開始垮下。

「什麼？不可能。什麼時候取消的？誰取消的？」

「系統沒有註記，只說房間在六點三十分被取消了。」

理查拿起我的信用卡，遞給我。

「走吧，都說客滿了，站在這裡爭論也沒有意義。現在已經非常晚了，明天還要早起。我知道有個地方可以待一晚。」

他

星期三23:55

聽到熟悉的警笛聲，我仍停留在浴室門外。等待他們在外面停好車，然後從敞開的前門進入。普莉亞負責指揮，剛才我們一起喝了不少酒，但她看起來非常冷靜。我看著人員進出，同事們穿梭在這個曾經是我家的犯罪現場，我幾乎無法思考，連站都站不穩。

直到聽到外甥女在她的臥室裡哭泣，家裡出現許多調查她母親死亡案件的陌生人，吵醒她了，此時我才突然清醒。她並不知道發生了什麼事，也無法立刻理解。醫生們替她檢查，懷疑她可能被下藥。我試著靠牆站起來，盡可能不去看浴室裡。他們還沒有移動柔伊，她仍然躺在一灘紅色血水裡，凝視著牆上的字。

「放輕鬆。」普莉亞說著，急忙過來扶我。「我會處理好的。你最好不要待在這裡，有其他地方可以去嗎？」

沒有。

奧莉維亞還在哭。我不知道該如何向一個兩歲的孩子解釋發生了什麼事情；連我自己都不知道。普莉亞還在說話，但我只能聽到一個小女孩對母親的呼喊，她不知道母親再也不會出現了。

「我猜你應該不想讓社會福利部介入，所以我找來一位鄰居，她說她可以照顧你的外甥女；

好像之前就有照顧過她的經驗。你需要簽署一些文件，親屬聯絡負責人處理剩下的一切，可以嗎？」

我想我應該點頭了，但我不知道是否可以。也許我應該留下來陪她。

「很好。你不能待在這裡。」普莉亞像讀懂了我的想法。

「我要找出是誰幹的。」我堅持著，自己的聲音聽在耳裡有些奇怪。

「我知道。明天再開始好嗎，長官？我想現在最好找個人，載你到其他地方過夜，好嗎？」

「妳覺得我該去哪裡？而且為什麼妳還沒問最該問的問題？」

普莉亞露出不自在的表情。

「我不知道你在說什麼——」

「不要把我當傻瓜，普莉亞。妳很清楚我在說什麼。妳的直覺告訴妳什麼？妳覺得她會是凶手嗎？」

「誰？」

「安娜！她們一直都討厭對方。為什麼會用血把『安德魯斯』幾個字寫在牆上？而且她又總是第一個到達每個犯罪現場。我知道妳懷疑她。也許我只要——」

普莉亞沒有真的把我的話當一回事，並用可憐我的表情看著我，這讓她看起來很不一樣。

「說啊，說出妳心裡的想法。」看到她不發一語，我說道。

「嗯，你自己說過你到達時，浴室門是從內部上鎖……」

我沒耐心等她語氣停頓。

「是！」我厲聲說道。

「而且門的鑰匙在浴缸邊被發現——」

「妳在暗示這是自殺嗎？」我打斷她。她凝視著我，尷尬而沉默。「如果我妹妹是自殺，她用什麼來割腕呢？妳看到刀子或剃刀了？」

普莉亞轉頭看向現場。我無法忍受她目光所看向的地方，所以繼續照我的方式解釋下去。

「她舌頭上綁著一條友誼手環，就像之前兩起案件一樣。這個信息並沒有透露給媒體或公眾。所以不管殺死前兩名受害者的是誰，這個凶手也殺死了柔伊——難不成妳在暗示，是她自己把眼睛縫上了？」

「我沒有暗示任何事情，長官。但可能有其他人和她合作，結果事情出了差錯。我只是在蒐集證據，就像你教過我的那樣。」

她手機響起，我心中鬆了口氣，直到她說是誰打來後，我又開始不適。

「是副局長。」她說。

「妳接吧。」

她接起電話，我看著她專心與對方交談，聆聽著另一端的聲音。等待了幾分鐘的時間，那感覺像是永恆。

「他希望你退出這起案件。很抱歉，長官，但考慮到眼下的情況，我認為這可能是正確的決定。」

簡潔有力，表達得很好。或許是我們之前喝過酒，增加她面對我的自信，也或者她一直在排練，等待哪天可以找到理由，偷走我的工作。

後面有人在拍犯罪現場的照片，我分心了。閃光燈觸發我疲憊大腦中某個破碎的記憶。我想起了那張照片，推開普莉亞，匆忙下樓。她跟在我後面一起進入廚房，一開始我以為照片不見了，會不會是我想像出來的。但後來看到有人拿著一個證物袋離開。

「停下。」我從那人的手上搶過那張照片。

「如果你在找那張照片的話，我有看到。」普莉亞說道，「我叫他們把照片裝進證物袋裡。」

我從來沒見過她現在的表情。我盯著照片上被黑色記號筆劃掉的臉孔，開始用她的角度看事情。我不自覺地後退了一步，腦海裡的聲音比之前更吵雜了。

「妳應該知道，這跟我一點關係都沒有，對吧？」我問她。她之前對我的尊重似乎已經消失無蹤。「整天……外加整晚，我都和妳在一起。」

「嚴格說起來，並不是整晚。我中間有出去過，長官。還記得嗎？而且你打電話給我之前，已經離開我家超過一個小時。我不知道你為什麼花這麼久時間，才打電話求助。」

視線中的房子開始微微扭曲，完全沒料到會這樣，我有點站不穩。我確定自己剛剛立刻就打電話給她，也許這時間比我以為的要更長。可能是我當下發現被嚇傻了的關係。

「拜託，普莉亞。妳了解我的。」

「不，長官。我不太了解。我們只是同事，就像你之前所說的那樣。小隊在外面搜查垃圾桶，看看凶器有沒有被丟在裡面，結果卻找到了一雙尺寸十號的Timberland靴子，上面都是污泥。靴子符合瑞秋・霍普金斯屍體旁的腳印。那是你的靴子嗎？」

我覺得自己像掉入了一個兔子洞，降落在一個平行宇宙中。我不明白為什麼普莉亞會變成這樣。幾個月來她一直把我當英雄，今晚我們還接了吻，現在她看我的方式，好像我是殺了自己妹妹的嫌犯一樣。

「長官，你知道刀子在哪裡嗎？從刀架上來看，似乎有一把刀不見了。」

「不要再叫我『長官』。聽著，我覺得有人想陷害我。我回家時照片就在這裡，是有人故意放的。就是殺了柔伊的凶手。裡面的女孩是：瑞秋・霍普金斯、海倫・王、安娜……」我聲音變得不穩。「……還有我妹。」

「第五個女孩是誰？」普莉亞問道。

「我不記得她的名字了。」

很明顯她不相信我，連我自己都開始自我懷疑，但必須試著讓普莉亞站在我這邊。看到她打算轉身走開，我心中一陣慌亂。

「等一下，拜託。我不認為那個女孩很受歡迎，坦白說，我很驚訝她能和其他女孩成為朋友。照片裡面的五個人已經死了三個，我妹妹還用血在牆上寫下了安德魯斯。妳不覺得我們至少應該試著先找到她嗎？」

「我確實這麼認為，但可能和你的理由不同，傑克。」也許我寧可她稱我為「長官」。

「這句話什麼意思？」

「正如你所說，這張照片中的五個女孩中有三個已經身亡，剩下的兩個，我們只知道其中一人的身分。我認為柔伊在寫下安德魯斯幾字時，可能是在發出警告，代表你的前妻可能處於危險之中。」

「妳在說什麼？」我其實早就心裡有數。

「我認為安娜可能會是下一個。」

我一直很喜歡三這個數字，希望第三個人可以成為我最出色的作品。我等著柔伊上樓哄小孩入睡後，在她喝剩的酒杯裡，摻入安眠藥粉末。我的家庭醫生幾個月來一直開給我這些藥物，因此我有足夠的備用藥品，只需要把藥錠壓碎就好。去年的聖誕節，我曾考慮一口氣把這些藥全部吞下去。沒有她陪伴的節日讓我痛苦不堪，想一了百了，但後來改變了主意。

人會長大，但不見得都會成長。就算有了女兒，柔伊也只是空有女人的身軀，心裡還是個孩子。她比我更需要父母，這樣不管什麼事都能依賴他們。在父母去世後，她迷失了，沒有工作，沒有抱負，沒有希望。繼承了一間她付不起貸款的房屋。以及她不知道如何去愛的女兒。我認為，就長遠的眼光來看，這樣對孩子來說反而更好。

我在下藥之前喝了一小口柔伊的酒。這瓶酒和倒這酒的女人一樣廉價而且令人不快，我懷疑她根本不會發現味道改變。結果果真如此。我看著她拿起玻璃杯和喝剩的酒瓶上樓去。然後她脫下衣服，爬進浴缸，喝完杯中的酒，閉上眼睛。

再次看到她赤身裸體的感覺很奇怪。乳房形狀、脊椎的椎骨、突出的鎖骨。我早就看過她赤身露體的樣子，當然，那是在很多年前了。但現在看到她的成熟模樣，實在很有趣。年輕時，自以為自己懂得很多。長大後，又覺得自己什麼都不懂。我們通常會以最早的記憶形象來記住對方。而我也永遠覺得柔伊是個小女孩，一個被寵壞、自私、邪惡的小女孩。

她決定去泡澡還真是天助我也，這樣子便不會弄得一塌糊塗。我偷偷觀察，發揮耐心，確實等到她完全靜止不動，才開始動手。電影中切手腕的方式都是錯的，認為她斷氣以後，我用刀，以正確的方式切入她的左手腕；但此時柔伊卻張開了眼睛。當她看到是我時，神情十分驚訝。

她掙扎了一下，劇烈擺動著身體，一些水濺到浴缸外面。真是的，何必白費力氣。後來一定因為藥物作用讓她虛弱，無力反抗，她很快又平靜下來。在我切開她的右手腕時，並沒有再度掙扎，但是我轉身太快，後來在盥洗台上洗手時，看著鏡子中的自己，發現她在瓷磚上寫下了字。「斯」寫了一半就斷氣，那一條醜陋的血跡從瓷磚一直流到浴缸。有些人就連死亡的時候，都和活著的時候一樣亂七八糟。

那扇門有兩把鑰匙，因為柔伊小時候發生過一次意外，不小心把自己鎖在浴室裡。她是個富有創造力的小女孩，總是在表演、畫畫或製作東西。也許這就是為什麼我決定自己也要來點創意的原因。

她仍張著眼，但我不喜歡有人盯著我看。

我找到了柔伊放縫紉工具的籃子，旁邊是她在網路上賣的靠墊套子，真的很難看。然後我選了一根針，還有一條漂亮結實的粗黑線。在縫合她的眼瞼時，有血流出來，好似在流血淚。但這並不比她對一些無辜生命的所作所為更糟糕。那些事，只有我知道。

我留了一把鑰匙在浴室裡，然後用另一把鎖上門。接著便悄悄回到樓下。我把女孩們的照片放在廚房裡，在柔伊的臉上劃上一個黑色的叉叉，然後離開房子。我事先關掉了保全系統，因此沒碰上什麼問題。本來打算穿越樹林抄近路去我要去的地方。但是庭園底端的舊庫房吸引了我的注意。門微微開著，隨風輕輕地擺動。往裡面看時，那木頭上的刮痕仍然存在。那是在二十年前留下的。我永遠不會忘記柔伊是如何把那些生命鎖在那個庫房裡的。

置於寒冷、潮濕的黑暗中，無視求救的呼喊。

在裡面一定非常害怕。

她早該以死贖罪。

我鎖上庫房的門，試著忘記那裡發生的事。

她

星期四 00:15

我們在黑夜中行駛，理查鎖上車門。

「你為什麼鎖門？」希望他不會察覺我聲音裡的驚恐。

「不知道。本能吧。深夜在樹林裡開車總是讓我毛骨悚然。妳不覺得嗎？」

我過了一會兒才開口：

「你說你知道哪裡可以過夜……」

「是的。現在已經這麼晚，不太可能再找另一家旅館。剛好我岳父岳母生前有一棟房子離這裡不遠，最多十分鐘的車程。他們兩年前去世了，那房子在房地產經紀人眼中，會說是一間需要『現代化』裝修的老房子。但那裡至少有床和乾淨的床單，而且我有一把備用鑰匙。想去那裡看看嗎？」

我沒有太多選擇。我不想帶他去我母親家，現在堅持要開回倫敦也有點自私；等我們抵達倫敦時，差不多又該返回了。

「好吧。」我累到無力做出更多回應。

他打開座椅加熱器和收音機，雖然我希望能保持警覺，但最後眼睛還是閉上了一會兒。

我應當更加小心，慎選入睡的時間和地點。

關於我十六歲生日派對的最後一個清晰的回憶之一，就是傑克拍下了我們五個人的合照。之後整個晚上的記憶都有點模糊不清。

我還記得在他離開後，我們又喝了很多酒。然後互相梳理髮型和化妝。柔伊帶來她用縫紉機製作的最新創作，給我們試穿：暴露的連身裙、低胸上衣、短得和腰帶寬度差不多的裙子。

瑞秋像在完成美術課作業一樣，在凱薩琳・凱利的臉上塗了厚厚的化妝品，用眉筆填滿她那光禿的眉毛，然後將黑色假睫毛貼在她眼睛周圍的金色睫毛上。柔伊也借了她一件連身裙，海倫幫忙弄頭髮——先用我媽媽熨衣服用的噴水瓶噴濕，再將她淺金色的捲髮吹直。她說沒有時間梳開所有糾結，所以直接剪掉了。我記得地毯上散落著一些零散的頭髮。

這次的改造成果相當出色，凱薩琳在她們一番打理後，幾乎完全認不出是她。人的可塑性就像電燈泡一樣，可以更換、改變，並不如大家所想的那麼困難。凱薩琳看起來很美，她自己也知道，女孩們給她照鏡子時，她對著鏡中倒影笑得開懷。

「笑的時候嘴要閉上，沒人想看到那些醜陋的牙套。」瑞秋說道。凱薩琳乖乖聽話。「現在看看那漂亮的小嘴巴，男人會被妳迷倒的。」瑞秋補充道，像對待寵物一樣，拍拍她的頭。

新的笑容有點不太自然。

我不知道瑞秋所指的男人是誰，我們從來沒有和男人一起混過。我那時一定看起來很嫉妒，因為她後來主動提議幫我塗指甲油。她拉著我的手，用紅色指甲油在上面寫字，一隻手的四個指甲寫著「GOOD」，另一隻寫著「GIRL」。

我已經不知道自己到底喝了多少，房間開始旋轉，但瑞秋、海倫和柔伊說她們要去廚房拿更多的酒，留我和凱薩琳在客廳。

「是不是很開心有來參加？」我問她。

那對新的假睫毛，讓她眨眼的效果變得誇張。我再次對她的變化感到驚訝。然後她告訴我一件之前從不知道的事情，有關她自己的事。我不確定有沒有人知道過。可能也沒人問過她。她明顯喝多了，句子不時雜混著打嗝聲。

「我曾經有一個姊姊，以前常常像這樣幫對方化妝，但她去世了。我爸爸有一艘小船，週末時我們會和他一起出海。她就是在那時候發生意外的。在那之前，搭船出航很好玩，他教過我們各種結的打法，來，我示範給妳看。」她突然異常熱情，把運動鞋的鞋帶抽出來。「這是平結……這是八字結……」她手指十分靈巧，讓鞋帶一次又一次地綁著、扭曲著、纏繞著，然後每次打完舉起來後。我都以困惑而著迷的方式仔細觀察。「這是雙層旋轉平結——就像妳在友誼手環上用過的那種——這是稱人結，我很喜歡這個，妳可以控制圈的縮小程度……像這樣，看到了嗎？」

我凝視著最後一個結。

「她是怎麼死的？妳姊姊？」

如果我沒喝醉的話，可能不會問得那麼直接。凱薩琳解開鞋帶，重新穿好鞋子。

「大家以為她是淹死的，因為意外發生在出航時。但其實她是哮喘發作才去世的。她忘記攜帶吸入器。我爸爸一直在責怪自己，她去世後，我爸媽一直都很傷心，非常傷心。最後他失去工作，也賣掉了船，我們家現在不是個幸福的家。我想這也是為什麼，在妳之前沒有人再和我說話，也不邀請我參加任何活動。謝謝妳。」

「不用客氣。」我輕聲說道。

「我可以抱著牠嗎？」她問道。

我凝視著沉睡在膝上的灰色小貓奇巧。我醉了，都忘了牠還在這裡。

「當然可以。」我把小貓抱起來，遞給了凱薩琳。

她把貓咪抱在懷中，像抱嬰兒一樣輕輕搖晃。

「走吧，是時候走了。」瑞秋穿著外套出現在門口。

那件外套我之前沒見過，像是件皮草外套，我猜那是人造皮草。我看了一下時鐘，快十一點了。

「去哪裡？」我問道。

她微笑著指向我，開始唱歌。

「如果妳今晚去樹林裡，會有一個大驚喜[4]。」

---

[4] 亨利．霍爾的歌曲〈The Teddy-Bear's Picnic〉裡的歌詞。

「我不想去樹林。現在太晚了，又很冷，而且——」

瑞秋沒理我，轉而指向凱瑟琳，同時接著唱下一句歌詞。

「如果妳今晚去樹林裡，最好要喬裝！」

柔伊和海倫出現在她的身後，三人一起笑了起來。

白天的樹林完全不會令人害怕，但小時候，夜晚的樹林就似乎成了一個完全不一樣的地方。黑暗而危險，可能會發生不好的事。這本應該是我的生日派對，但很明顯，我想做什麼或不想做什麼並不重要。瑞秋從廚房門旁的掛鉤，取下我媽媽的手電筒，帶頭走了出去。後院有一條小徑直通樹林，她和我一樣熟悉那條路。

我記得我們走過一整片落葉，踩在上面發出咔嚓咔嚓的聲音。

還記那種寒冷的感覺。

也記得有看到四個男人坐在臨時木頭椅上，坐在我以為是我們祕密基地的地方。他們在中間點燃了一小堆火，周圍圍著白色石頭。閃爍的火焰嘶嘶作響，時而噴出火花。

他們看到我們時，都露出微笑。

我不認識那些男人。即使在發生了那件事之後，我仍記不得他們的長相。在我支離破碎的記憶中，他們看起來都一樣：瘦削的身材，棕色的頭髮，被陰影覆蓋的臉，有四對小小的黑色眼睛。他們年紀比我們大得多，差不多三十歲左右，都在喝啤酒，喝了很多。腳下一圈都是壓扁的罐子。

一開始我感到害怕，但顯然瑞秋、海倫、柔伊認識他們。她們直接走過去，坐在那些男人的腿上。

「這是安娜。她是新來的，而且終於滿十六歲了。你們不祝她生日快樂嗎？」瑞秋說道。

「安娜，生日快樂。」那些男人臉上帶著奇怪的微笑回答道。

他們似乎覺得某件事情很有趣。

瑞秋把手搭在我肩上，我注意力放在她的皮草外套。也許是因為身上暴露的連身裙，讓我覺得非常冷；那件連身裙也是她要我穿的。

「喜歡我的新外套嗎？」她問道，「是柔伊為我做的。」

柔伊總是為她的朋友們製作東西：鉛筆盒、枕墊套、布料超少的洋裝。她會去買一些特別的布料，然後借她媽媽的縫紉機來創作，但我從未見過像這樣華麗的外套。看起來就像真的一樣。我目不轉睛地盯著那層皮草。

「如果妳過來跟我們的新朋友打個招呼，我可以借給妳穿。」瑞秋說道，「他們一直等著要認識妳。」

她拉著我的手，帶我走向最近的那個男人。要我坐在他旁邊倒下的樹幹上。我不想這樣做，但也不想失禮。這名陌生人散發著體臭和啤酒味，我就坐在他旁邊。當我開始發抖時，他用他那又大又醜的手摩擦著我裸露的大腿，他說這樣可以幫我暖和起來。

凱薩琳·凱利坐在我旁邊，她看起來和我一樣害怕。

一瓶伏特加傳了過來，空氣中摻雜著奇怪的菸味。有人在火中又加了更多木柴，背景播放著舞曲。這對我來說有些奇怪，因為沒有人在跳舞。那些男人可能欠瑞秋錢，我看到他們從錢包裡拿出錢給她。但也可能是跟她買東西，也看到她從包包裡拿出藥片，但那些男人所付的錢並不只是為了藥。

「來一顆吧。」瑞秋走到凱薩琳和我身邊說道。

她手中有兩顆小小的白色東西。看起來像是薄荷糖，但我知道那不是。

「不，謝謝。」凱薩琳說道，我也搖了搖頭。

「妳是真心想加入我們，對吧，凱薩琳？」瑞秋問道。

那女孩凝視著她，然後拿起藥丸，用瓶子裡的伏特加一口吞下去。

「至於妳，應該也不會想成為新的被排擠對象，嗯？」瑞秋看著我。

我也吞了一顆。她微笑著，然後在眾人面前吻了我。她舌頭深深進入我的嘴，事後想想，這麼做只是為了確保我吞下那顆藥丸。那些男人在觀看的時候拍手叫好。

瑞秋接著脫下我的運動鞋。

我當時太醉，又冷到不行，加上自己太蠢，就沒有問她在做什麼。

她把鞋帶綁在一起，然後將它投到樹上，懸掛在一個高到無法搆到的樹枝上。大家又笑了。

我不喜歡他們看我的方式。

「現在妳跑不了。」瑞秋在我耳邊輕聲說道。

她想跳舞，所以我們開始舞動，直到我感到暈眩，跌倒在地上。即使我躺在森林的地面上一動不動，卻仍感覺周圍的樹木在旋轉。我躺在泥土和枯葉中，努力睜開眼睛。突然感到非常疲倦。她把我的洋裝從上往下拉，又把裙襬往上推；然後我記得聽到了相機的快門聲。

咔嗒、咔嗒、咔嗒。

我記得她的吻和愛撫，大家都在看，也都對著我們微笑，甚至連凱薩琳．凱利也是，我突然有種莫名的快樂。所以並不介意。過了一會，等我再次睜開眼睛時，我看到海倫跪在其中一個男人面前。他的手抓扣著她一頭光滑的黑色頭髮。另一個男人的手伸進柔伊的裙子裡，而且她腰部以上已經赤裸。凱薩琳似乎昏倒在森林地面上，其中一個男的正在脫她衣服。

瑞秋手放在我的臉頰上，把我轉向她，再次親吻我，手指滑過兩腿之間，那感覺很舒服，接著又有其他的手開始觸碰我，比她的手更粗糙。我張開眼，身旁的男人正揉捏著我的乳房，另一隻手在自慰。我聽到有人哭了，本以為是我自己的聲音。但我看到凱薩琳完全赤裸，趴臥在泥土地上。有一個男人正騎在她身上，後面還有一個似乎正在等著。

「來吧，不要再吊人胃口了，至少來含一下或什麼。」摸我的男人說道，「我們都花了不少錢來幫妳慶生。當個乖女孩，就像妳的指甲上寫的那樣。」

我低頭看著瑞秋在指甲上塗的那些字：GOOD GIRL。

「不要碰我。」我低聲說道。

「妳想加入我們成為一員，那這些就是我們在做的事。」瑞秋試著壓制我，「不然妳以為我付錢買新衣服給妳，幫妳染髮是為了什麼？成熟點，安娜。不過是打砲罷了。第一次會有點痛，但之後就沒事了，我保證。放鬆點。」我不想放鬆。當他試圖分開我雙腿時，我全身充滿恐懼，然後一股憤怒。我打了他一巴掌，推開瑞秋，掙扎著站起來。

「滾開！」我對他們兩個大喊道。

「我要退錢。」他對瑞秋說道。

「你可以上另一個，我給你折扣。」她看向凱薩琳。然後他加入其他男人的行列，他們等不及了，不再排隊。

我知道我應該試著拉開他們。

我也知道應該試著幫助她逃離。一切都是我的錯，她之所以在這裡，都是因為我邀她來的，但我對發生的事感到害怕。

我不知道有幾個人輪流。我帶著恐懼，看了一會兒，試著想找衣服，而瑞秋則忙著在這時拍照。

我很慚愧地說，我什麼都沒做。

我找到可以遮住身體的東西，然後光著腳，頭也不回地跑回家。

「到了。」理查說。

我很累，不確定剛才是否有睡著，抑或只是閉目休息。他已經熄掉引擎，當我看向車窗外的黑暗時，發現周圍只有樹木。車裡很冷，可能已經停在這裡一段時間，我不知道現在到底多晚了。

「這是哪裡？」我從包包中找出手機，想看一下時間。

手機已經完全沒電。而我又身處根本不知道位置的陌生環境，無法與任何人聯絡，這讓我很恐慌。

他一定看到了我的表情。

「記得我剛說的岳父岳母的房子嗎？我保證帶妳來這片樹林不是要謀殺妳。」

他覺得自己的笑話很好笑，但我卻沒有。想到我們過去幾天所報導的新聞，這對我來說一點也不有趣。

「抱歉，我的幽默感一直都很怪異；而且我跟妳一樣，都累得要命。就在那裡，有沒有看到我指的地方？」

「外面那輛車是誰的？」我轉身面對他。

「我太太的。」

「你太太的？你知道她會在這裡？」

「不，當然不知道。你以為我會安排自己妻子和我以前出軌的對象見面嗎？現在已經很晚了，還有幾個小時就要上節目了，我也不知道她為什麼會來這裡。我本以為她會在倫敦，但我確定她現在應該已經睡了。我們有兩個小孩，還記得嗎？妳不會和她碰到面的。」

「那她為什麼會在這？」

「我不知道。我們最近有討論過，要過來整理她父母的東西，我們想賣掉這個破爛地方。可能是之前一直在報布萊克唐的新聞，所以她決定要來處理一下。」

「這感覺有些尷尬。」

「現在已經很晚了。她不知道我們之間的事。就像我說的，她可能已經上床休息了。看吧，屋子裡都是暗著的，對吧？」

他伸手打算開車門，但我還是沒有動。我動不了，感覺好像身處危險之中。

「對不起，理查。我知道那是多年前的事情，我們的關係已經過去了，但一想到我就要見到你太太，我還是覺得很不舒服。」

「妳在說什麼？妳跟她早就認識了。」

還剩下最後一個。

要讓她來到這座森林裡的老房子，似乎是個棘手的挑戰，但只需要聯絡聯絡就可以解決，處理方式出乎意料地簡單。

我承認我現在很累，但就像我媽媽常說的，要做就要做到最好。我打算完成這個任務，她們都死有應得。

瑞秋・霍普金斯利用性來達成她的目的，如果還是不行，就會利用其他人。一開始她性騷擾自己的好朋友，拍下半裸的照片，到當地酒吧賣給那裡的男人。她出售的照片從不露臉。瑞秋把這些當成日後勒索的副業。她透過這兩種手段，賺了不少錢，也因此聲名狼藉，並引起了一些麻煩。當男人們厭倦了某個女孩時，她也會厭倦，然後對另一個女孩下手。

她的攝影作品後來開始有點創意，利用酒精和藥物，讓少女們願意脫下她們的衣服，同意讓她拍照。眼睛半閉，雙腿張開。在我發現的照片中從未看到過男人的臉，但有時會出現他們的手。骯髒的手指觸摸、握住、揉捏，並伸進不該伸入的地方。

瑞秋把這些照片藏在她衣櫃裡其中一個鞋盒中。

我就是在那裡發現的，而我一點都不喜歡裡面的內容。

人們得了解，我一生中，目睹過不少可怕的事。人類能對自己和他人造成難以描述的痛苦，有很多事我希望能夠忘記。警察和記者每天都接觸到非人類的行為，這些恐怖的事不是祕密。這些事會被報導出來，讓整個世界了解真相，伸張正義。但整個世界不需要知道在布萊克唐發生的事，可是這些事又得有人負責，有人得付出代價。

其他女孩沒有像瑞秋那麼壞，是她讓她們變得墮落，而她們也任由自己被她影響。她們本可拒絕，人總是有選擇的。

而她們做出了錯誤的選擇。

他

星期四 00:30

我也許弄錯了什麼。

可能是酒精、疲勞，或是被這恐怖的事情嚇到。

當普莉亞表示安娜可能有危險時，我想她說得沒錯。

我得找到她，但我不知道怎麼做或要去哪裡找，而且所有人都在注意我。同事對我側目，進進出出我曾經稱為家的這個地方。當我稍微從他們的角度看自己時，發現情況很不妙。沒有強行闖入的跡象，廚房裡少了一把刀，我又和每一位受害者都有關聯，而且在房子裡發現了她們被劃掉臉部的照片，上面還有我的指紋。

我從來沒有坦白過我與瑞秋·霍普金斯的關係，也沒說出她死去那晚我和她在森林裡發生的事。我以為只有柔伊知道，但事實上海倫·王也知道。現在她們倆都已經死了。無論從哪個角度看，這種情況都相當不妙。就連我自己也開始產生懷疑。我小時候有一個想像中的朋友。每次犯錯時就會怪罪他，很多孩子都這樣做，但這並不意味著我現在假裝清白。

我沒有殺害我妹妹。

我父母去世時，我把他們的逝去封印在腦海中很長一段時間。現在仍是如此。但我無法忘記柔伊一隻眼睛被縫起來，手腕被切開，躺在浴缸血水中的畫面。無論她做了什麼，或是沒做什麼，沒有人應該以這種方式死去。無論誰做的，凶手都是個怪物，我打算找到凶手，用我自己的方式處置。但首先，我得確保安娜的安全。

我打了十幾通電話給她，又是語音信箱，好像電池沒電，自動關機了。我和她十年的婚姻中，知道安娜從來不會關手機。

我必須找到她，但我的車留在普莉亞家。我在門廳的置物盤裡看到柔伊的車鑰匙，然後朝前門走去。

「要出去？」普莉亞沒來由地問。

「需要點新鮮空氣。」

「好的。」她點頭，讓開通道。「但不要走遠。」

連她都在懷疑我。

我走到前院，大口吸入夜晚涼爽的空氣，想清醒一些。我點燃一支菸時，看到普莉亞在窗戶內盯著我。我無力地對她揮揮手後，她才退回屋內，讓窗簾垂下。她一離開，我立刻開著柔伊的車，盡快從車道上倒車出去。

我第一個去的地方是旅館。我敲著玻璃門，看到接待員正在睡覺。她往前趴在櫃檯上，一條長長的棕色辮子結得像繩子一樣。我又用力敲了一下，她往我的方向瞪了一眼，然後站直身體走來。乾瘦的小手裡拿著一串大鑰匙，不情願地打開門。

「已經關門，而且客滿了。」

她慢慢地說出這些話，我不知道是她不太擅長說這語言，還是她覺得我會聽不懂，所以才故意放慢語速。直到我舉起證件，她才讓我進入。

「我需要和裡面其中一名房客交談，警方辦案，緊急事務。」

她聽到後很驚恐。

「我不知道能不能半夜叫醒客人。」她說道，額頭皺起的皺紋有點難看。

「妳可能不行，但我可以。我要找安娜．安德魯斯。」

「她有來過！」

她向我微笑，像在節目遊戲中猜中正確答案一樣開心。

「太好了。她住哪間房？」

「她沒有住這裡，旅館客滿了。」

我一向沒有什麼耐心，我不是故意要對她大吼大叫，但就是克制不住。

「我不懂，妳不是才說過她有來？」

「是的，確實有來過。大約一小時前。她以為自己有預訂，但其實有人取消了訂房。所以，他們離開了。」

「他們？」

「有一個男人和她在一起。他似乎有想到要去什麼地方。」

一定是那可疑的攝影師，我就知道他不太對勁。

「謝謝，妳幫了大忙。」

我開車在城裡繞了兩圈，尋找著任何可疑的醜陋藍色攝影用車，我知道安娜還沒有取回自己的車。我在第一個紅燈前停下，但第二個沒有。之後想不出有什麼更好的主意，於是開車去了她母親家。我知道安娜非常不喜歡我去那裡，但如果旅館客滿，她可能會決定在那裡過夜。

我敲了敲門，等待著臥室燈亮起。安娜的媽媽有很多問題，但她還不至於重聽。沒有回應，也沒有任何人在家的跡象，我低頭看看花盆下面，鑰匙不見了。好在，幾個星期前我打了一把備用鑰匙，我一直對收集鑰匙有著怪異的執著，總覺要以備不時之需，加上我岳母的記憶力正快速衰退，這樣做也算負責任。我試了幾次才找到正確的鑰匙，對準鎖孔插入後，我就進了屋子。

打開燈，驚訝地發現這裡到處堆滿紙箱。

「除非你用棺材抬走我，否則休想把我趕出這間房子。」每次有人建議她該搬出去時，她總是這麼說。我曾以為安娜母親是基於情感因素才堅守著這棟老房子——也許是對她丈夫的回憶——但安娜堅稱並非如此。顯然，他們的婚姻並不美滿；爸爸離開家庭，再也沒有回來過。安娜和她媽媽從不提他，也沒有留下照片。她說那是很久以前的事情了，也不確定如果在街上碰見，是否能認得出父親。

我按下開關，燈卻沒有亮起。我用手機上的手電筒在這一堆雜亂中照出一條通道，往後方走去。我停在廚房，不確定該找什麼，但對這一片混亂感到震驚。到處都是骯髒的杯子盤子。雖然身處黑暗，我注意到後門和地板上的碎玻璃。有人為了進入房子，打爛了後門的玻璃。

我跑上樓梯，打開安娜媽媽的房門，裡面沒有人。床鋪整齊，被子鋪好，但沒有人睡過。我關上房門，盡可能保持原樣，然後原路返回走廊，到達安娜曾經的臥室；房間也是空的。

就在準備離開時，聽到從下面傳來踩踏碎玻璃的腳步聲。我躲到臥室門後，保持不動，然後聽到有人從廚房慢慢地走過餐廳，沿著樓梯上來。我瞇著眼看向黑暗，摸索著口袋，但找不到任何可用來自衛的東西。

我聽到入侵者打開了第一間臥室的門，鉸鏈發出抗議般的咯吱聲，然後我等著對方沿著走廊靠近。當入侵者進入房間時，我猛地把門關上，把對方應聲撞到牆上，身高給了我明顯的優勢。入侵者重重地摔倒在地板上，打開燈後，我呆住了。

居然是我認識的人。

她

星期四 00:55

「你說我跟你太太早就認識了？」我說。

「妳問這問題是認真的嗎？」理查臉上滿是不信。

「非常認真。」我一說出便立刻後悔了。

他搖搖頭，笑了起來。

「哇，妳怎麼從來都不知道別人的生活發生了什麼事？妳真的有那麼自我中心嗎？我們認識了好幾年，還曾經一起過夜，妳怎麼會對我一無所知？」

「我並沒有對你一無所知。你一直談論著你的孩子，我也看過一堆照片。重點是，你太太到底是誰？」

「凱特。」

「凱特什麼？」

「凱特・瓊斯。《一點鐘新聞》的女主持人，妳以前不也主持過？她剛放完產假回來。她是跟我姓沒錯，我知道我的姓氏隨處可見，像我這種人也比比皆是。」

「凱特・瓊斯是你太太？」

「我知道我有點配不上她，但也沒必要這樣吧。」

「你為什麼從來沒有告訴我？」

「我……以為妳知道。其他人都知道。這也不是祕密。」

新聞部裡一半的人要不是搞在一起，就是結了婚，而我對辦公室的八卦實在不太在行，但仍覺得有點難以置信。我之所以在這裡，不光是因為凱特重返主持工作，而且也正是她當著整個團隊的面，建議我該報導這個新聞。

如果我沒記錯的話，是她堅持要我去布萊克唐。好像她很清楚我不想去一樣。但她不可能知道我和這地方的關聯。沒有人知道。我從不和同事談論我的私生活；也許這就是為什麼我也很少知道他們私事的原因。

「妳一定知道我和凱特的事，」理查搖搖頭，「我以為整個新聞部都知道這件事——之前有人跟蹤過她，還跑進我們家後院。不久之後，小女兒出生，那個人侵入我們的屋子，想拍攝凱特餵奶的照片，當下我揍了他幾拳，最後還以重傷害被起訴，不覺得這太扯了嗎？」

我不知道我是否要相信這個說法，我現在無法思考任何事，只知道自己不想進那屋子裡。

「可以借用一下手機嗎？」我問。

我突然有個奇怪的衝動，想和傑克說話。

「我在旅館說過了，我手機不知道放哪了。我想凱特有打過電話想告訴我她要開車過來，但可能手機不見，所以沒聯絡上。也不知道是被偷還是怎樣，但總之我還有充電器，進屋後可以借妳用。」

他下車，走到副駕駛座打開我的車門。

「要過來嗎，還是寧可睡在車裡？」

我沒有回答，很勉強地走在他身後。

在黑暗中，很難看清前進的方向。踩踏著枯葉和樹枝咔吱聲，一輪新月只能稍微照亮眼前的方向，道路痕跡不太明顯。看來已經很多年沒有人打掃，或照料過院子。這裡像被遺棄了很長一段時間。

「奇怪。」理查說道。

「什麼奇怪？」

「這裡還有另一輛車。」

我看到他所指的跑車，但沒有說什麼。這整個情況都很奇怪。

我們繼續沿著小徑前行，更仔細地觀察著這棟房子。這房子看起來就像恐怖電影中的場景：一座古老的木製建築，爬滿常春藤，窗戶的位置對稱得像是一雙眼睛，而窗戶背後卻是一片漆黑。不過仔細想想，現在是深夜，這也很合理。

理查打開前門，我們便走進去。打開燈後，我鬆了一口氣，燈能亮太好了。然後他打開行李，遞給我手機充電器。

「拿去吧。我要去看看凱特，希望沒有吵醒她。盡量在這間破屋子裡找個舒服點的地方，我一會兒就下來。冰箱裡應該有些食物；我知道會有喝的；我岳父不喜歡自己做飯，但倒是很擅長維持酒的存量。我不會留妳一個人太久。」

他盡力想讓我賓至如歸。這不是他的錯，是旅館取消了我們的預訂；我太不懂感恩了，我覺得需要道歉。

「對不起，我只是太累了——」

「沒關係。妳就像個忙碌的小蜜蜂。」他打斷道。

那句話讓我渾身戰慄。

「你知道嗎，蜜蜂沒有人們想像中那麼忙碌。牠們每天可以在花朵中睡上八個小時，成對地窩在一起，牽著彼此的腳。」我試圖緩和氣氛。

「誰告訴你這個的？」他問道。

「我媽媽告訴我的。」

一想到她，我就感到悲傷。

「哦，是，我忘了妳媽媽養蜜蜂了。」理查回答著，然後消失在那座古老的木樓梯上方。

奇怪，我不記得曾告訴過他這件事。但也許我多年來可能有幾次喝醉，不小心提過，只是我忘了。

我在走廊站了一會兒，不確定要幹嘛。我看到牆上有個看起來鬆鬆的插座，決定冒著觸電的風險插上充電器試試。手機開始充電，心裡開始感覺好一點了。

我走向眼前所見的第一扇門，進入了一間古老又灰塵飛揚的客廳。這裡最後一次裝修和清潔，看起來是一九七〇年代的事了。有一座外觀像哥德式的壁爐，最近有使用痕跡；爐中還有幾根閃著微光在燃燒的木柴。我靠近一點取暖，然後注意到壁爐架上銀色相框裡的照片。

果然，在那裡有一張理查和凱特的全家福，她的亮色紅髮剪成俐落齊耳的鮑伯頭短髮。我凝視著她漂亮、厚重的妝容，大眼睛和完美笑容，露出了白色牙齒，她站在丈夫旁邊，緊緊抱著兩個小女兒。現在我再次看到她們，我認出了就是幾天前來新聞室拜訪的那兩個孩子。她們就是在理查手機中的照片裡出現的面孔。我真是傻瓜，居然沒有看出來。

還有很多她們女兒的照片，還有一對我不認識的年長夫妻，應該是凱特的父母，他們曾經住在這棟房子裡。然後我注意到一張裝框的照片，裡面的少女我確實認識。我觀察著她那頭又長又狂野的白金色捲髮、蒼白的皮膚、一對招風耳、稀疏的眉毛和難看的牙套。

十五歲的凱薩琳．凱利從照片裡回看我。

我在這張照片和凱特．瓊斯的華麗照片之間來回看著，當我意識到裡面是同一個人時，我頓時感到噁心得無法自制。

這兩張面孔迥然不同，不僅僅是把耳朵往後貼住而已，很明顯整容過。但確實，我曾經認識的那個十幾歲的女孩，長大成為我現在所認識的女人——從這兩張照片裡凝視著我的眼睛完全一致。

凱薩琳經過樹林中的那晚後，就再也沒有回到聖希禮。學校裡各種傳聞四起，只有我們四個人知道她發生了什麼事。有謠言說她自殺了，包括我在內，大家再也沒有見過她。

至少，我以為自己沒再見過她。

她在新聞室第一次看到我時，一定就已經知道我是誰。

離開學校後，我不像她，我沒有改變名字，也沒有改變外貌。

我試著保持冷靜，我不相信這僅僅只是巧合。壓倒性的恐慌籠罩著我，蔓延到整個身體使我難以移動或呼吸。

我需要離開這裡。

我需要打電話給傑克。

顫抖的手在包包裡找手機，但手機不在那裡。我想起來手機正在走廊充電，但當我跑回去拿時，手機不見了。有人拿走了。我四處張望，看有沒有人在陰影中等待，但似乎只有我一人。至少暫時是這樣。

我的社交安全網全有漏洞，大到能被人摸透。我從不擅長結交可靠的朋友。但在這種情況下，除了前夫外，我會想優先打給對方的還有誰？我可能也沒辦法取得手機，但我心裡仍牢記著傑克的號碼。印象中剛才的客廳有一部老式的轉盤電話。我急忙回頭找到電話。不管上面的灰塵，只想盡快撥通，但話筒剛放到耳邊，我就發現線路是斷的。

接著我聽到樓上傳來腳步聲。

有人踩著發出咯吱聲的地板走來，然後停在我正上方。

很可能是她。

也許她看得見我。

也可能是他。說不定理查也參與其中。

我得快點離開，雖然我不知道自己在哪，但只要沿著小徑走，一定會通到一條大路。我匆忙離開房間，往前門跑去，但在到達那裡之前，我聽到了人生中最可怕的尖叫。

有時候，要預測他人在某種情況下的反應很容易。太容易了。

或許這是因為人類都一樣。有一種能量將我們連結在一起，像電流一樣在體內流動著。我們都只是燈泡，有些閃耀得比其他人更亮，有些在我們迷失時能指引方向。其他人則稍微黯淡，沒有太大的實用性或吸引力。也有些人會燃燒殆盡。我們是一樣的，卻又不相同，各自努力在黑暗中發光，但連接我們的光有時可能變得微弱得難以察覺。

在燈泡開始閃爍時，我總認為，最好在它熄滅之前快點行動。

沒有人喜歡被留在黑暗中。

他

星期四01:00

我打開燈，幾秒後，仍無法相信自己在前妻小時候的房間裡，注視地板上的那個人。

普莉亞因為我猛然地關門，被門板打到鼻子流血。她狼狽不堪地倒在牆邊，但我心中升起的是懷疑而非同情。

「妳在這裡做什麼？」我問道。

「我告訴過你不要離開你妹妹家。你似乎不明白，你現在是自己手上案件中的嫌疑人。」

「這點我很明白，這也是我必須找出是誰想陷害我的理由。妳還沒有回答我的問題。妳怎麼知道我在這裡？」

「我跟著你來的。」

我知道被跟蹤的感覺。我來這裡的時候街上沒有其他人；她在說謊。我腦海裡迅速回想起過去幾天的事情：車上被放入的證據、瑞秋手機上的簡訊、不斷有被監視的感覺。

接著我想起妹妹躺在一盆充滿紅色血水的浴缸中。我確信家裡鑰匙放在我的夾克裡，但鑰匙後來不見了；而那件夾克被普莉亞掛在她家客廳裡那個看起來很高級的衣帽架上。她可能在今晚稍早，暫時消失之前拿走了鑰匙。

「還有其他人知道妳在這裡嗎？」我問道，她搖搖頭。「妳就這樣離開，沒有告訴任何人妳去了哪裡？我現在不適合繼續主導案件，妳本應該負責調查。」

「我很擔心你。不知道該怎麼辦。我想相信你，但你這樣開走你妹妹的車，離開現場……嗯，看起來真的很糟糕。人們開始……有些耳語。我想如果我能找到你，帶你回去——」

「還是無法解釋妳是怎麼知道我在這裡。」

我蹲下身子，臉貼近在她面前。

「你在做什麼？」她睜著大大的眼睛，用微弱聲音問道。

「放輕鬆，我只是想看看妳鼻子有沒有骨折，別動。」

一道新的血流從她的右鼻孔流出。然後她搖搖頭，從她嘴裡吐出道歉。

「對不起，長官。我老是搞砸事情。」

看到她哭，我自己也嚇一跳。她看起來像個害怕的小女孩，而我卻這樣對待她。我不想讓普莉亞害怕我，她的淚水改變我的觀點，提供了一種不同的視角。也許我是錯的。我感覺自己像個多疑的老傢伙。當我伸手進口袋時，她的身體緊縮了一下，但她勉強擠出微笑，因為我遞給她一條乾淨的手帕。

「妳知道我是無辜的，對吧？我不會傷害我妹妹，也不會傷害任何人。」我說完，她摸摸鼻子，痛得皺起眉頭，我聽懂了她沉默的話語。「我不知道上樓的是誰，對不起，我不是有意傷害妳的。我想那些殺害其他人的人，也可能想殺安娜。我來這裡是想找她，但屋子裡沒人。樓下又有人打破門上玻璃闖入的痕跡。也許安娜意識到有危險，帶著她媽媽一起去安全的地方。」

「你打給她了嗎？」普莉亞問。

「打了好幾通。」我說著，扶她起來。

我又拿出手機，像之前一樣撥了安娜的號碼，還是直接轉語音。要不就是她關機，要不就是別人把她手機關了。

「有件事我需要告訴你。」普莉亞說道，我盡量保持不動聲色，但腦中像有枚小炸彈在爆炸。「其中一名制服警員認出了我們在你家照片裡看到，那位不知道是誰的女孩。他發誓他們兩個小時候認識。說她叫凱薩琳．凱利。你對這名字有印象嗎？」

沒印象，但我一向不太擅長記名字。

「沒有。」

「就我們所知，她現在已經結婚了，而且應該住在倫敦，但仍沒有她目前的住址。她以前和父母一起住在布萊克唐森林裡的一間房子。那房子在一百年前，曾住著一位獵人，但據我所知，現在已經廢棄了。她父母去世後，那房子就一直空著。」

「也許值得去看看？」我說。

「我也這麼認為，但就像你說的，我現在是這案子的負責人。如果要去的話，我們應該一起去。」

如果不需獨自面對這事情，應該也不錯。

「是的，老闆。」我回答，她笑了。

下樓梯時兩人都沒開口，彷彿都在整理思緒。

快走到最後一級台階時，我聽到一些聲音。

廚房裡有第二道門，通往房屋側邊的一個小型附屬建築。安娜的母親以前把它當作車庫用，那時她還有開車；但我想現在更像是倉庫吧。那裡存放著她種植的有機蔬菜的地方。我聽到那裡有腳步聲，普莉亞也聽到了。

我示意她躲在我身後，躡手躡腳地走向門口。我猛地打開門，開了燈，接著看到一雙驚愕的眼睛注視著我。一隻大狐狸正對著袋子咬了一口，裡面看起來像裝著胡蘿蔔，牠立刻穿過牆上的洞逃走了。

普莉亞笑了起來，我也是，我們需要做點什麼來緩解緊張的氣氛。

「這是什麼？」她問。

我對著她提問的東西笑了笑，那是輛很舊的白色廂型車，安娜母親以前經營清潔事業在用，幾年前不再從事居家清潔服務了。當時花了不少工夫才說服她退休。不知道那輛車是否還能啟動。車上有蜜蜂的圖案，還有一個標誌：勤勞蜜蜂居家清潔公司。

「我岳母以前打掃過這村裡一半以上的房子。」我說。

「真想不到。」普莉亞回應，我們回到屋子裡時，她看著屋內混亂不堪的紙箱小山。

「她身體狀況不好。」我解釋，心裡想的是失智症。

「我有注意到，廚房裡有抗癌的藥物。那些藥和我母親的藥一樣，雖然沒有什麼效果。」我還來不及開口，她注意到我表情的變化。「非常抱歉，我以為你已經知道了。」

我不知道。

「我們該走了。」普莉亞說道，她說得對。

我們往車子走去，街上一片漆黑。我想知道安娜是否知道她母親的情況，也很擔心她們現在身在何處。然後又想到攝影師和他的犯罪紀錄。我徹底調查過他，有記下理查的手機號碼。他幾乎沒有什麼我不知道的事。他娶了另一位BBC的新聞主播，生了小孩，但這並不代表什麼。我心想，說不定他仍和安娜在一起，或是知道她在哪，於是我打電話給他。

我聽到他手機鈴聲響起。

但不是話筒裡的鈴聲，而是我身邊的聲音，似乎是從安娜母親花園裡傳來的，彷彿他就躲在裡面。

太暗了，什麼都看不見，於是我掛上電話，再次使用手機的手電筒。打開時，我看到普莉亞手上拿著一支別人的手機。

她

星期四 01:10

我確定那尖叫聲不是來自女人也不是小孩，而是理查。

我的腦海中也有一個聲音在尖叫。是我自己，聲音告訴我快點離開這裡。我手指懸停在前門的把手上，但不能就這樣離開。萬一他受傷了怎麼辦？但如果我幫不上忙呢？傑克說得對，我總是逃避問題，也許該改變了。我告訴自己這不是恐怖電影，然後轉身朝著樓梯走去。

我踏上第一級階梯，抓緊扶手，像用來防止跌倒。就算下定決心面對恐懼，但心中還是怕得要命。潮濕的氣味和某種陌生的氣味混合在一起，讓我感到噁心，但仍逼迫自己繼續前進。

「理查？」我呼喊道。

他沒有回答。

當我到達二樓後，身處在長長走廊盡頭，這裡滿是蛛網。左右兩側的門都關著，只有走廊另一端的門微微開著，一縷光線照亮了原本漆黑的走廊。我試著開燈，沒有任何反應。

「理查？」我再次呼喊他名字，還是沒有任何回應。

我逼迫自己再往前邁出一步，老舊的地板發出咯吱咯吱的聲響。

我無法想像人怎麼能在這樣的地方長大；這裡就跟遊樂場鬼屋一樣，不過它是真實的。如果凱薩琳・凱利小時候就住這裡的話，難怪她在學校的舉止有些怪異。

地板在腳下繼續發出吱吱聲，我提醒自己，凱薩琳・凱利就是凱特・瓊斯。整件事都太詭異了。我腦海中的聲音再次尖叫著要我轉身離開。

但我沒有回頭。

我繼續向前走，在靠近走廊盡頭的那道門的過程中，每一步都充滿猶豫。到達門前時我停了下來，花了幾秒鐘，鼓起勇氣推門。然後，我嚇得動彈不得。

凱特・瓊斯吊在天花板上的橫樑上，身體擺動，聖希禮學校的領帶就是她脖子上的繩索。

她閉著眼睛，仍穿著白天主持午間新聞時的白色洋裝。她光著的腿和腳露在外面，鞋子好像被人拿走。一隻腳以奇怪的方式平衡在靠牆的椅子上，一條磨損的紅白友誼手環末端從她微微張開的嘴巴露出。

她長大後和她孩童時的形象相差如此之大，但我仍能看到她內心深處隱藏的那個孩子。當我們知道自己在尋找什麼時，總是更容易發現它，就算被埋在深處也一樣。

我邁出一步朝她靠近，差點被地上的東西絆倒。

是理查。

他趴在地上，頭部周圍有一小灘血。他傷得很重，頭骨後方可以看到一個凹陷的洞，背部滿是刺傷。

我呆住了。

我害怕碰他，手控制不住地顫抖。我彎下身子，檢查他的脈搏。發現有心跳，我鬆了一大口氣。他還活著。我要打電話給救護車，但手機被拿走了，而且我也意識到凶手可能還在這裡。不光是在房子裡，搞不好就在樓上。

自從理查發出尖叫後，就沒有人離開。凶手如果要離開，一定會經過我身邊——意識到這點後，我寒毛直豎。或者，我至少會聽到凶手的動靜；但現在房子裡靜悄悄的，彷彿我的恐懼把所有聲音都吞噬了。只有天花板上擺動的屍體，像是一個緩慢而且咯咯作響的鐘擺。我希望能讓這聲音停止。

此時，謎團的片段開始湊合在一起，儘管還有一些空白。凱特．瓊斯一定是在殺死理查後才自殺的——眼前的景象，我想不出其他的解釋。然後我在梳妝台上看到了我的手機，旁邊放著的物品，看起來像是一把廚刀。

「我要去求助，會盡快回來，堅持住。」我對著理查的耳朵說道。

他沒有睜開眼睛，但嘴唇動了一下。

「還活著。」他輕聲說道。

「我知道你還活著，我保證會回來的。」

他試圖說些什麼，掙扎著想張開嘴唇，發出的聲音聽不出在說什麼。我必須快點；他時間不多了。

我站起來盯著凱特身後桌上的手機。必須經過她身邊才能拿到。她的屍體仍然在緩慢擺動，發出的聲音比看到的景象更可怕。

吱吱咯咯，吱吱咯咯，吱吱咯咯。

我朝她邁出一步，目光從她的臉移到手機上。

理查還在呻吟，他一定很痛苦。

我再邁出一步，已經很靠近手機了。我可以看到她脖子上的領帶與聖希禮學校的一模一樣。

吱吱咯咯，吱吱咯咯，吱吱咯咯。

理查再次呻吟。

「快，走──」

他小聲說著，這次我聽得清清楚楚，因為擺動的聲音停止了。

當我抬頭時，看到凱特血紅眼睛睜得極大。她用腳把椅子拉向自己，踮起腳尖站在上面。她開始鬆開繫在脖子上的領帶。我腦海中閃現學生時的回憶，記得她曾用鞋帶示範過所有的跟帆船有關的結。大腦飛快運轉，試圖理解眼前所見，覺得這可能是某種變態的把戲。她為什麼要假裝上吊呢？為什麼要攻擊自己的丈夫？

難道她知道我們外遇？

我像是被恐懼凝固一樣站在原地，而凱特則繼續鬆開頸子上的結。她一直死死盯著我，目光滿是怨毒憎恨。

他

星期四 01:15

普莉亞看著手機，然後又看回我身上。

「妳為什麼有攝影師的手機？」我問道，希望她能有個好答案。

「我不知道這是他的手機，這是在後門外地上碎玻璃旁邊找到的。」

她確實給了一個答案，但我不相信，再也不相信了。

她看起來很害怕，我不知道自己是否也是如此。如果普莉亞和這些事有關，那當下最聰明的做法就是配合她，並希望她能帶我找到安娜。

「理查一定來過。」我說，「有人打破後門的玻璃闖入，我確定他跟這整件事有關，只有這種可能。我就知道他不是個好東西，應該相信直覺——」

「我們現在什麼都還不知道。」

她第一次打斷我。

「不然他的手機為什麼會在這裡？」

「傑克，保持冷靜，不要妄下結論。」

我注意到她稱我為「傑克」，不再是「長官」或是「老闆」。腦中忽然想起之前她說過的話，打斷了這個「注意」。

「照片裡第五個女孩，妳說她結婚了，她嫁給誰了？」我問道。

普莉亞把理查手機放回口袋，拿出筆記本，翻了幾頁。

「那個攝影師姓什麼？」她邊翻閱筆記本邊問道。

她不會是忘了吧，她腦袋從不忘掉任何事。

「瓊斯。理查・瓊斯。」我回答她的問題，試著隱藏語氣裡對她的不信任。

普莉亞不再翻閱，盯著筆記頁面。

「天啊。」她輕聲說道。她接下來的話，將我心中的最大嫌疑人從普莉亞轉而成為理查・瓊斯。

「就是他。第五個女孩嫁給了安娜的攝影師，理查・瓊斯。」

她
星期四 01:20

凱特．瓊斯直視我的雙眼，本來套在頸上的東西拉高過頭，然後丟在地上。她一隻手揉著脖子上那些看起來很痛的紅色印子，另一隻手慢慢解開繫在舌頭上的友誼手環。她低頭看著手環，然後又看著我。我從她身後的梳妝台上奪過手機，然後朝著門退後一步。她身上的白色洋裝，看起來簡直就像死掉的鬼魂重生一樣。

求生的本能驅動了我，戰勝恐懼，拔腿就跑。

我瘋狂地逃離房間，頭也不回，穿越會發出吱吱聲的走廊，往樓下跑。到一樓之前，還絆倒了。我扭傷腳踝，摔在地板上。我凝視著手中的手機，開機，螢幕重新亮起時，一絲希望湧上心頭。可以打電話了，手機有電了……但……沒有訊號。

「安娜！」

凱特用一種扭曲、讓人毛骨悚然的聲音呼喊我，聽起來像某種動物發出來的啼叫。

我撐起身子，一瘸一拐地走向前門，手抖個不停，連開門都辦不到。我聽到身後有人，不敢真的回頭，只是忍不住偷偷瞥了一眼。凱特站在樓梯頂端，頭歪向一側，一副脖子斷掉的樣子。

她開始往下走，緩慢但毅然地邁步，目不轉睛盯著我。

我看著前門，猛拉門的把手，差點往後倒下，門也順勢彈開。我重新平衡身體，盡快跑出房子進入樹林。樹枝形狀像是骨瘦如柴的手，刮傷了我的臉，企圖攔住我，而地上的樹枝也不斷想把我絆倒。這裡地勢不平，且多是沼澤地。我強忍腳踝的疼痛，但不久後又摔倒了。重重撞上一株老樹樁，撞擊讓我呼吸困難，手機也掉落在地。

當凱薩琳．凱利沒再回到學校時，有關她自殺的謠言開始流傳。當然，這些謠言是由瑞秋開始的。我想她是怕我告訴別人發生了什麼事情，所以也傳了一些關於我的謠言。我希望能告訴別人，但在我有機會開口前，瑞秋把一張裸照放進我的置物櫃，作為警告。我認出了她的筆跡，用黑色的色筆，在照片背面寫字，也附上照片的拍攝日期，那是我十六歲生日那天：

如果妳不想整個村莊——包括妳母親——欣賞這些洗出來的照片，我建議妳最好閉嘴。

於是我照辦了。

但這樣還不夠。

有一天我回到家，發現媽媽正在日光室裡哭泣。奇巧不見了。儘管是送給我的小貓，但她和我一樣愛牠，我從未見她如此難過；即使在爸爸消失時她也不曾如此。我們做了所有在布萊克唐失去貓的人會做的事情。因為這種情況經常發生，就像生活中許多事情一樣，以前的我也不懂為什麼人們會在村子裡到處張貼手工海報，主要幹道上每一根電線桿都貼得滿滿的。直到事情發生在你身上，那感覺就會完全不同。

我們在街道和樹林中搜尋，詢問鄰居是否見過奇巧，並在整個鎮上張貼我們自己的「失蹤協尋」海報。

然後我們收到一個包裹，上面寫著我的名字。

打開後，發現裡面是一頂黑色的毛氈帽，邊緣飾有灰色的毛皮。

我知道這是柔伊做的；我認得那種凌亂的縫線，還有那些毛皮。

我來不及奔向浴室就吐了出來。

感謝老天，我母親並不知道怎麼回事。她以為我生病了，向學校請假。她一離開，我就換上衣服，穿過樹林走捷徑到柔伊家。前門沒人應答，我繞到後院，但那裡也沒人。我突然有個瘋狂的念頭想要闖進去，但不知道該怎麼做。花園盡頭有一間老舊的庫房，裡面可能有工具可以用。

當我走近時，裡面貓咪的哭叫聲我永遠無法忘記。

小屋的門上有一個掛鎖，我用一塊石頭砸開它。門打開後，看到裡面的木材上都覆蓋著抓痕。裡面少說也有十隻貓，每隻都又瘦又餓。當我意識到柔伊為瑞秋做的皮草外套根本不是人造毛皮時，頓時一陣噁心，腳下有些站不穩。我從被關在裡面的貓當中，認出有幾隻曾在尋貓啟事上看過。突然之間，這些事件拼湊出一幅醜陋畫面——柔伊一直在偷人們的寵物，如果主人有提供現金報酬，那就還給他們，否則就留下來當她的縫紉素材。這種恐怖的事情很難想像，但我知道我猜得沒錯。

貓咪們紛紛逃跑，只剩下一隻躲在角落的貓：奇巧。

她看起來又瘦又怕，沒了尾巴，尾巴本來的位置只剩下帶著血跡的殘根。

我抱起牠，一路上哭個不停。我把牠放進貓籠，保護牠的安全，等媽媽回家。然後我回到我的臥室寫了一封信。

對於凱薩琳．凱利所發生的一切，我一直非常痛苦。我覺得這全部都是我的錯；當晚是我邀請她來的。我不知道她是不是真的自殺了，但我決定如果有人該死，那就是我。我把發生的一切都寫下來，這樣當我媽媽找到我時，她就不會責怪自己。

我原本打算用學校領帶了結一切，但我狠不下心，於是我撕碎了那封信，扔進房間的壁爐裡。

接下來的幾個月，我除了專心讀書，什麼都不做。在中學教育普通考試上取得了全科A的成績，贏得遙遠寄宿學校的獎學金。這讓我母親心碎，但那所學校的校譽非常響亮，所以她也沒阻止我。我從沒告訴她我離開的真正原因。

我的手指在黑暗中瘋狂尋找剛才掉落的手機，感受到泥土和枯葉的觸感。找到時，點亮了螢幕，看到還有一格訊號，便立刻按下按鈕打給傑克。

「快接、快接、快接。」我低聲喃喃自語。

電話接起時，我又驚又喜，不知道該說什麼。所有的話一次噴發出來。

「傑克，是我。我遇到麻煩了，需要幫助。我知道凶手是誰。照片中的第五個女孩叫做凱特・瓊斯，她是BBC新聞主播，我們以前是同學，發生了一些不好的事。也許是因為二十年前在我生日那天發生的事。這裡有一棟房子，我不知道在哪裡，我在樹林裡。她可能殺了他，她也殺了所有人，現在她正在追殺我。拜託你快過來。」

「安德魯斯小姐，我是帕特爾警官。傑克正在開車，無法接聽電話。」電話另一端的聲音說道。

她冷靜到好像根本沒聽到我剛才說了什麼。

「我要跟傑克說話，現在就要。」

我又哭又尖叫，聽到身後有根樹枝斷裂的聲音，轉身去看時，只看到恐怖的黑暗和像鬼魅般的枯樹。

「妳得冷靜。」電話裡的聲音說道，「我們已經在路上，但需要妳提供確切位置，能不能告訴我妳所在地點是哪？妳能看到什麼？」

我擦拭著眼淚，再次凝視黑暗，但除了樹林之外什麼都沒有。我無法告訴他們確切的位置，因為我也不知道。我用夾克的袖子擦拭臉龐，然後轉身看到了另一個身影。

她就站在我身後，身穿白衣。

他

星期四01:30

「安娜掛斷了。」普莉亞說。

「什麼？她在哪裡？她說了什麼？」我問道，盡可能在深夜的鄉村道路上疾駛向前。

我們坐在柔伊的車裡。開車的感覺讓我比較安心，而且我還是不信任普莉亞。她一聽到手機響起，馬上接起我的電話，好似不想讓我聽一樣。不過這可能與我的車速有關，她已經確認了好幾次自己安全帶是否有繫上。

「安娜提到了樹林。」我轉彎速度比平常要快，她緊抓著車子一側。

「太好了，在這座被樹林包圍的小鎮上，這資訊可真有用。」我厲聲說。

「我只是轉達她的話。」

「妳確定是她？」

「我確定。」

「立刻呼叫技術團隊，用她的手機訊號進行三角定位。然後回撥給安娜。」

普莉亞按照我的要求去做，但我只能聽到她和總部的某個人在對話。她的口氣在通話結束時有所改變。

「發生什麼事？出了什麼問題？」我問道，她已經掛斷電話，沒有回答我的問題。

我只把目光從前方路況移開了一秒鐘，轉向看她，等我轉回來時，一頭雄鹿站在正前方。鹿的眼睛在車頭燈照射下發出反光，那巨大的角看起來十分致命，而且牠一動不動。我緊急踩下剎車，在差點撞到牠前及時轉彎——但幾秒鐘後卻撞上一棵老橡樹。

那一瞬間，我以為死定了。

「我的老天。」普莉亞摸著她後頸，那裡好像很痛。

「對不起。」我說，感受一下身體是否有哪裡受傷，但沒有什麼明顯疼痛。

只有胸口陣陣發疼。我的手仍緊抓方向盤，指關節的力道看似隨時會刺穿皮膚，我注意到那頭鹿已經消失。

「我沒事，四肢健全，你呢？」普莉亞問道。

「我也沒事。」

她彎下身子，手伸向腳邊。我本來以為她可能要吐，但看到她撿起手機，撥打了安娜的號碼。我想我錯了，不應該不信任她；她正在試著幫助我。而且不久前，我還差點害死我們兩人。

「安娜的手機又進到語音信箱了。」她說，「可能手機沒電，又或是沒訊號……」

「或是被人關掉了。」我接著她的話說。

「好消息是，就Google地圖來看，凱薩琳．凱利以前的舊家，只需步行五分鐘就到。」

她解開安全帶，又摸了一次後頸。

「妳確定妳能走路嗎？」我問。

「得試試才知道。」

車頭凹陷，儀表板上的警示燈不停閃爍，只好棄車步行。我甚至直接把鑰匙留在車上，門也沒關，現在分秒必爭。普莉亞的速度出人意料地快。她在古老樹木的黑色枝幹間，找出一條路徑，她跑在前面，似乎對這條路線不陌生，不像初來乍到。每次我吸氣時胸口都會劇痛。撞車時，我猛力撞向方向盤，不知道是不是斷了一根肋骨。我的喘息聲隨著每一次邁開的步伐，變得越來越大。

普莉亞在我前方不遠處駐足。

「你有聽到嗎？」她小聲問。

「什麼？」

「另一端好像有人往我們這裡跑來。」

她站直身子，體態優雅且完全靜止不動，就像幾分鐘前看到的那隻被嚇到的鹿一樣。但她的頭比較像貓頭鷹，從一邊慢慢轉向另一邊，一雙褐色大眼在昏暗中眨著。除了夜晚樹林會發出的一般聲音外，我沒聽到任何其他聲音，但我記得普莉亞是個城市女孩。

「沒事。」我試著安撫她，「可能只是森林裡的動物。我們應該繼續往前。」

她將手伸進夾克裡，掏出一把槍，打開保險栓。

「哇喔！」我退了一步。雖然我知道有些同事認為在英國所有警察應該攜帶槍械，但就個人而言，我很高興英國沒有這樣規定。我從未在武裝部門工作過，普莉亞也是。「妳為什麼會有這個？」我問道。

「自衛用。」普莉亞的目光看向我肩後。

當我轉身時，視線盡可能在她手上的槍多停留一下，然後回頭看到一棟舊木屋的輪廓，那棟木屋在黑暗中隱約可見，被松樹環繞，彷彿在守護著這座建築物，阻止意外訪客靠近。裡面有燈光，而門和窗戶的形狀就像一張臉，窗戶是發著黃光的眼睛。

我們靠近時，看到理查的BBC攝影組用車，然後又看到瑞秋的奧迪TT也停在外面。

「那不是瑞秋．霍普金斯的車嗎？」普莉亞輕聲問。

「可能是。」我心裡清楚，就是那輛車沒錯。

我們走到房子前，普莉亞凝視著那扇古老的前門。不知道她是否害怕，但似乎又沒有。我看著她放下手中的槍，然後手伸到她的馬尾辮上，拔出她總是戴著的老式髮夾，並將髮夾插進鎖孔中。

「妳在開玩笑吧？」我說。

「你為什麼不繞到屋子後面看看？」她頭也不抬。

她在樹林中找到「只有一端的棍子」的機會，遠比打開那扇門要大得多。現在可沒有時間浪費，因此我照她的建議繞到房子的後面，碰碰運氣。大部分窗簾都被拉上了，但裡面明顯有燈光。我試著打開眼見的每一扇門，但全都被鎖住了。最終，繞了一圈回到房子前面，但普莉亞卻不見了。

我凝視著四周的黑暗，等待、觀察並傾聽有沒有她的聲息，確定她不在這裡。然後我聽到前門慢慢打開的吱嘎聲。我轉身，一開始看不清是誰。後來認出是普莉亞時，我感到一陣寬慰，緊張地對她微笑，而她卻露出一個奇怪的表情。

「不會吧？妳用一個老式髮夾就開門進去了？」

「老門，老方式。」她說著，用力將沉重的門推開，只開了一條縫，我只能勉強鑽進去。看到她已經戴上藍色塑膠手套，有點驚訝。她的確是個從不浪費時間的人。

之前為了能進入屋子，只好打破廚房門上的玻璃，這真是令人不悅；我討厭弄得一團糟。我忘了帶鑰匙。房子前方的花盆下面通常會藏著一把，但那把鑰匙不見了，因此沒其他選擇。我進出私人房屋、汽車或是公共建築中，總是小心翼翼地，而且我總是戴手套，離開前會整理乾淨，這樣沒有人會知道我來過，更不用說留下什麼證據。

我傾向把人分類，就像將書籍分類一樣：倘若他們不完全符合某一類型，就會不知道怎麼對待他們。我一直都有難以融入人群的問題，但年紀越大，就越不在乎。就個人而言，我認為與眾不同比起和眾人毫無差異，會更難得。

我的手伸進口袋，摸到最後一條友誼手環。有時候我會把它繞在手指上，像戴戒指。要捨棄這個，我會有點悲傷。

我們都躲在布幕後面；只是不知道這布幕會被誰掀開。有的人自己就能辨到，而其他人需要有人揭示才會顯出他們的真面目。那些女孩不是好朋友，她們活該沉默。

永遠地沉默。

瑞秋・霍普金斯是個雙面婊子。或許外表上很美，但內心卻醜陋腐爛，一個虛榮自私的芭比娃娃，藉慈善義舉來訛詐金錢，從妻子們身邊搶走她們的丈夫。於是我做了一件對世界很慈善的事情，我讓她永遠離開。

海倫・王是一個騙子，她花了一生假裝自己是某一種人，但事實上她不是。這位女校長沉迷於毒癮並渴望學術界的讚譽。為達目的不擇手段，總是要成為最頂尖的，她不配擔任女校負責人。

柔伊是一個怪物，從小就是。如果不按照她的方式行事，她會脫光衣服，在房間裡赤裸地到處奔跑，然後踢著地板發出尖叫。直到七歲前，她都是這樣，而且不只是發生在家中，整個布萊克唐的人，應該都見過她發脾氣的樣子，而且至少一次以上。她是個可怕的小女孩，長大後成為一個卑劣的女人，那對待動物的殘忍行為，應該要有相應的處罰。每次發生不好的事情時，她總是視而不見。

另一個人，嗯，我想也是罪有應得，而在我看來，她沒有什麼不同，我不在乎她是否做了什麼，或沒做什麼。樹林裡的那個夜晚已經過去很久，算算也有二十年了，但是她也在場。

她

星期四 01:30

當我凝視眼前的女人時，時間像停止了一樣。

我的恐懼轉為安心，然後又變成困惑。大半夜裡，她在樹林的中央，穿著一件白色棉質睡袍，上面繡著蜜蜂圖案，腳上也穿著一雙舊的蜜蜂造型拖鞋。我本來以為自己在做夢，但她看起來好真實，就像我感受到的恐懼一樣。

「媽？妳在這裡做什麼？」

她看起來瘦弱又衰老，搖搖頭，彷彿什麼都不知道。我可以看到她臉上和手臂上有著擦傷和瘀傷，似乎跌倒過。她轉身往後方偷瞄一眼，像擔心被人聽見一樣，然後開始哭泣。

「有人砸碎了廚房後門的玻璃，闖進屋子裡。我好害怕，不知道該怎麼辦。我躲了起來，然後逃到樹林，他們可能跟來了。」她小聲說道。

她顫抖著，我從沒看她如此脆弱過。我試著站起來，但只要腳踝施力，就發現無法支撐住身體。

「誰跟過來？誰闖進屋子？」

「那個綁著馬尾的女人。我躲在植物棚裡，但我有看到她。」

我不知道該說什麼。不確定她說的是真的，還是痴呆症發作。傑克告訴我她穿著睡袍在布萊克唐四處遊蕩，連超市的女收銀員也提過，但我不相信他們。有時候，我們會選擇不去相信不想聽的事。我一直這樣做——將遺憾藏在後方，選擇忘記自己做過的壞事。就像我的母親教我的那樣。

但否認也不能改變真相。

瑞秋．霍普金斯去世的那個晚上，我在這裡。

在樹林裡。

我看到她下了火車，沿著月台走去，我記得當時的聲音，但不知為何我聯想到了她的相機。

咔嗒、咔嗒、咔嗒。

我失去主持工作後，回家開始喝酒。但後來我停止這麼做。坐進小型車，吹了吹酒測器。我記得那呈現琥珀色，代表還可以安全駕駛。我前往布萊克唐，因為是那件事的週年紀念日，也是我的生日，我想見她。

我說的是我的女兒，不是瑞秋。

距離我寶貝女兒去世已經兩年了，我想更接近她。傑克將她埋葬在布萊克唐，我至今仍為此恨他，但那是一處美麗的墓地，景色迷人。教堂坐落在一座小山上，最近的停車場就在車站那裡。到達她的墳墓的唯一方式就是步行穿越樹林。我在那裡待了幾個小時，坐在黑暗中，口中喃喃著如果她還活著的話，會想對她講述的故事。那晚瑞秋從我的車旁走過，上了她自己的車，我當時沒有對她說什麼，我為此內疚。也許我這麼做的話，她就不會死。

我聽到遠處傳來的聲音，那聲音將我從憂鬱中拉出來。我不知道凱薩琳·凱利是否還在跟著我，但我不打算在這裡乾等。我得將母親帶離樹林，尋找一個安全的地方。

「來吧，媽。我們得離開這裡。外頭又冷又……危險。」

「妳要回家嗎，寶貝？」

她問這個問題時，看起來非常開心。

「是的，媽媽。」

「噢，太好了。十分鐘就到家了，我保證。然後我會燒一壺開水，泡一些蜂蜜茶，就是妳最喜歡的。」

「我們離家只有十分鐘的路程嗎？」我問道。

她自信地指著林間一個方向，雖然對我來說看起來都一樣，尤其現在是夜晚，但我相信她。我的母親可能健忘，但她對這片樹林熟悉度更甚自己。我握住她的手，驚訝地發現她的手在我掌心是多麼小，然後我們盡可能快速地前進。我聽到身後每一片樹葉的沙沙聲、每一根斷裂的樹枝聲，但還是忍不住不斷回頭看。如果有人跟在後面，這麼暗也看不見。

「我覺得她知道了。」媽媽明顯又開始在苦惱些什麼。

「我們盡可能不要發出聲音，到家再說。」我小聲應道。

「她亮出了徽章，所以我只好讓她進來。」

「誰？」

「那個女人。她知道了，現在我不知道該怎麼辦了。」

彷彿聽到了什麼聲音，母親回頭看向後方，這只會讓我更緊張。我們安靜地前進了幾步，我腦中不禁重複著她的話。她現在提到了馬尾和徽章，我想起和傑克一起工作的女警官。也就是剛才接起電話的那位。

「媽媽，妳覺得她知道了什麼？」

「我覺得，她知道妳父親是我殺的。」

我非常清楚一定有人在追我們，但我停下腳步，動不了。

「妳還記得那一天嗎？妳放學回家，發現我躺在聖誕樹下？」她問道。我沒有回答，她繼續下去。「妳爸爸工作出差結束，提早回家。他喝醉了，無緣無故打我，多年來一直任由他這樣。從妳出生後就開始了，我以為為了妳和錢，我必須和他在一起。我沒有財產，也不夠資格找到一份體面的工作。我告訴自己，可以忍到妳畢業再離開。但那天他出手很重，我以為自己可能會被打死。然後他威脅要傷害妳。聽到他的話，我崩潰了，第一次回擊。結果這也是最後一次，因為他死了。」

我無法理解她剛才說了什麼；資訊量有點過大。我腦中一片混亂，無法整理成有意義的句子。人們傾向在所愛的人身上，看到自己想看的東西。在腦中重新塑造他們，扭曲他們，成為自己希望中他們該有的樣子，而非他們真正的樣貌。但這不是真的，不可能是真的。我的母親不是凶手。這是痴呆或藥物的關係。但凱特・瓊斯是凱薩琳・凱利這一點無庸置疑，我相信她現在正在這片樹林中找我。

我抓住媽媽的雙手，想拉她走。但她比看起來要強壯，腳上蜜蜂造型的拖鞋深深地陷進泥地裡。

「妳沒有殺死爸爸，不然我會看到屍體。妳糊塗了。」我說，但她只是看著我，不肯前進。

「我用聖誕樹的鑄鐵底座打了他的臉。我不停地打，一直到他死掉，這樣他就沒有辦法像傷害我一樣傷害妳。然後我把他埋在花園裡，就在菜園下面。在隔年春天我種了胡蘿蔔和馬鈴薯，我以為只要不搬家，一切都會沒事，永遠不會被發現。但我覺得她知道了。如果妳早晚會知道真相，我希望是從我這裡聽到。」

各種情緒在我心裡碰撞，變得越來越強烈，思緒像水銀一樣開始重新塑形，我從完全不相信她，最後還是相信了。但不管她過去做了什麼或沒有做什麼，現在仍然得馬上離開。

「媽媽，這裡不安全，得先回家。」

「如果她在那裡等我們怎麼辦？」

「誰？」

「知道祕密的那個女人。」

視線中的樹木變得扭曲，並且模糊，我感到暈眩、反胃。

「媽，妳說來到家裡的那個女人有一個徽章。還記得上面寫了什麼嗎？回想看看。」

她閉上雙眼，像小孩一樣試著回憶不想憶起的過去，之後她睜開雙目，輕聲說出那個名字：

「普莉亞。」

他

星期四 01:35

「普莉亞，妳怎麼學會開鎖的？」我問。

她聳聳肩，手上仍握著槍，我關上身後那堅實的木門。

「我在網路上看過影片，這並不難。」

「妳知道，嚴格來說，剛才那樣做並不合法，對吧？」

「長官，你到底想不想找安娜？」

我沒有回答。忙著觀察我們所在的房子。這裡看起來像是恐怖電影場景：哥德式家具、古老的壁紙、會發出咯吱聲的木質地板，走廊中央還有一座巨大華麗的樓梯。整間房子都被灰塵和蜘蛛網覆蓋著，十分富有戲劇性。我不認為自己是個膽小的人，但這個地方真的讓人毛骨悚然。

我跟著普莉亞經過走廊，盡可能不發出聲音，然後進到一間巨大又正式的客廳，裡頭的家具全都像是從溫莎古堡借來的，牆上的古老燈飾還在閃爍。我瞥了一眼壁爐架上的照片，我一個都不認識。然後腳下絆到壁爐工具組，又俐落地把東西扶好，不讓工具倒下。

「也許我們應該分頭行動？」普莉亞說，「你去樓上看看，我繼續在這裡檢查房間。」

「好主意，我會帶著這個。」我拿起金屬製的撥火棒。

我謹慎地爬上樓梯，說謹慎還太客氣了，根本小心到家。如果殺了柔伊的殺手就在這裡，我會希望對方不要發現我已經來到。現在整間屋子都靜悄悄的，只聽到自己急促又疲憊的呼吸聲。胸口撞到方向盤的地方還在痛，但這不是我最擔心的。長久以來，我已經學會相信直覺，而我的直覺告訴我，這裡一切都不對勁。

我掃視著鋪著華麗紅地毯的走廊，看到二樓所有房門都是關著的，除了最末端那扇門。我逐一檢查每扇門，每打開一扇，心臟就狂跳不已，不確定開門後會發現什麼。大部分房間是空的，只有灰塵、污垢和蜘蛛網，但其中一間卻一塵不染，我看到了意想不到的東西。兩張小床並排著，上面蓋著粉紅色床單，夜燈在牆壁和天花板上投射出會移動的天空星座。我注意到枕頭上的洋娃娃、小桌子上的兩杯水，還有一本《小紅帽》。這是孩子的房間，但現在這裡沒有人。

回到走廊後，我面對盡頭的最後一道門，盡可能不去想女兒的事。每走一步，地板發出的聲音就越大，彷彿在警告我快跑。鐵製撥火棒似乎仍不足以防禦。到達門口時，我猶豫了一下，然後猛力將門完全打開，希望不會有什麼意外發現。但是，還是看到了。攝影師倒在地板上，躺在自己的血泊中，頭部被猛擊致死。

我無法不瞪著他看，然後再次確認房間的其他部分是否安全，直到確定沒有人躲在陰影中才放心。

「我需要你放下武器，長官。」

我轉身看到普莉亞站在門口。

除了地板的吱吱聲，四周一片死寂，但我完全沒聽到她接近時發出的聲音。看到是她後，我本來鬆了口氣，但又發現她那把用來自衛的槍正指著我。

「普莉亞？妳在做什麼？」她低頭看著死去的攝影師，然後又看著我手上的撥火鐵棒。「等一下——」

「我說過放下武器，還有這個，你自己來。」

她的目光沒有移開，只是空出一隻手伸進口袋，拿出一副手銬。

「普莉亞，我不知道妳在想什麼——」

「最後機會，」她打斷我，「我不會說第二次。」

她

星期四 01:40

媽媽像是已經聽不見我一樣，我只好再問一次。

「那個女警什麼時候到家裡來？她來幹嘛？」

「來了好多次，問了好多問題。」

「哪方面的問題？」

她握緊我的手，看著我。

「都在問妳的事。」

「我？」

指責一個人，他會摀住耳朵；跟一個人說他做得很好，他一整天都會聽你的。

「那沒關係，媽。我相信妳，但我們現在得回去了。」

她點點頭，我們繼續前進，利用小徑穿越樹林。森林地面充滿障礙物，我拉著她盡可能快速移動。黑暗中，巨大的樹根和倒下的樹木都可能很危險，但是同樣的，對凱特．瓊斯而言也一樣。我擔心她還在這裡的某個地方追著我們。

每走幾步，我都會檢查手機是否有訊號，希望能打給傑克。但是接著我想起來，普莉亞．帕特爾也和他在一起。

不知道可以信任誰。

他

星期四 01:40

「普莉亞，確實在這種情況下很難判斷可以相信誰——」

「我是認真的，長官。放下武器。」

她看了一眼地上死去的理查·瓊斯，又看看我手中的撥火棒。我知道她在想什麼，這一切讓我很想逃離。

「不是我做的！」

「放下武器。」

「普莉亞，我……」

「結束了，長官。在我要求技術團隊用三角定位找安娜手機時，他們告訴我有人取消我昨天要對瑞秋·霍普金斯手機三角定位的指示。他們確認是你取消的。而且在你的垃圾桶裡找到了和她屍體旁相同鞋印的靴子。你與所有受害者都有關聯；有證人說海倫·王被謀殺的那晚，看到一輛車停在學校外，聽那描述很像是你的車。」

「我知道這看起來很像是那麼一回事，但是——」

「這世上沒有巧合。這是你在我第一天上班時教我的。」

「有人在陷害我……」

「誰？」

「我不知道！」

她拿出手機。

「後援隊已經在路上，科技支援的團隊也正在試著追蹤那兩支手機，瑞秋的手機現在是開機的，要我撥她號碼嗎？」

她按下一個按鍵，不到幾秒，我口袋就傳出手機鈴聲。我試著讓話音蓋過鈴聲。

「是，沒錯，她的手機是在我這兒。因為有人把它放在我的車裡。從那以後，他們就一直發送不明意義的簡訊給我。想一想，普莉亞。凱薩琳．凱利是照片中的第五個女孩。她現在身分是凱特．瓊斯，和安娜一起合作的記者，和躺在地板上的這名死者結婚，並擁有這棟詭異的房子。妳說得對，不存在巧合，那麼凱特．瓊斯現在在哪裡？」

她猶豫了一下，但隨後再次板起臉。

「請放下武器，長官。」

如果當下這情況沒有這麼嚴峻，我聽到她仍叫我「長官」可能會笑出來。我知道凶手仍然在外面，也知道安娜處於危險之中，但找不到解決的辦法。然後，眼睛捕捉到些什麼。黑暗中有光亮，我確信在窗外遠處有人在移動。我試圖靠近，而普莉亞則大叫。

「傑克．哈珀，我現在以涉嫌謀殺為由逮捕你。你並不需要說任何話，但如果在問訊時，你的沉默若涉及關鍵事證，那將會對你在法庭上的辯護有不利影響。你所說的一切，可能作為呈堂證供……」

「外面有人，我可以看到有人在樹林裡。」

「可能是後援部隊……」

「我們都知道他們不會這麼快到達。我知道情況看起來很糟，但我告訴妳，凶手仍在外面。安娜很危險，我要去救她。妳可以開槍射我，或是幫我抓到真凶。」

她難過地搖搖頭。

「我希望能相信你，但我不能再這樣了。我不認為你清楚自己的所作所為，但這不代表你真的沒做。」她說。

「妳了解我的，普莉亞，妳內心知道我說的是實話。」

她沒有放下槍，但我看到她眼眶中充滿淚水，我往門前邁了一步，不知道會發展成什麼樣的結局。我心裡只想著安娜，我曾經辜負過她，這次不會再重蹈覆轍。

我逼近她時，普莉亞突然退縮了。我接受過被槍指住時的反應訓練，知道該怎麼做。當下是逼不得已。我迅速地抓住普莉亞的手腕，她來不及反應。但還是扣動扳機，子彈在牆上打了個洞，我用力將她撞到牆上。當她跌在地板上時，我退後一步。她眼睛閉上，我看到她撞到了頭，她還活著。援助很快就會到來，他們會照顧她。現在沒有時間等了。

離開房子前往樹林前，我輕聲說了句「對不起」。

我喜歡每年這個時候的樹林。

那林間聲響、樹木氣味和風的呼嘯。

尤其是在黑暗中。

當世界變得太嘈雜時，人們都會有個藏身之處；這裡就是我的藏身處。

這是世界上最令人滿意的事情：踏著枯葉、享受鄉間的新鮮空氣，而且知道自己的生命正在邁入下一個階段。有時候我覺得，你前往何處並不重要，比起這個，更重要的是你「正在前往」。你必須學會享受旅程，而不僅是目的地。

人們常常談論「成功」的感受，但比起到達「成功」，還不如處於邁向成功的過程。如果你成功得太早，或者太快抵達目的地，那只代表再也沒有其他地方可去了。成功就像愛情一樣，即使擁有了，也不是每個人都能欣賞。而生活就是向前邁進和繼續前行。永遠不要回頭，不然就會迷失。

這就是我現在的感受，因為我沒有時間去找她了。

到目前為止，事情大部分都按計畫進行。幾天前，我把瑞秋的車棄置在這裡。開著那輛車很有意思，這裡似乎是個不錯的藏匿地點。我以前從未開過跑車，這讓我想起自己還有很多沒做過的事情，對某些人來說，這些事可能是理所當然。但在我成長的過程中，家中經濟環境並不富裕，我所擁有的一切都是靠努力工作得來的。這很辛苦，但也讓我變得更堅強。做事要有始有終，要在其他人發現她之前處理好才行。她現在應該已經死了。如果你知道方法，找人其實相當簡單，就連想隱姓埋名的人也會曝光。警察和記者用來追蹤人物的工具很像。你會驚訝怎麼這麼容易。不光是找人，還可以了解他們的一切，所有他們不想公諸於世的一切。

我的職業讓我要做的事情變得太容易。

人們很容易信任像我這樣的人。

但他們不知道我的真正樣貌、我做了哪些事，以及還能做到哪些事。

我一開始就說過，要殺光所有人，我每一個字都是認真的。

她

星期四 01:45

「一切都會沒事的，媽。」我說，但我一點都不相信自己的話。

接著，我聽到遠處傳來類似槍聲的聲音。

從母親的神情中，我知道她也聽見了。

「我們得快點——妳確定回家是這個方向嗎？」我問道，拖著她走在我旁邊。

「應該沒錯。」她輕聲說道，似乎終於明白目前的險境。

我們只走了幾步就聽到身後有人奔跑的聲音。夜晚是如此寂靜，樹枝斷裂的聲音在樹林間聽得非常清楚。無法判斷對方有多遠，也沒辦法在黑暗中看到任何東西，只知道越來越近。接下來的各種可能性在我腦海中快速閃過。沒有一個是好的。

我們逃不掉。

現在最好找地方躲起來。

我蹲下來，也拉媽媽一起。

「對不起，媽。不要動，保持安靜，好嗎？」我輕聲說道。

她點點頭，好像真的聽懂我的意思。那人奔跑的聲音在我們附近的一小段距離外停了下來。

我屏住呼吸，希望對方折回或者往另一個方向跑。但事與願違，反而越來越靠近。我得想辦法保護自己和媽媽，我在森林地面上搜尋石頭或者至少一根樹枝，但沒有找到可以使用的東西。雖然不想放棄，但這可能就是結局了。

然後我在樹林間看到手電筒的光束在閃爍，最後我們被發現了。一開始，我的眼睛被強光照得看不清楚是誰。

「安娜？」一個聲音在黑暗中說道。

我手遮擋著強光。等到認出遠方的人時。不禁哭了出來。我眨著眼睛。從沒想到看到前夫會這麼開心。

「安娜？是妳嗎？」他再次呼喚。

「是的！傑克，謝天謝地你來了！」

他笑著穿過樹林向我們走來。現在安全了。我感到一陣巨大的寬慰，鬆了一大口氣。傑克會帶我們出去的。我們沒事了。

然後我看到他身後有一個模糊的身影。

他轉身看著我注視的方向，但太遲了。

槍聲在樹林中迴盪，傑克倒在地上。

一切突然安靜下來，或許只有一秒，或許兩秒，或許三秒，彷彿人生的時間自己停下，觀望接下來的事情。然後某種原始的生存本能開始發揮作用。我拉起媽媽，腦海中的字典只剩下一個字：

「跑！」

我們兩個拔腿就跑，也不管前面的方向正不正確。她的速度出乎意料地快，比我更快，可能是因為我扭傷腳踝。我們仍不知道對方是誰，但正在逼近。可以聽到不遠處的動靜。我們在樹林中疾速穿梭，樹枝和樹葉拍打在臉上。月光透過樹冠的縫隙照射下來，但森林地面大部分仍然籠罩在黑暗中，我小心不要絆倒。一直跟著媽媽，不斷試圖盯著她，但她很快就超過了我。恐懼的力量，讓我們所有人都變成田徑選手。

當我發現她跑得已經離開我視線時，我停下腳步。我不敢開口叫他，怕被發現。於是我轉身四處張望，結果完全失去方向感。我迷路了。然後聽到了她們的聲音。雖然本能上，我應該往另一個方向跑，但我朝著我母親和另一個女人互相尖叫的聲音奔去。我聽不出她們叫囂的內容，兩個人一起高聲大喊，讓話語無法辨識。我及時找到她們，只看到母親倒在地上。凱特·瓊斯站在她身旁，手裡拿著一把沾血的刀。她用那雙巨大的眼睛凝視著我，然後搖頭哭了起來。

「妳毀了我的人生！」凱特向我歇斯底里咆哮。

她拿著刀子一步步向我走來。我無法動作也開不了口，只能看著倒在林地上受傷的母親。

「妳假裝是我朋友。」凱特在啜泣聲中哽咽地說，她越來越靠近。「妳毀了我的童年。跟著我到倫敦，假裝不認識我，我也只好同樣假裝。結果妳還想搶走我的工作，又想搶走我的丈夫，現在——」

我聽到身後傳來槍響。有人對我們開槍，但轉身時，只見一片黑暗。我又轉回來時，凱特已經不見。我趕緊跑到媽媽身邊，發現她還活著，我鬆了一口氣，忍不住流下淚水。

「我沒事。」她輕聲說道，但她的睡袍和手上都有血。

我努力讓她的手臂掛在我肩上，好攙扶她起來，然後踉踉蹌蹌地盡快地離開這裡，遠離身後樹林裡的人，以及背後有人踩斷樹枝的聲音。當我們剛好發現一條路，還看到一輛汽車時，差點以為全是幻覺。駕駛座的車門敞開，鑰匙還插在上面，好似有人為了我們，刻意把車留在這裡，等著被我發現。但接著我看到那是輛事故車，很明顯，車子撞上一棵老橡樹。

我輕輕地將母親放在副駕駛座上，繫好安全帶，然後自己坐進車裡。她壓著肚子上的傷口想止血，但現在血流得比之前更多。

「能開嗎？」她問道。

「只有試一試了。」

我成功發動引擎，當下心中湧起希望，猛地打入倒車檔，車從慢慢往後移動離開樹木。我又換檔，準備開車離開，然後遠處聽到警笛聲。我看著媽媽，她也聽到了。

「聽起來，救援快到了，要等一下嗎？」我問道。

她臉上浮現的希望轉變為恐懼，並且開始尖叫。

我順著她的目光看過去，瞬間明白她為什麼尖叫。

凱特．瓊斯就站在車子前方，在車頭燈的照明下，像一個幽靈。

臉上盡是瘋狂的表情。身上白色洋裝沾著血，手上還拿著刀。

事情發生在電光石火之間。

沒時間思考。

我極度渴望想要逃離這裡，便踩下油門，忘記現在換檔桿方條是往前，而非倒車。車子猛然往前衝，撞倒凱特，並發出巨響，把她撞飛。她的身體夾在保險桿和樹木之間。

「天啊，」我輕聲說道，「我在幹什麼？」

時間過得飛快，我眼前看到的是二十年前那個晚上在樹林中的凱薩琳．凱利。她一定很恨我們所有人，才會計畫了這一連串的復仇。我對這一切不禁感到自責，於是我打開車門。

「待在車裡。」媽媽說，但我沒理她。

凱特閉著眼睛，嘴角有一道血，也許還有救。我逼自己走向她殘破的身軀，伸手摸索著尋找脈搏。

她猛然睜開雙目，拿刀的手高高舉起。我想要逃跑，但她的指甲掐進我的皮膚裡，把我拉近。眼看刀子就要往我臉上刺來，感覺像是慢動作一樣。我閉上了眼睛。接著我聽到另一聲槍響，轉身回頭時，我看到普莉亞．帕特爾站在車子後方，槍口仍對著我們。再次看向凱特時，一道深紅色的漬點正自她的白洋裝上擴散開來。她仍圓睜雙目，但我知道她已經死了。

她

星期五2:30

我睜開眼睛，看到傑克站在我病床床尾。

「我錯過了探病時間，但他們說我可以來打個招呼。」他輕聲說道。

「你沒事。」我說道。

「當然沒事；一顆子彈穿過肩膀，還不足以阻止我。」他說道。

我恨醫院。除了扭傷的腳踝和很多擦傷外，我也沒事。我擔心有人比我更需要這一張床，但醫生堅持要我在這裡住二十四小時。傑克握住我的手，我們無聲交流。有時候，當你足夠了解一個人，不需要開口就知道他們會說什麼。

「我媽——」

「她沒事，我保證。」他說，「他們縫合了她的傷口，轉移到了另一間病房。以目前情況來看，她狀況不錯。」他停了下來，「還有一件事。我不知道怎麼開口比較好，也許妳已經知道了，但我剛剛才聽說。他們將妳媽媽帶進來時，她的病歷有些狀況。」

「如果是關於她的失智症，那麼我知道，她的狀況又惡化了——」

「跟失智症無關的。很抱歉是由我來告訴妳；她有癌症，幾個月前診斷出來的。我不知道為什麼她沒有告訴我們——我是指告訴我們大家。我想也許她自己也分不清楚現實。但我已經和兩個不同的醫生談過了，他們都確認那是惡性腫瘤。我很遺憾。」

我不知道該說什麼才好。從青春期以來，我和母親的關係就不是很好。但我很難接受她隱瞞病情。

「她可能只是不想讓妳擔心，說不定她自己也忘記了——妳也看到了，她常常搞不清楚自己在幹嘛。」傑克說道，彷彿讀懂了我的心思。

我沒有忘記她在樹林中告訴我有關爸爸的事。

我現在有時間好好思考，我覺得她確實殺了爸爸。他是一個暴力的人，如果她說的是真的，我相信這不僅僅是為了保護自己，也是為了保護我。我母親非常善於保守祕密，而且不是只有她擅長，我也是，有些祕密我永遠不會和任何人分享，連傑克也不會。

「普莉亞呢？」

「她做了她該做的事。」

「她對你開槍，傑克。」

「我知道她對我開槍了。我肩膀上都被打出個洞了。但如果情況反過來，我可能也會做同樣的事，普莉亞也救了妳和妳媽媽。」

「關於這個……媽媽說普莉亞來過我們家，問了一些問題。」

「是嗎？那麼她只是在履行她的工作。凱特·瓊斯非常擅長掩蓋蹤跡，把責任推到其他人身上，但在她的房子裡發現的證據，將她與每一起謀殺案件聯繫在一起。包括以前的日記，裡面詳細描述了她對妳們所有人的憎恨。尤其是妳。她好像認為妳假裝是她的朋友，然後背叛了她。好在普莉亞又回到那裡去，她目睹了凱特襲擊妳母親的情況，阻止她傷害妳。但奇怪的是，那把刀卻不見了。明明妳們三人都看到凱特拿著刀子。警方正在地毯式搜尋森林，我相信很快就會找到。法醫認為所有四起襲擊案中都使用了同一把凶器，而且我想她是獨自一人犯案。」

我無法停止去思考這一切。

凱薩琳．凱利長大後變成凱特．瓊斯是一回事，但她決定用這麼可怕的方式報復曾經在學校欺負過她的女孩，這部分又是一回事。這實在令人難以置信。但其他人似乎都認同並相信這個事實。我感受到傑克的目光，從沉思中清醒過來。

「柔伊的事我很抱歉。」我說道。

他撇過頭去，表情微微皺縮了一下。

「妳怎麼知道的？這消息還沒有對外公布……」

「我想醫生護士們和記者們一樣愛八卦。我無意中聽到了。」

他點點頭。

「我不知道該怎麼告訴我外甥女，她媽媽已經去世了。」

「你是一位很棒的父親，我相信你也是一位出色的舅舅。奧莉維亞在她的生命中很幸運能有你。以後會很不容易，但我相信你應付得來。」

她無法直視我的眼睛，我知道我們兩個都在想著女兒。

「我可能會搬回倫敦，」他說，「我不想留在這裡。我會賣掉我父母的房子，回到倫敦警察局，但暫時不考慮全職，我需要多點時間照顧奧莉維亞。目前還沒決定，但是……」

「聽起來已經決定了。」

「嗯，她是我唯一剩下的家人。」

這句話又讓我想到了另外一件事。

「你對媽媽的判斷是對的。她需要人照顧，尤其是現在，我們已經知道她的身體有多糟糕。我很抱歉，我應該聽你的。」

「哇，剛才的話我可以錄下來嗎？」他問，我努力地擠出一絲笑容。

這道歉可能有點敷衍，但他還是接受了。有時候當你渴望從自己愛的人身上得到原諒；即便只得到一點點，也會感到心滿意足。

我告訴他說：「我會去看一下你推薦的安養院，看看我能不能全額負擔。這樣她就不必賣掉房子，她一直很擔心這件事。」

「因為她會懷念她的花園和蜜蜂嗎？」

我有那麼一瞬間愣了一下。

「沒錯。」

他握住我的手，我的心瞬間融化了，他的舉動讓我感動到哭出來，這麼微不足道的小事卻讓我喜極而泣。

「也許我們可以互相幫助。」他說道。

「我很樂意。」

「妳知道我——」

「我知道。」

我不需要他開口說一直都愛著我。因為我也是。

他

星期五 14:45

她讓我握著她的手，然後開始哭泣。

看到安娜躺在病床上，讓我想到女兒出生時；彷彿過去的時間、傷痛都消失了。我們回到了過去。也許不是回到最初的開始，但至少是回到我們某個東西被打破前的某個時刻。

雖然聽起來，一切都像在我的計畫中，但事實上，我並不真的知道接下來會發生什麼。或許我不需要知道。也許生命已經為我們每個人安排了一個計畫，只是因為恐懼、痛苦或心碎而迷失了。毫無疑問，夏綠蒂的離世確實讓我們受到傷害。但有時候，破掉的事物是可以被修復的，只需要時間和耐心。

我放開了安娜的手，對心中油然而生的情緒感到困惑。她凝視著手指，好像是我握得太緊，握痛她了。我不禁想，自己是否一直以來都是如此。我已經好幾天沒有睡覺了，不想在這狀態下，說錯話或做錯什麼事，讓本來已經很糟的情況火上加油。

「我該走了。」我說道，她面露不解。「探病時間，記得嗎？我已經違反規定。」

她點點頭，看穿我的心思。她從以前就能讀懂我。安娜避開我的目光，彷彿害怕會從我的眼神裡讀出什麼。接著，她問了最後一個問題，雖然簡單，但對我們兩人來說都充滿意義。

「你之後會再來嗎？」

「當然會。」

我輕輕地親吻她的額頭，然後離開，沒有回頭。我的回答似乎聽起來像脫口而出，不假思索；事實上並不是。

她
星期五 15:00

我目送他離開，然後擦乾臉，按下床邊的小小紅色按鈕。幾分鐘後，很高興看到一名中年護士出現；我沒時間可以浪費。她有著小精靈般的髮型和大大的綠眼睛，眼線描畫得很濃，還有些暈開了。我注意到她看起來至少比名牌上的照片老了十歲。

「需要協助嗎？」她問。

「我要出院。」

她呆了一下，大腦高速運轉，確認自己沒聽錯。

「我不覺得妳現在適合出院。」她說。

那居高臨下的語氣，讓我對她大大扣分。

「也許不適合，但我要出院。謝謝妳的協助，我真的得離開。有什麼自願出院表格要填的？」

這情況不是第一次，我很知道流程。

我無法忍受待在醫院裡，這裡充滿死亡和絕望的氣息，而且有些事不能等。

「我去問一下醫生。」護士說。

想也知道，醫生會說服我繼續住，但這沒有意義，只要我下定決心，沒有人能改變，包括我自己。

而且，我真的很需要來一杯。

護士一離開，我便伸手去床邊的置物櫃裡，找到包包。我知道裡面已經沒有酒了，但我不是要找酒。

很高興那把殺了所有人的凶器還在。

為了讓所有人相信我的故事，我必須看起來像個受害者，但事實不言而喻。瑞秋死去的那個晚上，我在森林裡；海倫被殺的時候，我在學校；柔伊被謀殺的那天，我在家裡；而理查被痛擊致死的時候，我也在場。凱特．瓊斯被夾在車子和樹中間，又被射殺，這不是本來計畫中的一部分，但任務完成了。巧合並不存在，然而他們都相信了我。

在醫院裡我的故事太有說服力了，差點連我自己都相信了。

對自己說謊最危險不過。然而，我認為這是本能；自我保護是DNA中最基本的一部分。我們是一個會撒謊的物種，有時故意以錯誤的順序連結事實，假裝理解雙眼所看到的。我們扭曲生活中的故事，以符合自己的期望，也能向周圍的人呈現一幅更美好的畫面。「誠實」每次都慘敗，輸給漫天大謊，而真相根本沒這麼重要。活在虛構中，更能讓日子過下去。

活在虛構世界並非小孩子的特權。「虛構」就像鞋子一樣，會隨著年齡增長而變得更加誇大。當自己不再相信本來的故事時，我們就會編造另一個故事。

我做了我必須做的事情。

六個月後

他

我得承認，一個人照顧孩子比想像中困難得多。但我正在適應。應該吧，勉強適應中。頭幾個星期，都靠友善的陌生人和鄰居幫忙。有些人比我還知道怎麼照顧我的外甥女。我去上了各種以前柔伊參加過的照顧小孩課程，裡面內容對我幫助很大，但我仍感到吃力。會慢慢改善的，新的生活需要時間適應。

柔伊的葬禮之後，我做的第一件事就是賣掉父母的房子。這並不容易；有誰會想買位於鄉下，而且有人在浴室裡被殺的凶宅。但最後還是脫手了，用極低的價格賣給一家開發公司，顯然之後會被拆除。雖然如此，仍可以接受。有時重新開始是唯一的選擇。

工作單位也非常諒解。我獲得特許休假，在倫敦申請的非全職調動也通過了。我懷疑這是以前的老闆為我量身安排的職位。當不幸事件發生在熟人身上時，人類會最有同理心。也許是因為朋友和家人身上的事，你會意識到，那些情況可能也會發生在你身上。我只知道，我必須永遠離開布萊克唐，這次是真的。我很高興他們找了一位出色的人來帶領重大犯罪調查小組。普莉亞必能勝任，這次晉升她實至名歸。

當然並不都是好事。

我仍有同樣的低潮時刻，很明顯有些事會在可預見的餘生中，不斷困擾著我。

我試著不去想自己失去了什麼。

現在我只能過一天算一天，努力守護著自己僅有的一切。

有時，人要透過失去才會懂得珍惜。

她

——再次回顧我們今天中午主要新聞。美國前總統自離開白宮以來首次公開露面；科學家警告稱蜜蜂可能在不到十年內面臨滅絕；結束報導前，我們先來看愛丁堡動物園早上出生的小熊貓的照片。您可以在BBC新聞頻道上看到更多資訊，這裡是《一點鐘新聞》團隊，祝大家午安。

我對著攝影機微笑，輕敲桌上的文件，等待小紅燈熄滅。節目一結束，我立即去參加簡報，並禮貌地聆聽團隊其他成員談論今天節目。我非常高興能回到屬於自己的位置，主持午間新聞。沒有人在乎你過去是誰，你現在是誰才是重點。就像昨天的新聞一樣，一個人的過去很容易被遺忘。這些同事就跟我的家人一樣，但在經歷了這一切後，我想起我有一個真實的家。

簡報結束後，我拿起包包，走出門外，現在是星期五下午，想早點下班的可不是只有我。我選擇坐計程車好節省時間。家已經不再是以往模樣，我也已經無法再步行回家了。我開始思考家也許不僅僅是一個地方，更像是一種感覺。想要回家不需要每次都得跨越一座大橋。可以提前計畫，挖個隧道，必要的話甚至可以游泳過去。只要有決心，總會到達對岸的。

我賣掉了滑鐵盧附近的公寓，在倫敦北部買了一間小房子。從泰晤士河南邊搬到北邊，感覺有些奇怪，好像自己需要一個全新的開始。這是一間有院子的房子，還有車道，讓我那輛全新運動休旅車通行；我也賣掉了那輛迷你超跑。

我付錢給計程車司機，然後走向門廊，為了不浪費任何時間，手中已經握著鑰匙。一進屋子便關上前門，當我聽到身後傳來腳步聲時，我先是一呆。

有人在這裡。

但沒關係，我意識到，這裡本來就該有人在。

「安娜，安娜，蜜蜂還活著，過來看看！」

外甥女拉著我的手走向廚房的窗戶。我凝視著小院子裡，她指著的那個白色木盒箱。這是我從母親房子裡唯一保留下來的東西，總是讓我想到母親。

我必須聘請專家幫忙將蜜蜂從布萊克唐遷移到倫敦。他們說冬天是最好的時候，因為冬眠時移動比較容易，但即使如此也無法保證牠們能夠存活下來，而且要價不菲。

六個月過去了，現在是春天。我家住了一個小女孩，枝頭樹梢開滿櫻花；理所當然，蜂巢也開始有動靜。雖然不是一大群，但確實有幾隻嗡嗡作響的黑色身影在木板間跳躍。牠們經歷了一次改變生命的旅程，困難且危險，但活下來了，現在在一個全新的家，重新開始。與我們並無二致。

傑克提著一只行李箱走進廚房。

「妳回來了！」他說著，在我頰上親了一下。

對我們來說也是新的開始。傑克和奧莉維亞幾個星期前才搬來和我一起住。他調到倫敦，仍是在警察部門，但不是全職，而且不必出外勤。我們有很多時間相處，決定一起住是很合理的選擇。傑克和我又開始像一家人。雖然沒有人能取代我們的女兒，但奧莉維亞是一個可愛的小女孩，能參與她的成長，我覺得很自豪。

「如果我們想要避開尖峰時段的話，現在應該出發了。」他說道。

「好吧，那我把東西準備好。」我回應。我停在門口，轉身看著他們兩個指著玻璃另一邊的蜜蜂箱。我們在城市裡創造了一個小小避難所。過去發生的事情已經不再重要。我做了我必須做的事情。

和選擇記住相比，選擇遺忘減輕了很多痛苦。

他

今天回到布萊克唐不是我的決定，我仍感到沉重，並且恐懼。但我知道這對安娜來說很重要，而且我們不會待太久，只是短暫停留，確認情況。之後繼續前往多塞特附近的海邊。度過一個遠離一切的週末，只有安娜、我和我們的外甥女，她越來越像我們的女兒。奧莉維亞喜歡海邊。

我一直都希望我們能重新在一起。

人會因為一些可怕的事而分離，我們就是個例子，但這次又破鏡重圓了。

我看著坐在身邊的安娜，看著唯一真正愛過的女人。我曾辜負過她，但再也不會了。我們現在擁有一切，幾乎就是我們曾有過的最大夢想，甚至有過之。我願意為了她的快樂和安全不惜一切代價。

不惜一切。

我們停在布萊克唐她母親的舊房子外。儘管安娜臉上透著驚懼，但仍堅持要自己進去。外面已經掛上「出租」的牌子，明天就可以開始看房了。我想她只是想確認一切都好，並向曾經的家道別。

在過去幾個週末，安娜一個人過來這裡，打包她母親的所有物品，重新裝修整棟房子。幾個月前，她甚至清理了後院，再也沒有蜜蜂、園藝小屋或者各種雜物。接著她鋪設了一塊新的露台，完全覆蓋以前的菜園。安娜一個人完成了這一切。我永遠猜不透，為什麼她寧可獨力完成，也不想請人幫忙。

我等了十分鐘後，決定也進去看看，想催她快一點。

裡面仍然充斥著新油漆的味道。廚房也是全新的，整間房子幾乎無法辨認出原樣。我在後院找到了安娜，她坐在她母親曾經非常喜愛的小木椅上，凝視著新的庭院。露台是由深灰色的磚塊打造而成，中間有一塊完整的圓形石頭。石頭上雕刻著一隻蜜蜂。加上幾盆生命力堅韌的植物，為這地方增添色彩，而新鋪的草坪通往遠處的樹林。

「這裡看起來真的很不錯。」我輕輕地關上廚房的門。

「這樣比較容易租出去。不需要太多維護成本的庭院，租戶也更容易照顧。」她說道。她聳聳肩，我假裝沒有發現她在擦眼淚。

「沒錯。妳做得很好。」

「只是現在這裡看起來不再像我們家了。」

「這就是整個意義所在，這裡不再是我們的家。會有另一個家庭在這裡生活，但對妳來說，這房子永遠都有特殊的意義。對妳媽媽來說，這點永遠不會改變，她會很高興不必賣掉這個地方。」

「你說得對，我真笨。這裡只是一堆磚塊而已。」

「一切都會好轉的，我保證，」我親吻她的額頭，「而且，妳現在有一個新的家、奧莉維亞還有我。」

她

我從沒想過會看到母親搬離這裡。

她曾說過寧願死也不願離開這間老房子，但當我明白真正的原因後，我知道自己該怎麼處理。我不知道我是否真的相信她殺了父親，直到挖掘菜園，並真的發現了屍骨。現在誰也不會在這裡找到不該被發現的東西，至少在我有生之年不會。往事都被一塊全新的露台掩蓋；過去的會永遠埋在地底下。

對此，我不覺得有什麼問題。

這是我父親的報應，母親是為了她自己和我。人為了保護所愛的人，會不惜一切代價。

傑克成功把媽媽安置在一座相當美麗的養生村。那裡收費相當可觀，我出售滑鐵盧的公寓後還剩下一些錢，可以作為預訂保留的費用。再加上房子出租後，租金收入差不多能打平每月的安養費。再者，她有惡性腫瘤，但從各個角度來看，她氣色都不錯，而且比我印象中所看過的她更快樂；只是醫生們都說，她的時間不多了。

「哇！」奧莉維亞在後座上喊道。

這是她最近很喜歡的詞之一，而且也非常適合我們開出長長車道時喊出來。

養生村的公共花園十分整潔，擁有許多小噴泉和富有巧思的照明設計，並配合著漂亮的、色彩協調的花圃。接待處看起來就像是五星級酒店，這裡的設施包括多家餐廳、圖書館、游泳池，甚至還有一個水療中心。媽媽有她自己的低樓層公寓，最重要的是，她擁有私人庭院，可以俯瞰布萊克唐的森林。和舊家相比，只是從山谷的另一個角度看過去。

「媽媽，妳好。」我緊緊擁抱她，嗅著她那熟悉的香水味。

她看起來很好，還胖了一點。我發現她頭髮剪短了，衣服也乾淨整齊，就像過去一樣。現在有其他人幫她打掃清潔，她仍然很難習慣這點。多年來，都是她進入別人的房子，趁他們不在家時進行居家清潔。在清理她舊家時，從她的臥室抽屜裡找到許多把鑰匙，幾乎村裡的每棟房子都有。

此時，突然出現送藥的人，只是我也不確定她是否都會服用。每個房間都有緊急按鈕和緊急拉繩，倘若她覺得不適或是需要什麼東西，隨時都能叫人來協助。她可以選擇在餐廳用餐，或者讓他們送來新鮮的有機食材，並附上食譜，讓她親自烹飪。我母親顯然很想念她心愛的菜園，但她也被一點點說服了，我認為她適應得很好。雖然有點慢，需要點時間。

公寓的外觀採用中性色調，整體風格非常簡約，但仍可以看到她舊家中一些熟悉的東西。相框裡有我十五歲時的照片；還放了一張最近的我、傑克和奧莉維亞的合照，這讓我很開心。她不再固守我十幾歲的形象；她看到的是今天的我，並無論如何都愛著我。父母用自己年輕的時光來理解孩子；孩子在成年後，用自己長大的時光來理解父母。

我媽堅持為我們沏茶。她進入她的小廚房，裡面傳來她打開櫥櫃和抽屜的聲音。我喜歡杯子放在茶碟上，還有金屬茶匙在瓷器上的熟悉聲音，我們等待她老式水壺在爐子上煮沸；水壺發出尖叫聲時，我身體不禁抖了一下。

幾分鐘後，她搖搖晃晃地走回來，顫抖的手指端著一個漂亮的銀盤，隨著抖動也發出聲響。我發現她買了一些有機蜂蜜，裝在能用手擠壓的瓶子裡，還有一罐牛奶和一碗糖。我微微一笑，她狀況不錯，但有時仍會痴呆。

看到蜂蜜時，奧莉維亞尖聲叫道：「蜜蜂還活著！」我們一直在給她讀《小熊維尼》的故事，她對蜂蜜有點痴迷。「妳的蜜蜂現在和我們一起住在倫敦了，安德魯斯奶奶，牠們今天從蜂窩裡飛出來了！」她高興地對我媽說道。

「牠們平安搬家了？」媽媽凝視著我。

「是的，媽媽。」

「他們有沒有在蜂窩裡找到刀子？」她問道。

我離開醫院後就把刀子藏在蜂窩裡，我不知道該怎麼處理。我早該知道媽媽會發現，她是我認識唯一一個瘋狂到會把手伸進蜂窩的人。好在，別人都以為她是痴呆發作。

我微笑著拿起桌上的刀子，準備用來分切蛋糕。

「不，媽媽，刀子在這裡，看見了嗎？蜜蜂不需要刀子來採蜜，牠們自己就辦得到。好了，誰要來一塊巧克力蛋糕？」我打開麵包店的白色大盒子。

「我！」奧莉維亞大聲喊道。

媽媽拿了一小片巧克力海綿蛋糕，我看出她其實不太想吃。我不應該裝在盒中的，這樣可以假裝是親手烘焙，她總認為店裡的東西，會有各種有毒的添加物。

「那位綁馬尾的女士又來看我了。」她放下叉子。

我的叉子懸在半空中，克制著不表現出內心的擔憂。

「妳是說普莉亞嗎？那位刑警？」我問。

「對，她喜歡問我問題。」

「為什麼普莉亞會去找媽媽？」我問傑克，他聳聳肩，對我擔心的事毫不在意。

「她是個好人，可能只是關心，確認事情過後妳過得好不好。」他說。

「我也這麼覺得。」我表示同意，想讓她安心。

我感覺得出來她不相信，甚至連我自己都不是很肯定。

媽媽微笑著放下沒動過的蛋糕，接著喝了一口茶，然後又加了一些蜂蜜到她的杯子裡。

「不用擔心我，我可以照顧自己。」

每個故事都至少有兩個面向：你的和我的。我們的和他們的。

我總是更喜歡自己的版本。

也許這樣最好，沒有別人知道真相。我猜不管我說了什麼，他們都會深信我是清白的，沒有人會對一位患有失智症的老太太起疑，覺得這樣的人是命案凶手。

我從不擔心記憶問題。如果有些事情我遺忘多年，那是因為我選擇遺忘。但癌症診斷倒是真的，這意味著我將以某種方式離開那棟房子，會有其他人將搬進來，在花園裡發現我埋藏著自己曾經的錯誤。

人們會知道我多年前對丈夫做了什麼，一想到這我就無法承受。不好的事會像蜜糖一樣死死黏在那個人身上，我不想以這種方式被記住。我一生大部分時間都在做善事。他是個會使用暴力的人，我一直都覺得我是自衛，而非謀殺。當然，我希望事情能有其他發展，但後悔和道歉並不一樣。我對所作所為沒有歉疚；只是希望不要被人發現而已。

把丈夫埋葬在菜園下似乎是個聰明的主意。我認為沒有人會去查探那個地方。但有一天我挖馬鈴薯時，找到了他的婚戒。這是我無法離開那棟房子的真正原因，但我知道安娜已經為我料理好一切了。

多年來，我一直以為她十六歲時離家，是因為她心裡知道我做過的事。那個下午我殺了他後，安娜看到我全身是血，身上還沾有花園裡的泥巴。她隔年完成學業後，立即離開布萊克唐，很少回來。我以為是我的錯；因為我讓她父親永遠離開而恨我。

我常看著孩子的舊照來安慰自己，幾年後變成只能從電視上看到她，看她播報新聞。她的人生中沒有我，看起來是這麼快樂健康。所以她沒來探視，也不常來電，也就算了；但只要接到她的電話，我都興奮不已。

提議要我照顧夏綠蒂一個晚上的是傑克，這樣他可以帶著安娜去慶生。我很少和小孫女相處，所以安娜同意時，我非常高興。本以為這會讓我們的關係更親近；安娜也當媽媽了，她會更理解我的感受。但夏綠蒂死了。這不是我的錯，但我感覺她仍責怪我。

之後，我又開始喝酒，來麻痺我的痛苦。鎮上的人看到喝醉酒的我，誤以為是失智症，我突然有了靈感，很棒的靈感。這讓傑克重新進入我的生活，這也意味著安娜會因為同情我而回家。所以我要做的就是假裝健忘，半夜穿著睡衣在街上遊蕩個幾次。傑克堅持要我去看醫生，也正因如此，我才發現自己有癌症，我沒有告訴他或是任何人。

當我開始清理房子時，我把安娜的房間留到最後處理。把房間保持得和她離家前一模一樣。我注意到壁爐底部有一些煤灰，很奇怪，那裡已經很多年沒人使用過，自從她離開後就再也沒有。

我拿出清潔工具，伸手進入煙囪中刷去積聚的污垢。就在那時，一封骯髒、燒焦、撕碎的信掉到了壁爐裡。我凝視著信紙一會兒，撿起來，紙張碎片上有安娜的手寫筆跡，顯然她曾試圖燒毀，但碎紙卻被吸入煙道中。我跪在她的臥室地板上，像拼圖一樣整理那些碎片。

那是一封遺書。

我不知道我讀了多少遍，窗外天色從明轉暗，就像我腦中的思想一樣。

她記述她十六歲生日那晚可怕的經歷，一時之間我同時感到噁心、難過又憤怒。我看到海倫．王給她減肥藥，瑞秋帶來想要強暴她的男人，還有柔伊．哈珀傷害我們的貓，作為要她閉嘴的警告。

雖然是很久以前的事，但我仍記得那晚。家裡很少有訪客，但我同意把屋子留給安娜和聖希禮學校的那些女孩們一起度過，我以為她們是她的朋友。她與奮得讓我無法拒絕。我看著她花了一整個星期，每天晚上忙著做友誼手環給她們，我還把縫紉籃中的紅白線給了安娜。

我仍然保存著那晚的照片。幾個星期後，當我在整理瑞秋母親的房子時，她洗了一張照片給我，要我拿給安娜。我知道她們之間發生了某種爭執，因為曾經形影不離的她們竟然沒有見面，但我還是把照片給了她。第二天我在垃圾桶中找到了那張照片。我一直有保存東西的習慣，像是生日卡片、日記和照片，我很高興留下了那張照片。

只要找到那張照片，我就知道她們是誰了。

而且我知道她們住哪，我打掃過那些女孩們的家。

我也許已經退休，但手上仍握有這些鑰匙，而且人們很少換鎖。我終於知道親愛的安娜離開布萊克唐的真正原因了。是因為她們，而不是因為我。

她們必須為此付出代價。

而且要付出代價的不是只有她們。

傑克在他們小女兒去世時離開了安娜，我對此感到憎恨。我跟著瑞秋．霍普金斯從車站回家，看到他們在車裡做愛，我更恨他了。雖然他對我很好，但我決定，他必須因離開我女兒而且又和這婊子上床受到懲罰。

那個時候開始，我打算把所有謀殺案嫁禍給他。我甚至穿著他的Timberland靴子在樹林中走。當然，靴子太大，但只需在裡面塞一些棉花就可以解決，還可以避免弄髒我的鞋子。我開始故意在他的車和家中放證據，並隨時監視著他。走捷徑很少能真正成功，但我對這片樹林非常熟悉，這讓我能夠輕鬆用捷徑快速地穿越村莊的各個地方，而且不容易被發現。

後來我看到他們又在一起了，傑克和安娜，我知道他們之間還是有些什麼存在。只是需要一點幫助就可以重新找到彼此，就是這樣了。

我也進入過安娜所住的旅館房間，這裡我多年前就打掃過。她看起來就像個小女孩，在床上睡得很熟。看到她喝那麼多酒，我覺得悲傷，但能理解，酒精一直也是我自己的毒品。我像以前那樣幫她蓋好被子，整理她的垃圾，並在床邊放了瓶裝水。她不知道我在這裡，但照顧她讓我很滿意。她就像隻受傷的小鳥，我想治好她。而且我知道，要是計畫成功，那對安娜的事業和個人生活都有好處。

凱薩琳·凱利是那些女孩中唯一離開鎮上的人。當我進入她父母在樹林中的舊房子，尋找她的下落時，看到我認識的新聞主播出現在一張全家福照片裡，讓我震驚不已——她就是那個偷走安娜工作的人。

殺瑞秋讓我的女兒回到了我身邊。

殺海倫和柔伊讓我能跟她保持親近。

殺了凱特·瓊斯意味著安娜可以重新奪回《一點鐘新聞》的工作，而我每天午餐時間都能再次在電視上看到我的寶貝女兒。

今年安娜的生日那天，她打來了一通電話，哭個不停，她失去了她的主持工作。我幾乎沒有說一句話，我想她可能以為我不懂。但事實上，我很明白。而這讓我非常開心，她選擇打電話給我。多年來，她第一次需要我的幫助，我不會再讓她失望。那時，我明白了，只要懲罰那些曾傷害她的人，就可以帶給她一個更幸福的未來。我必須殺死她們。我會為了她而這麼做。

當我要求凱特．瓊斯前來布萊克唐時，她馬上就來了。說實話，她以為簡訊是她丈夫發的。當安娜和理查在森林拍攝新聞時，我從他沒上鎖的車裡偷走了理查的手機。然後，我用他的手機聯絡了他的妻子。訊息很簡單：

我知道妳二十年前在森林裡跟那些男人發生的事。我看過照片，而且我怕BBC的其他人也可能很快看到這些照片。如果妳想挽救我們的婚姻，今晚帶孩子去妳父母家，我們可以好好談談。

然後只要無視她發來的所有絕望的簡訊、電話、語音信箱裡的留言就行了。果然，幾個小時後，她就憂心忡忡地帶著兩個可愛小女孩來到森林裡的舊房子。

接下來的事情很容易。凱特哄孩子們上床睡覺後，我帶走了她們。我絕對不會傷害她們，但她不知道。當她發現女兒們不見了，我聽著她翻天覆地在整間屋子裡尋找。她一直大聲呼喊丈夫的名字，好像是他把孩子們偷走了。直到她走到主臥室，她才安靜下來。我留下了一些舊照片和一張字條：

理查不會來，我帶走了妳的孩子。他並不知道二十年前妳做過的事，他也不需要知道。只要妳乖乖照做，床上的照片會被毀掉，妳的女兒也會還給妳丈夫。妳只要用掛在天花板上的學校領帶自殺就好。如果敢報警或是聯絡任何人，妳的小孩就再也回不來，就算回來，也不再是以前的樣子。拖越久她們就越危險。現在不管怎樣，妳都已經無法見到她們，但如果妳自殺，我保證她們能活著。

她拿出手機，但沒有收訊。我早就知道在那間房子附近根本沒有訊號，她也絕不會離開她的女兒們。我聽她在屋子裡來回踱步了一會兒，再次尋找。當她接受找不到的事實時，她把便條和照片都丟在樓下的壁爐裡燒掉，然後回到臥室。我不確定她是否會這樣做，但大多數母親都會為了女兒做任何事情，就像我一樣。

我希望凱薩琳自殺，這樣所有人都會把謀殺的責任歸咎於她。那些女孩對她做了那些事情，她有十足的動機。我手中拿著刀，躲在床底下等待，以防不時之需。我能聽到她的一切行動，擺放椅子、脫掉鞋子、爬上椅子、哭泣，只是我看不見。她花了很長時間才將繩索套在脖子上，但直到事後我才發現她改變了繩結。顯然，這是以前在帆船上時她父親教她的。

但我當時以為一切都按照計畫進行。我聽到她從椅子上踏下來，聽到天花板樑承受她體重搖擺時，發出的吱吱聲。但突然間，凱特的丈夫意外到來，那個油條的攝影師，所以我不得不殺了他。他看到凱特從天花板上懸下的情景時，尖叫得像個女人。所以在他轉過身發現我之前，我刺了他一刀。然後，我用一個鑄鐵製的紙鎮(我剛好在梳妝台發現的)砸碎了他的頭骨。他不應該出現在那裡。安娜也不應該在那裡。她上樓時，我只好躲起來。是我取消了他們的飯店房間預訂，我以為她會回家找我。那就是我一直想要的：要她回家。

我殺死理查後，盯著凱特，她眼睛閉著，脖子上仍然套著繩圈，我相信她也死了。但我猜她真的很會演戲。她願意不計一切代價來拯救她的孩子，就像我一樣。後來她可能看見了我的臉，而我卻沒有意識到，因為她稍後認出了我。

我必須承認，當我在樹林中遇到她時，我非常害怕。凱特本來可以告訴安娜和警察我所做的事情。但她卻像瘋子一樣亂叫，一直問我她的小女兒在哪裡。當我不肯說的時候，她用我的刀子刺了我一下。她的女兒們當然沒事，只是被藥物迷昏了，正在小屋裡，會慢慢清醒過來；警察不久之後就找到了她們。我從不會傷害小孩子，我又不是怪物。

有時候我覺得安娜知道是我殺了那些女人，也殺了她父親。不然她為什麼會撿起凱薩琳在樹林裡掉落的刀子，並把刀藏在手提包裡。我想她一定認出了刀。畢竟，那是我從傑克家借來的，而且還是我送給他們的結婚禮物，一套刀具組。

「妳在做什麼？」

奧莉維亞走進我的臥室，我才意識到自己剛才在做白日夢。我的思緒常常會漫遊，但並不是因為老年痴呆症，只是年紀大了。我沒吃醫生給我的藥物，而是像種子一樣把它們埋在土壤中。等到我時日將盡，我會優雅地離開，現在還不是時候。普莉亞．帕特爾來問我問題，絕非為了關心。也不會是巧合；世上沒有這種事情。零碎的線索應該要被處理掉，留個尾巴只會讓事情變得不乾不淨。

孩子過來，爬到我膝蓋上坐下，她盯著我正在編織的友誼手環。

快完成了。

我把那紅白相間的綿繩握在手中藏好，每次看到自己長出老人斑的手背，粗得像紙一樣，都會感到吃驚。然後我把手環放進安娜以前的木盒裡。我知道奧莉維亞看到了，小孩子總是看到的比我們以為的更多，也知道更多事。

「好漂亮啊。」她說道。

「是的，確實是。」我回答道。

「是要給我的禮物嗎？」她帶著頑皮的笑容問道。

「哦不，這是給下次來訪的某位客人的禮物。」

奧莉維亞看起來有點難過。

「別難過，我也有東西要給妳。」

我從衣櫥中拿出蜜蜂服，她高興地尖叫起來。從我房間飛奔出來，穿過客廳跑到花園裡，邊跑邊轉圈，安娜和傑克看到後也很開心。這衣服是我在這裡手工課上的作品，我的針線活相當好。

「我想念那些忙碌的蜜蜂們。」我站在門口，對著在玩耍的奧莉維亞說。

她笑著跳舞，一直重複同一句話。

「我是忙碌的小蜜蜂！我是忙碌的小蜜蜂！我是忙碌的小蜜蜂！」

聽在我耳朵裡，她的話變成了另一個完全不同的意思。

幸福的家庭。幸福的家庭。幸福的家庭。

我對著他們微笑，終於實現自己一直以來的夢想。

鳴謝

對作家而言，書本就像孩子一樣，不會有最喜歡的一個，但我對這本書相當喜愛。要是沒有以下這些人在我生命中給予鼓勵，這本書無法完成。

我會永遠感謝我的經紀人，喬尼．蓋勒，他大膽地簽下我，而且總是知道自己該說什麼。經紀是個有趣的行業，比我想像的要複雜。一個人得扮演許多角色：讀者、編輯、經理、諮商師、父母代理人、老闆、朋友。感謝你在這麼多角色中表現得如此出色。

優秀的經紀人實屬難得，因此我非常幸運，不只有一位好的經紀人。如果《歡樂滿人間》裡的瑪莉．包萍成為了文學經紀人，那她一定就是ICM公司的卡莉．斯圖爾特。我要感謝卡莉，她不只在各方面做到完美（而且不是只有表面）。也要感謝凱特．庫珀和娜迪亞．莫克達德，把我的書推銷到全世界。由於這兩位優秀的女士，我這小小工作室裡的作品被譯為二十多種語言。這幾乎像魔法一樣神奇，我太感激了。謝謝柯蒂斯．布朗經紀公司的員工，這是城裡最好的經紀公司，其中特別感謝希亞拉．菲南。

也感謝喬西．費利德曼和路克．史畢德，讓我實現一個自己做夢都不敢想的夢想。

因為他們，我的角色能在銀幕上栩栩如生。感謝莎拉．米雪．嘉蕾、艾倫．狄珍妮絲和羅賓．斯維科德對我的第一本小說的信任。這真的是一段充滿起伏和令人興奮的旅程。

有各式各樣、不同大小規模的出版商，我很感謝自己總是能和最棒的一起合作。也要特別感謝我的編輯，曼普莉特．格雷瓦爾，她是名了不起的編輯。編輯不僅僅是編輯，他們要做許多其他事，而曼普莉特就像超級女英雄般了不起。我們永遠會記得廚房的錫箔紙和冰淇淋裡的螞蟻。同樣感謝麗莎．米爾頓、珍妮特．阿斯皮、莉莉．卡普韋爾、露西．理查森以及哈潑柯林斯出版集團的HQ品牌團隊。還要感謝在美國同樣出色的麥米倫出版公司旗下的富萊艾朗團隊（Flatiron Books），其中特別感謝克莉絲汀．科普拉奇（我永遠會想像她坐在樹上一邊讀兩本書——對她而言一本永遠不夠！）。同樣感謝艾米．艾虹、康納．明茲、鮑伯．米勒、南希．特里普克和瑪蓮娜．畢特納。還要感謝世界各地的其他出版商，他們對我的書如此厚愛。

感謝書店老闆和所有其他幫忙讓讀者能夠讀到我書籍的人。特別感謝倫敦的哈查茲書店（Hatchards），舉辦了一場永難忘懷，童話般的發表會；還有紐約的「神祕」書店，讓我第一次在美國看到自己的書變得如此神奇。我大部分時間都在一個小屋子裡和我的狗跟筆記型電腦一起度過，所以看到我的故事在世界各地傳播，這種感覺實在是太特別了。

作家少了讀者什麼都不是。感謝所有的部落客、拍照分享書的人（我喜歡看你們分享書的照片）、圖書館員、書評家，以及給予我友善評價的記者朋友。我希望你們一直都會喜歡我的故事，我永遠感激你們的支持。特別感謝布萊恩．格蘭特在攝影方面的天賦，以及李．法布里在英國警察程序方面的建議。如有任何錯誤都是我的疏忽。

感謝我的朋友們，你們就像我的家人一樣。對我來說，這一年非常困難，承受了各種沉重的悲傷，有時候甚至感覺無法站起來。感謝那些拉我一把的人，你們知道我說的就是你們。

最後，也是永銘於心的，丹尼爾，我的第一位讀者，我最好的朋友，我的一切。

Storytella 182

他和她的，謊

HIS & HERS

他和她的,謊 / 愛麗絲.芬妮作 ; 牛世竣譯. -- 初版. --
臺北市 : 春天出版國際文化有限公司, 2024.02
面 ;　公分. -- (Storytella ; 182)
譯自 : HIS & HERS
ISBN 978-957-741-792-3(平裝)

873.57　　　　112020677

ISBN 978-957-741-792-3
Printed in Taiwan

作　者　愛麗絲・芬妮
譯　者　牛世竣
總編輯　莊宜勳
主　編　鍾靈

出版者　春天出版國際文化有限公司
地　址　台北市大安區忠孝東路四段303號4樓之1
電　話　02-7733-4070
傳　眞　02-7733-4069
E－mail　bookspring@bookspring.com.tw
網　址　http://www.bookspring.com.tw
部落格　http://blog.pixnet.net/bookspring
郵政帳號　19705538
戶　名　春天出版國際文化有限公司
法律顧問　蕭顯忠律師事務所
出版日期　二〇二四年二月初版

定　價　410元

總經銷　楨德圖書事業有限公司
地　址　新北市新店區中興路二段196號8樓
電　話　02-8919-3186
傳　眞　02-8914-5524
香港總代理　一代匯集
地　址　九龍旺角塘尾道64號 龍駒企業大廈10 B&D室
電　話　852-2783-8102
傳　眞　852-2396-0050